松本清張

MATSUMOTO SEICHO

高詹燦　譯

40

火之路（下）

松本清張

CONTENTS

I CHAPTER 第一章

伊朗行

現在下午三點，飛機從曼谷機場起飛。

出發前一個小時就一直待在轉機候機室的乘客走向飛機，身體暴露在大熱天下，他們紛紛衝到座位。通子隔壁兩個座位的乘客，在曼谷轉機時換成一對像義大利人的夫妻。窗外可以俯瞰群山的景致，這片景色隨時間變成白雲與無垠的藍天。陽光很刺眼，通子將窗簾拉上一半，打開從羽田起飛後就在看的書。是奇爾修曼（Roman Ghirshman）的《伊朗古代文化》。

「……因爲資料奇少，而且都是斷簡殘篇，目前還無法探尋伊朗人在伊朗高原定居的過程。亞述的年代記是唯一記錄，但當中提到的君主、都市、國家的名稱都難以判定眞實性，但看得出發生類似羅馬帝國與北方蠻族交戰時的狀況。保護羅馬文明世界不受蠻族侵害的，是萊因河和多瑙河，相對於此，防範伊朗人進攻的是山脈。深具多樣性的中東文明與羅馬帝國不同，古波斯人的複合式物質文明特質便呈現出兩者差異。

關於這些戰士文明，特別是統治卡尚綠洲的部落文明，幾項事實已獲得證實。在泰佩錫亞勒克遺跡中，如同在史前聚落處所述，首領一人在人工的山丘上建造雄偉建築，聚落則一路擴散至山腳處，設有瞭望塔的城牆包圍住聚落。而從死者的下葬法觀察得出重大變化——新民族完全取代原住民。他們不再於住家下方挖掘墓穴，而是在離市鎮數百公尺遠的地方建造廣闊墓地『死者之街』。死者會和形形色色的陪葬品入葬，有時光一座墳墓，陪葬品就達數百件之多……」（岡崎敬、糸賀昌昭、岡崎正孝譯）

飛機飛往新德里，但到目的地還要三小時左右，接著再花四小時到德黑蘭，預定抵達時間是晚上十點半。這時陽光減弱許多，一小時後，雲間帶一抹淡紅。一直用義大利語交談的黑髮義大利夫妻，此時將座位往後斜傾靠著入睡。看書的通子每見到伊朗地名，胸中便微微一陣悸動。此刻前往那個國家，她一半覺得不真實，一半因真實而興奮。

空服員從通道上推來裝飲料的小推車。

喝完罐裝柳橙汁，通子在手提包中找口紅，這時手指碰到一個紙包。紙包內有四種「護身符」。她將四人祝她「一路平安」的護身符一起裝在紙包。最上面是母親的諏訪神社「護身符」，裝在綠色質地，繡金線的護符袋中。母親瞞著父親，偷偷給通子八萬日圓，還告訴她，伊朗很熱，小心別水土不服或食物中毒，並從賣藥商人帶來的袋子裡拿出四、五種藥，另一個小紙包裝著白色粉末，是自家製的補品，蝮蛇晒乾後磨成的粉末。

「真的不需要請忠夫幫忙？」

通子臨行前，母親還這樣問。忠夫的公司有人在伊朗，跟對方聯絡一聲，通子也比較安心——母親從昨晚便一直提。

「用不著這麼做。放心吧，我特別在那邊安排了一位日本導遊。拜託妳不要擅自安排。我去伊朗的事也不要告訴親戚。我很快就回來，親戚大驚小怪會造成我的困擾。」

通子不希望此事傳入忠夫耳中。她完全不想讓忠夫知道她的事。

「萬一生病怎麼辦？」

母親流露不安。

「那位導遊會帶我看醫生或去醫院，她會想辦法照顧我的。她是長期居住在那裡的日本人。不過，不會發生這種事，媽，不用擔心。」

通子笑母親愛瞎操心。

「因爲妳都是一個人。如果妳嫁人，我們就不必這麼替妳操心了。」

母親搭弟弟的車，到松本車站替通子送行。

諏訪神社的護符底下，有大國魂神社的護身符。這是O高中的教師糸原交給她的。O高中的教師糸原二郎家住府中，他轉告通子關於R大學大杉原副教授的回覆。

「聽說德黑蘭大學的留學生搬往開羅，目前不在德黑蘭。杉原老師說他聯絡不周，對您很過意不去，向您致歉。不過，雖然找不到日本人，但在伊朗的女學生當中，有人能擔任導遊。歐洲人和美國人到伊朗旅遊時，她們都會打工擔任導遊，用英語和旅客溝通。杉原老師說，他代爲接洽德黑蘭大學，請他們安排一位適合人選，您覺得呢？」

出發前兩天，通子才得知這件事，不過德黑蘭大學的女學生會前往機場迎接通子。

放在大國魂神社護身符底下的，是赤坂日枝神社的神符，這是來羽田機場送行的攝影師坂根要助親手給她的。

——通子在暑假開始的五天前，在O高中接到坂根的電話。

坂根說他碰巧到附近工作，電話中的聲音聽起來很拘謹。當時通子正好上完課，回到教職員室，通子和他約在荻窪站南門見面。她心想，前往伊朗的事最好告訴坂根一聲。但她怕讓其他老師聽見，而且坂根打電話來，應該有其他事要告訴她。

從學校步行到車站，不消十分鐘。坂根站在地鐵入口處躲避毒辣的太陽，肩上仍掛著沉甸甸的銀色相機配件盒，看起來悶熱無比。他一看到通子，滿是汗水的黝黑鬍子臉立即露出一口白牙，一身卡其色的短袖T恤和短褲的他走出遮蔭處。

兩人在洋果子店二樓的咖啡室迎面而坐。

「我打電話到學校找您出來，會不會造成您的困擾？」

坂根搔著頭，歉疚地望著通子。

「不會，我剛上完課，不會有影響。」

自從上次搭新幹線從大阪返回，她沒和坂根說過話。那晚，坂根獨自在東京車站一號月台走廊上的身影浮現腦海。坂根似乎也對先前從名古屋上車，一路到東京都和通子聊天的事印象深刻，他說當時很失禮，接著從此談起。

聽他說話時，通子心想，坂根應該不是爲了和她聊這些才打電話找她，應該是有話要說。那天晚上在東海道線上的事就像開場的客套話，坂根遲遲不進入正題。通子有點不耐煩，中途談起要去伊朗的事。

「咦，您要去伊朗？」坂根雙目驚訝圓睜。不過他說，這在意料之內，接著視線停在桌上。「展開伊朗之行嗎？爲了確認自己的想法，您將正式展開調查，對吧？」

「稱不上調查。簡單走走逛逛。那裡似乎很值得觀光。」

「高須小姐，以您日本古代有異教流入的假設來看，伊朗當然很值得探討。這非常好。確實應該下定決心前往一探究竟……我也很想拎著相機配件盒展開旅程。但伊朗實在太遠了。」

板根嘆了口氣，低頭啜飲果汁。

飛機窗外的光線突然變暗，夜空中殘留幾朵淡白雲朵，遠處星光斑斕。通子低頭閱讀奇爾休曼的《伊朗的古代文化》。

「斯基泰民族出現在伊朗歷史中，是因農民偶然在爾米亞湖南岸的薩蓋茲近郊發現遺物。這是帕爾塔圖亞王及他的兒子馬底耶斯王留下的遺寶，但無從得知遺寶出土處究竟是墳墓還是貯藏庫。這些遺寶特色可分四種。第一種無庸置疑，無論就設計還是製作手法，文物都帶亞述的風格；第二種為典型的斯基泰樣式；第三種是設計為亞述、斯基泰樣式，出自亞述工匠之手；第四種是在瑪乃地區工房製造的文物……」

這時，通子驀然想起坂根要助與她在萩窪咖啡廳見面說的話，當時的一字一句變成文字浮現在眼前。

「其實我稍微調查了鷲見夫人的姐姐，不，說調查有點惡劣，我只是感興趣，稍微打聽一下。」坂根到最後都欲言又止。他擔心通子認爲他介入調查別人的私事，最後說：「鷲見夫人叫嶺子，今年四十六歲。姐姐大她兩歲，叫亮子，是增田卯一郎先生的妻子，兩姐妹很像，就像雙胞胎，我問兩、三人都這麼說，難怪我去爲鷲見大師拍照，第一次見到夫人時，把她誤以爲是先前在奈良醫院見到的女士。醫院那位女士是夫人的姐姐，增田夫人。」

「聽您這麼說，應該是千眞萬確的事？」

「是的。鷲見夫人看到我的表情便對大師說，我姐姐昨天前往伊斯坦堡了，暗中糾正我的誤會。我猜夫人早習慣自己被人誤會。據我打聽的消息，我拜訪大師鎌倉宅邸的前一天，夫人的姐姐增田夫人和她先生一起從羽田機場前往伊斯坦堡。他們夫妻倆三個星期後回日本。」

若是這樣，沒什麼特別之處。鷲見晴二大師的妻子叫嶺子，姐姐叫亮子。亮子嫁增田卯一郎爲妻。增田夫婦最近到土耳其的伊斯坦堡旅行。亮子和嶺子這對姐妹長得很像——坂根要助說的大致如此。令通子感興趣的，是接下來的話。

「您可聽過增田卯一郎這個名字？」

通子回答沒聽過。

「增田先生是證券公司的社長。」

要助說出一流證券公司的名稱。

「他今年六十一歲。有個兒子，今年二十七歲，在銀行上班，有自己的家庭，也有孩子。他兒子的岳父是學者，曾在東京某私立大學擔任校長。增田先生的家位在芝高輪，很早以前就在京都有一座別墅。他的嗜好是高爾夫、圍棋，此外，還是古陶收藏家，而且收藏範圍甚廣，連外國古陶也在內。平均一年出國兩次，夫妻倆一起前往伊斯坦堡也可看出這點。聽說土耳其有中東、波斯、羅馬的古陶專門市場，伊斯坦堡的托普卡帕宮珍藏了許多中國古陶，世界聞名。」

要助悄聲說，不讓咖啡廳的客人聽見。

「我在徵信社發行的名人錄中看過增田卯一郎先生的資料，上頭提到他的父親，我也認識那人，您應該也知道，叫增田謙治郎。」

通子不認識卯一郎，但知道謙治郎這號人物。增田謙治郎是明治末期到大正年間從事造船業發跡的增田寬兵衛三兒子。增田財團一直到昭和初期都叱吒一時，後來受經濟不景氣影響，本家沒落。但三男謙治郎在其他事業經營有成，改由他成爲增田財團的骨幹。不僅如此，增田謙治郎不單是普通的富翁，他是知名的古美術品收藏家。

雖然「收藏」常被當作有錢人的娛樂，但謙治郎的收藏品人稱「兼言庵收藏」，帶有獨到之處。「兼言庵」是謙治郎的雅號，據說他能收集這麼多稀世古董，是他請來一流專家當顧問，古董店送來的物品只要他看得上眼，便請人鑑定。謙治郎不少學者友人，穩坐古美術學界保護人的地位。儘管卯一郎不像父親謙治郎那般有名，但仍舊與美術界關係密切。時至今日，重要美術品級的繪畫、雕刻、陶器類，卯一郎都有不少珍藏。

通子對增田謙治郎這名字有基本認識。歷史學者常需研究史料，與古美術的關係緊密。增田謙治郎基於購買古美術品的需求，請專業學者當顧問，而大正時期的美術史學界每要推展工作，都會向他請求金援，說起來，謙治郎就像學界背後的金主。

而他長男卯一郎的妻子亮子，是鷲見夫人嶺子的姐姐。如果這對姐妹「長得像雙胞胎一樣」，甚至讓人誤認，那麼，坂根在奈良醫院看到的那名女士，很可能是亮子。

倘若如此，亮子與海津信六又有什麼關聯呢？

「關於這點，我也不清楚。我曾隨意向他們熟識的人詢問此事，但沒聽說增田夫人對俳句有興趣。對方好像也完全沒聽過海津信六。我聽對方說完，愈來愈覺得在醫院遇見的那名女士可能不是增田亮子夫人。對方畢竟是增田財團的繼承人、證券公司社長的夫人，與和泉鄉下的保險業務員扯上關係未免太突兀了。」坂根要助困惑地說，「不過說來也怪。我在奈良醫院看到的那名女士與鷲見夫人長得一模一樣。您要是見過夫人，一定也會產生錯覺。照這樣看來，她應該是夫人的姐姐增田夫人。」

坂根頻頻側頭尋思。

「您說增田卯一郎先生在京都有一座別墅……」通子低語。海津信六被吸毒者刺傷的隔天上午，那名女士便趕到奈良醫院，非常迅速，通子也想過此事。當時通子甚至還猜想，她可能住在關西，不是東京人。

坂根要助沒察覺到通子的思緒，繼續說：

「我下次到關西工作時，想順道去一趟京都拜訪大仙洞普茶料理店。這家店的老闆就是在奈良醫院和那名女士交談的村岡，問他那名女士是誰，應該會有答案，也許趁著您到伊朗的期間。」

How far are you going?

隔壁的義大利先生以帶有口音的英語問。坂根要助的話語頓時從通子腦中消失。飛機正逐漸下降。昏暗的窗外白雲流散。

——要去德黑蘭。

——眞遺憾。我還以爲妳要去羅馬呢，才在和我太太聊這件事。

這位先生與他表情冰冷的妻子對望一眼後，妻子以帶著笑意的眼神望向通子。

新德里機場的夏夜無比悶熱。空服員說可以在機上等候。接駁車裡也一樣悶熱。因爲是第一次到這裡，通子想到處看看。夜裡的轉機候機室有冷氣，但等候的乘客很少，店家也都關門。通子四處參觀裝飾候機室牆面的健馱邏佛模型浮雕。前方幾名像日本商社員工的男子身穿黑西裝聚在一起。他們朝通子瞄了一眼，表情冷漠。通子從窗口往外望，漆黑廣場上只有她剛才搭乘、正在加油的飛機亮著燈，顯得莫名孤獨。對面的森林、爲數不多的建築也沉浸在黑暗中。沒看到山脈。這是通子首次到印度。雖是不經意一瞥，但腳下踩的土地確實就是印度。地圖上看慣的倒三角國家裡的某一個位置就是此刻站的地方。日本無比遙遠。

時間到了，她搭車返回機內。義大利夫婦在座位上睡著了。起飛前，他們被空服員喚醒，繫上安全帶。新德里機場的燈光從窗戶底下遠去，接著是綿延無盡的黑色山岳。

——德黑蘭的日本人很多嗎？

隔壁的義大利人抬起刮過鬍子，但仍留著鬍碴的下巴，再度向通子搭話。通子回答，我不知道，因爲第一次來。男子聞言說：哦，第一次來啊，到德黑蘭的時候是半夜哦，有人到機場接妳吧？妳一個女孩子很危險。

他就像在說，要不是我老婆隨行，我很想和妳同行。通子懶得搭理，打開膝上的書本，從看到一半的頁面讀下去。

「……阿契美尼德國王千里迢迢從故地搬運寶劍，但不是用國王的名義做這件事，履行神的命令時，大王須獲至上神（阿胡拉．馬茲達）的許可，這是一種服從神的態度。然而，阿契美尼德王朝時的波斯並不像阿拔斯王朝，它並非是宗教國家……」

「……大流士從神的身上取得權力，但他沒有受困在宗教信條的壓力下，國王登上王位也非經過國家儀式，而是透過阿胡拉．馬茲達的旨意，這項事實昭示著波斯帝國的統一。」

看到這裡，通子忽然察覺飛機內一片昏暗，幾乎每個座位的看書燈都熄滅了。通子不再看《伊朗的古代文化》，加上顧慮鄰座，她伸手熄燈，義大利夫婦又入睡了。機內變暗後，圓形窗外的視野逐漸清晰。星辰閃爍在不遠處，底下層巒疊嶂，猶如成群的黝黑野獸般伏身蠢動。從放在座位置物袋的飛機航線圖來看，現在飛在巴基斯坦中央或阿富汗的山岳上，不

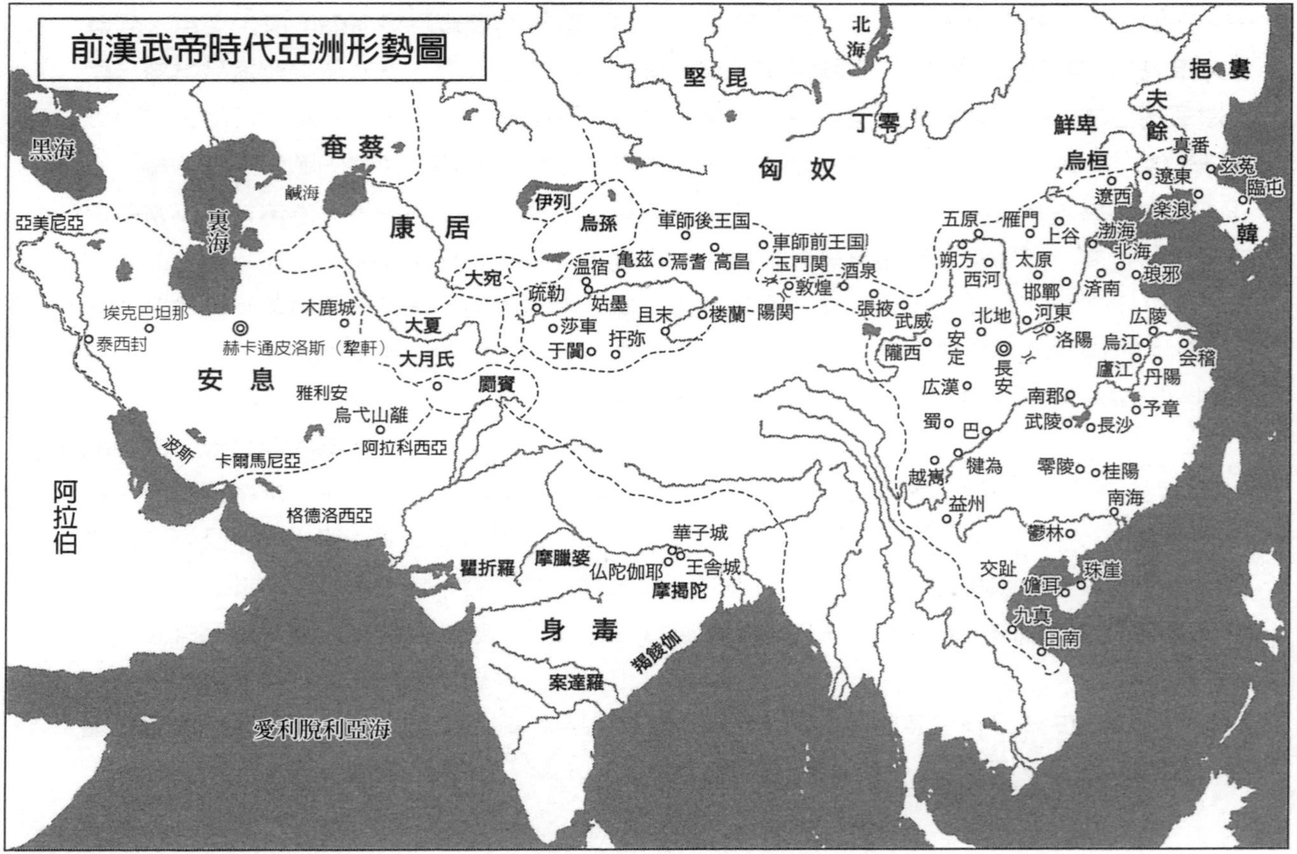

前漢武帝時代亞洲形勢圖

時隱隱從漆黑的地面看到一粒粒燈光。

如果下方是阿富汗，現在已經進入西元前一、二世紀的「安息」（波斯）國領土。如果還在巴基斯坦，則在「烏弋山離」（號稱波斯領土內的亞歷山卓）國。

「烏弋山離國，王去長安萬二千二百里。不屬都護。户口勝兵，大國也。東北至都護治所六十日行，東與罽賓、北與撲挑、西與犂靬、條支接……安息國，王治番兜城。去長安萬一千六百里。不屬都護。北與康居、東與烏弋山離、西與條支接……其屬小大數百城，地方數千里，最大國也。」

在文章中，戶口、勝兵都漏了數字，但在其他國家的記載中卻見得到，應該是事後打算塡寫，但忘記了。通子回想記憶裡《漢書西域傳》的字句。她仍記得大正時期的學者對這些地名爭論不休。

「如果您去伊朗，請盡可能到各個地方多走多看。」

海津信六的來信浮現眼前。那是通子寫信告訴他自己將前往伊朗後，海津的回覆。信中放著一份明日香橘寺的護身符。通子將它擺在四張護身符的最下方，包進紙包中。橘寺的護身符意義頗深。橘寺境內有二面石，似乎可看作是海津信六的暗示，要她去伊朗找尋二面石的源流。

「聽說您要前往伊朗，我那因放暑假回到這裡的外甥女大感失望。她滿心期待明年到巴黎留學時，和您一起到德黑蘭，然後順道去伊朗國內。」

稻富倶子。

她每逢學校放假便會找她舅舅。爲什麼不回到播州上月的父母身邊呢？她好像很喜歡舅舅海津信六。比起回父母身邊，她更喜歡舅舅，但這並不罕見。況且，從東京回播州上月，還不如到和泉市來得近，交通也方便。不過，她的舅舅信六似乎有種讓倶子放心的魅力。他代替倶子的父母，扛起明年春天畢業後前往法國留學的費用。手頭並不寬裕的舅舅，全力想幫外甥女。

通子想，到了德黑蘭，要趕緊寄張明信片給倶子才行。圓窗底下依舊是黑暗山巒。高山愈來愈多，似乎已過巴基斯坦，進入伊朗上空。窗下，宛如黑布上頭出現無數皺折的連山，而山麓處隱約可看出一條蜿蜒的道路。那是從前漢時代的長安一路連綿一萬一千里至一萬二千里遠的漫長旅途。

但這並非實際數目。如同《魏志倭人傳》中「自（帶方）郡至女王國萬二千餘里」的描寫，那是形容極遠之地。中國與伊朗中繼點的中亞大宛國（費爾干納）和大月氏國（巴克特里亞）的人們，坐在駱駝背後穿梭在這樣的山岳谿谷間小路，往來烏弋山離國與安息國之間。他們同時也是將西方異教引進東方的人。想到這裡，望著底下緩緩流動的黑暗群山，不禁覺得這就如同糾纏絲線般窄細的道路，充滿神祕。絲線在群山暗處和谷底消失蹤影，但一路往前綿延，從未中斷。

機內燈光陡然亮起。鈴聲響起，傳來空服員的廣播——本班機預定二十分鐘後降落德黑蘭機場。

進入降落準備，星空開始傾斜。飛機十一點降落德黑蘭機場。隔壁的義大利男子朝通子眨眼說聲掰掰。夜裡機場人如潮湧。可以看到五、六架起降的班機。西行和東行的班機全在這時間到德黑蘭。走向航廈的路上籠罩高溫，但不像曼谷或新德里那般炎熱。海關處狹窄擁擠，旅客眾多。通子結束行李檢查，步出門外，從前來接機的擁擠人牆中，走出一名黑髮、垂落雙肩的女子。

「請問您是高須小姐嗎？」對方說英語。

女子有對烏黑大眼、高挺鼻子、寬闊的嘴，五官鮮明。一身鮮花圖案的連身洋裝，裙擺是迷你裙的長度。通子望著對方回答「是的」，她馬上明白對方是糸原二郎說的伊朗籍女導遊。肯定是R大學的杉原副教授安排來代替日本留學生的當地女子。這位伊朗女子替通子拿一件行李。她比通子高三公分，體格不錯。她到出口人少的地方後，報上姓名。

「我叫西敏．漢薩維。」

她放下旅行箱遞上名片。名片正面是像藤蔓般的阿拉伯字，背面是「SIMIN HAMZAVI」，底下一行小字寫著「德黑蘭大學工學院建築系學生」。西敏．漢薩維笑咪咪地望著通子遞給她的名片。機場燈光照向她的烏黑秀髮。不清楚年紀，但看起來約莫二十或二十一歲。

「您住哪家飯店？」

西敏．漢薩維問。旅行社代訂的飯店是希爾頓大飯店。

「我叫了計程車在外面等候。」

西敏提起旅行箱，率先走向外頭。紅色車身的計程車行駛深夜街道，戶戶大門緊閉，全是現代化建築。路面寬闊的馬路兩旁都是看起來像懸鈴木的行道樹。路面甚陡，愈往上走，建築愈疏落。這條路似乎通往山上。

「您第一次來這裡嗎？」就讀德黑蘭大學建築系的女子問。通子回答「是的」，「您夏天來，眞是辛苦了。如果是春、秋時節，氣候比較舒適。但走進遮蔭就很涼爽，您不必太擔心。」西敏道，她的英語相當標準。

車頭燈照得前方道路無比白亮，一路前行，四周漆黑冷清。那棟美式高樓飯店位於山丘。大廳很寬敞，還有其他剛抵達的房客。西敏帶通子前往櫃檯，以伊朗語和櫃檯人員交談。通子辦妥住房手續後，服務生向她出示房間鑰匙。是十二樓的房號。西敏一路從電梯跟著通子走進房間。

格局相當寬敞。

「我們先簡單討論明天的行程。」服務生放下行李離開後，西敏坐在牆邊長椅上。「您來伊朗的目的，我大致聽我們教授提過。是日本大學的教授介紹的。」

西敏說，通子立即明白這是杉原副教授的安排。

「聽說您原本希望由日本女學生擔任導遊，但她人在開羅，改由我負責。雖然我不認爲

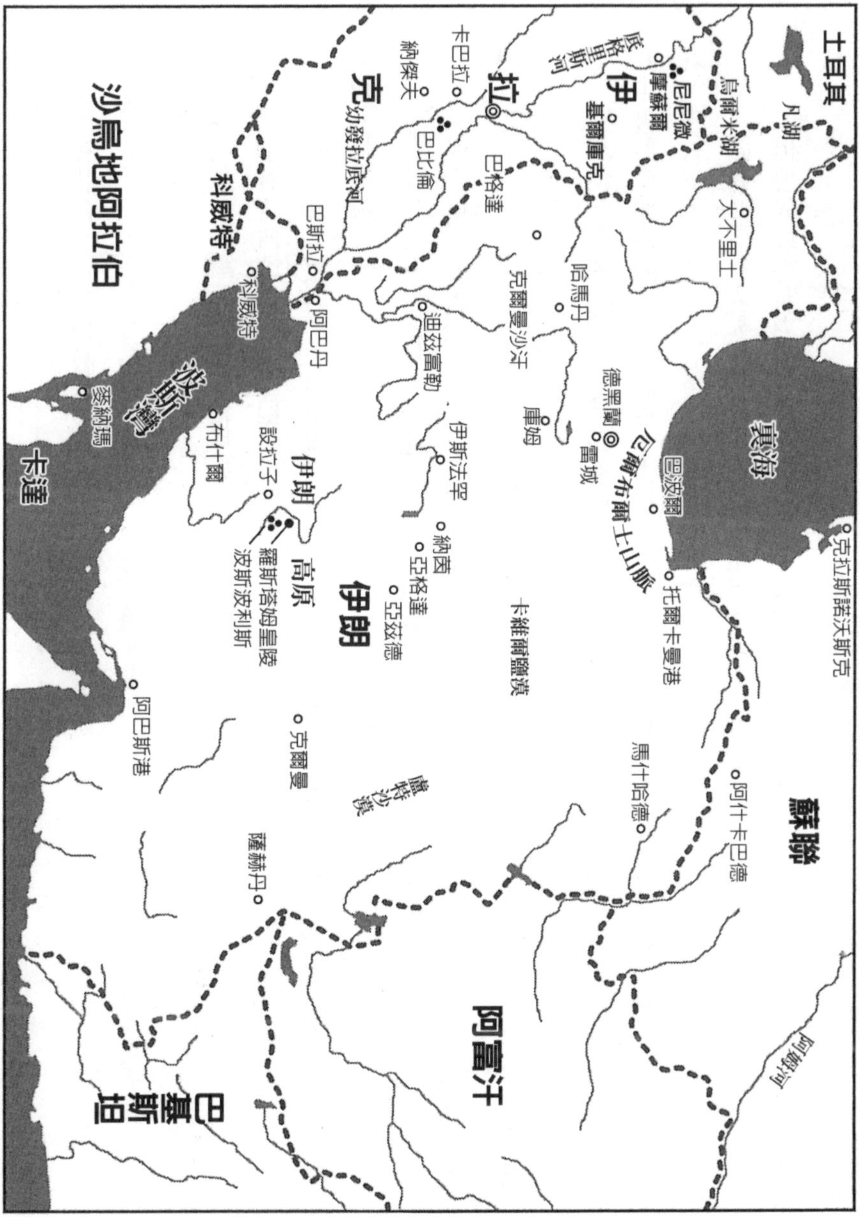
土耳其
凡湖
烏爾米湖
大不里士
尼尼微
摩蘇爾
伊
基爾庫克
底格里斯河
拉
克
卡巴拉
納傑夫
巴比倫
幼發拉底河
巴格達
哈馬丹
克爾曼沙汗
迪茲富勒
巴斯拉
阿巴丹
科威特
科威特
沙烏地阿拉伯
波斯灣
麥納瑪
卡達
布什爾
設拉子
伊朗
高原
羅斯塔姆皇陵
波斯波利斯
伊朗
伊斯法罕
納因
亞格達
亞茲德
庫姆
德黑蘭
雷城
厄爾布爾士山脈
巴波爾
裏海
托爾卡曼港
克拉斯諾沃斯克
卡維爾鹽漠
克爾曼
盧特沙漠
馬什哈德
阿什卡巴德
蘇聯
薩赫丹
阿巴斯港
阿富汗
巴基斯坦
阿姆河

自己能夠勝任，但我們教授認爲我適合擔任您的導遊。」西敏黑白分明的大眼滿含笑意。她坐在椅子上，不在意稍微翻起來的迷你裙擺，露出年輕健康的雙膝。「您想觀賞伊朗的古蹟，對吧？」

「我想看古蹟，也想看和拜火教有關的地方。」

通子看著西敏在小桌上攤開伊朗地圖。

「哦，拜火教啊。」西敏微微皺眉，「這我可就沒聽教授提過了。他只說要我帶您四處參觀名勝古蹟。」

「我當然也想看古蹟。不過，我想參觀與拜火教有關的地方。」

「伊朗境內到處都有拜火教的神殿，現在也有拜火教徒的市鎮，他們會實際進行禮拜。」

「在哪？」

「有兩、三座市鎮，教徒最多的是亞茲德。就在這帶。」西敏以突尖的鮮紅指甲指向地圖中央略微偏東的地方，附近一大片沙漠標幟。「那裡仍有拜火神殿和祭司，教徒會前往參拜，舉行儀式。」

「請務必帶我去見識見識，西敏小姐。」

「但要先取得有力人士的介紹函。不過，我在德黑蘭倒不是沒管道，我再幫您想想辦法。」

西敏微微瞇起她的大眼。

「太感謝您了。我很想看看現今的拜火儀式如何舉行。」

「我請一位德黑蘭纖維公司的董事幫忙。他是拜火教的有力人士。要是他出面，祭司應該會賣他面子。明天上午我會去見他。」

西敏相當積極。

「您這樣費心安排，眞不知該怎麼感謝您才好，西敏小姐。」

「請叫我西敏就好。感覺比較親切，我年紀也比您小。」

畫了眼線一般、有雙明亮大眼的西敏，單邊臉頰浮現酒窩地要求道。

「這樣啊。好，那妳也叫我通子吧？」

「不可以，要稱您高須小姐。您比我年長，而且是我的客人。」

對了，她是女學生。通子不由得想起稻富俱子。不過，她剛才說「您是我的客人」，聽得出西敏對自己身爲導遊的職業意識。

「對了，忘了和妳談收費的事。西敏，妳的導遊費怎麼算？」

「我不算專業導遊，所以比一般收費少收一成。一天的行程，收六百里亞爾。這是德黑蘭市內的價格。若是到地方上去，要增收一成費用。我的交通費、住宿費也要由客人您支付。我自己的餐費由我自付。」

里亞爾是伊朗的貨幣單位，一美元相當六十七里亞爾。

「好啊。我在伊朗期間都得受妳照顧，就以一天爲單位來計費吧。」

「在那之前，請給我一天的試用期。我們剛見面，還不知道您對我的能力是否滿意。如果您不滿意，請儘管跟我說，我會代爲介紹更老練的導遊給您。」

西敏的語氣平淡，很制式化，不顯卑屈，也不帶一絲傲慢。

「不用了。我很欣賞妳，西敏。希望妳能一直陪在我身邊關照我。」

「謝謝您，高須小姐。」西敏烏黑的雙眸注視通子，臉頰浮現酒窩，「我會的。我們先來討論大致的行程。您預計在伊朗待兩個星期，對吧？」

「是的。包含到各個地方參觀。」

「這麼多天夠用了。」西敏拉著通子到桌上的地圖前，「一般的觀光路線……」她再次以紅色指甲指向地圖，「是在德黑蘭市內觀光。一般都是參觀古列斯坦皇宮、保管伊朗皇室珍藏寶石的美利銀行、伊朗考古博物館、市集，或清眞寺。」

「這就夠了。我最想參觀的是考古博物館。」

通子說。

「我明白了。明天上午我會到拜火教信徒的市鎭去，請求讓我們參觀亞茲德的神殿，下午一點左右再到飯店來接您，然後去市內參觀。」

西敏幹練地說。

「什麼時候要到首都以外的地方去？」

「明天先在市內參觀吧。沒逛到的場所，等從地方上回來再慢慢逛，這樣應該比較好。還是說，您要先參觀雷城？」

「雷城？」

「德黑蘭南方約八公里處，是西元前便有的古老城鎭。那裡的泉水很有名。波斯地毯都在那裡清洗。」

通子馬上說。

「我想去雷城。」

通子想起東洋史學者對《漢書》的「犂靬」展開爭論。白鳥庫吉推測它是位於埃及尼羅河口的亞歷山卓，他在論文中提到「亞歷山卓這名字甚長，所以外國人稱呼時會有省略」，但藤田豐八不認同，他說「擁有這個名稱的遺跡，至今仍位在Teheran南方約三英里處」，主張它是現今的雷城。

通子感興趣的並非只有藤田博士的推測，還有他引用《漢書》中「以大鳥卵及犂靬眩人獻於漢」的記載。眩人又寫幻人，是古代波斯一種名爲Magi的法師，中國譯爲「穆護」或「牧護」。Magi懂妖術，在中國被視爲魔術師。調查祆教時，通子便看出它與拜火教關係頗深。

「西敏，雷城有拜火教的遺跡嗎？」通子問。

「有。雖然算不上眞正的遺跡，但有拜火教徒送葬用的『沉默之塔』。」

西敏將「沉默之塔」說成英語的silence tower。

「妳說的silence tower是什麼?」

「我們稱爲『達夫美』，Dakhme Gabreha。我們在市鎭外郊的山丘上建一座磚造高塔，把人的遺體放進塔中，讓烏鴉啄食。」

伊朗地方上至今仍留以死者供烏鴉啄食的習俗。

「沉默之塔」，就是鳥葬場。

「可以帶我去看看嗎?」儘管會對心裡帶來很大的震撼，通子還是想一探究竟。

「在達夫美外面想怎麼看都沒問題。」西敏．漢薩維露出複雜的表情。「不過，不能看塔裡的情形。只有拜火教徒才能進行這種傳統、特殊的送葬儀式，外人會阻擋在外。關於送葬儀式，動用再大的人脈也不允許異教徒參觀。我們只能在外面看。」

「現在塔內仍有新的遺體嗎?」

「只有骨頭會留下。新的死者送進塔內時，會有成群烏鴉聞到屍臭而聚集，飛舞在塔上，或停在建築邊緣及樹枝上，從塔外看就知道。」

「完全不採取火葬或土葬嗎?」

「拜火教將火和土視爲獻給神明的神聖供品。人死後，靈魂會升天，留下的遺體是醜陋的肉體軀殼，遺體則因爲魔女而腐壞。若是焚燒遺體或土葬，會汙染神聖的火和土，所以才讓烏鴉啄食腐肉。」

「烏鴉？不是禿鷹嗎？」

「是烏鴉。伊朗語稱爲KALAG。是巨大的烏鴉。在亞茲德或伊斯法罕，牠們會在鎮上到處飛行或行走。」

日本古代也有鳥葬或風葬。根據報告，中亞的帕米爾高原至今仍進行鳥葬，而新幾內亞的部分山區則進行風葬。西元前七世紀便成立的古代宗教，至今仍有信徒嚴格遵守教條，而作爲送葬儀式的鳥葬在逐漸現代化的伊朗仍肅穆地傳承至今，這令通子興致盎然。

「那就先去雷城，然後從外面看達夫美吧。」西敏說。「既然您對達夫美這麼感興趣。亞茲德有三處。其中一處的高塔外牆損毀，或許可以窺見裡頭的情形。」

「那我一定要去亞茲德。」

「然後是拜火神殿。伊斯法罕或波斯波利斯附近的羅斯塔姆皇陵也有歷史悠久的神殿。德黑蘭東邊也有，各地方幾乎都有。」

西敏向通子道晚安後離去。現在將近凌晨一點。

通子在浴缸裡放滿水，頸部以下全浸入熱水。水氣瀰漫下，燈光照得浴室磁磚發出渾濁的微光。雖是平凡無奇的飯店浴室，但這裡是伊朗。回到房間，微微打開窗簾，眼前聳立著一座黝黑的高山，宛若一面高牆。底下是零星的住家燈火。漆黑屋舍全呈低矮的四方形。通子沉沉入睡，醒來是上午九點。耀眼的白光從厚實的窗簾縫隙射進房內。拉開窗簾後，巨大的高山從正面逼近，壓制住狹小藍天，頂端只留細細一道白雪高山，呈現在通子的眼前。

通子在自己故鄉看慣了日本阿爾卑斯山的連綿山群，但沒想到這樣的高山竟然就聳立在德黑蘭的市街前。她以腦中描繪的地圖來思索，花一些時間才想到這是厄爾布爾士山脈的一部分。

昨晚亮著點點燈火的住家遍布山麓斜坡，在陽光照射下閃耀著奶油色。房子雖小，但全是歐式住宅。建築因陽光而呈現明暗，清楚浮現在眼前。斜坡與玄關前擺滿旗桿與萬國旗的飯店對望，斜度與其說適合俯瞰，不如說適合迎面對看。屋舍間的青翠樹林一路延伸往山腹。山麓的市街無比寧靜，街上道路也沒來來往往的車輛。看得到人們細小的身影，不論男女，全一身夏裝。

通子拿起桌上備好的明信片。桌底下，波斯地毯的紋樣是原色樣式。

「我昨天很晚抵達德黑蘭。在伊朗度過第一晚的隔天早上，我寫下這張明信片，也是寫給俱子小姐您的第一封信。未能等到您明年春天前往巴黎時一起同行，眞的很抱歉。

從這裡眺望飯店窗口，可以看見高聳入雲的厄爾布爾士山脈，眞的很美。我下午打算到郊外一處叫雷城的老鎭。室內冷氣涼爽，户外相當炎熱。不過德黑蘭標高一千兩百公尺，應該不會太熱才對。日後會再寫信給您。請代爲向您舅舅問聲好。

通子」

明信片背面不夠寫，一路寫到正面。收信地址寫「大阪府和泉市一條院的海津信六家」。俱子在暑假時都會從東京宿舍到海津家拜訪。通子原本也想給海津信六寫一封信，又覺時機太早，於是用寄給俱子的這張明信片代替。

2 CHAPTER 第二章

太陽之塵

飯店的郵筒位於大廳後的銀行旁，隔壁是書店，店內販售觀光導覽書。她從大廳沿著螺旋階梯往下到餐廳。寬廣的餐廳裡，窗上映著通道的牆壁。這裡全是身穿襯衫的歐美人，前方有年約三十的日本人獨自用餐。他規矩地繫著領帶，似乎是商社員工。通子點了燕麥粥、荷包蛋，咖啡。膚色微黑的伊朗服務生將近二十人之多。菜單上說這裡提供二十四小時服務，全是美式餐點。最後她喝完咖啡，用完餐的日本男子經過她的身旁。

他忽然發現通子，停下腳步，笑著說：

「抱歉，請問您什麼時候來的？」

「昨晚。」

通子回以一笑。

「來觀光嗎？」男子略帶顧忌地問，「這麼熱的天可不好受。德黑蘭的太陽最毒辣的時候，溫度會高達攝氏四十度。」

「那麼熱啊？」

「如果是中部的伊斯法罕、設拉子，溫度應該更高。」

他聽通子說來觀光，以爲她一定會去這些場所。

「不過這裡和日本不同，走進蔭涼處就能避暑。到了晚上，氣溫驟降許多。」

他一直站著說話。

「冒昧請問一句，您在伊朗待很久了嗎？」

通子抬眼問道。

「不，我這才第二次來。我是賣幫浦的。」

「賣幫浦？」

「我們是一家製造灌溉用幫浦的公司。厄爾布爾士山脈北邊是裏海南岸，那裡的低地有大片農耕區，景色與日本農村一模一樣。三年前，各村裝設農會的灌溉用幫浦，不過代理的商社說幫浦出了問題，我特地來檢查。算售後服務。我是技師。」

男子莞爾一笑。

通子一聽是電器幫浦的技師，忠夫的臉頓時掠過腦中。當然，此人肯定與忠夫分屬不同公司。但忠夫位於茨城縣的公司也在製造重型電器機械，與在中東布下分店網的大型商社有特約合作關係，總公司會派員駐守在主要國家首都。

「這家飯店的餐廳，每到深夜便會換上另一批不同風貌的客人。看來時代的風潮也吹向伊朗。」

幫浦技師接著說聲「告辭」便低頭行禮離去。

接下來，通子寫了明信片給坂根要助和糸原二郎，最後才是長野縣的父母。在地下餐廳遇見灌溉用電器幫浦的技師後，心情突然變得沉重，不由自主地延後寫信給父母。

父親詢問她是否要請山尾家的忠夫透過公司，請伊朗那邊的人關照。母親認爲忠夫是自己的外甥，馬上雙手贊成。父母要是知道七年前她與忠夫的祕密就不會這麼說了。通子著火般地上湧怒氣，因為當時表情不能顯現在臉上，壓抑的情緒始終在體內悶燒亂竄，她走向後院，望著山上的星空，佇立良久。

忠夫也是製造電器用品的工廠技師。既然他們公司的產品會透過大型商社出口中東，只要商社要求技術上的售後服務，忠夫或許就會像那位「賣幫浦的」一樣到伊朗出差。這令通子隱隱感到不安。她開始想像與忠夫在伊朗某處不期而遇。倘若眞是如此，要如何面對他呢？要以冷嘲熱諷的態度注視他心虛畏縮的模樣，還是視若無睹地從身旁走過？這七年的時光，他會出現什麼樣的變化？

光是想像那緊張的場面便令她心跳加速。

通子離開椅子到窗邊。僅留下頂端一抹殘雪的厄爾布爾士山脈與山麓間，一處幽靜的高級住宅街映入通子眼中。

多愚蠢的念頭啊。

成為中堅技師的忠夫不可能為了售後服務這點小事而派來中東。通子預定在這裡停留兩週。不必擔心派來這裡的忠夫，就算眞的到這裡出差，也不太可能有這種時間與空間的偶然交集。這是幾千萬分之一的機率。

但如果眞有幾千萬分之一的機率……

一股厭惡感湧上心頭，通子使勁甩動肩膀。她在編織無聊的幻想，眼前伊朗的風景竟變成忠夫在的日本，枉費千里迢迢到這裡。

此時電話鈴響，像要喚醒她。

「我是西敏。人在大廳。」透過話筒，彷彿可以看見她水亮的大眼。「要我過去找您，還是在大廳等？」

西敏以高亢的聲音問。

「西敏，妳就在那邊等吧。要直接外出嗎？」

「我們直接去雷城吧。」

「好。給我十五分鐘準備一下。」

「OK。」她清楚回答。

西敏．漢薩維在橘色計程車內向通子說明。

「您住的飯店這帶以前是避暑聖地。地勢比德黑蘭的市區高許多。如今成爲市街的延伸，儼然成了一處新市街。算高級住宅街。」

往市區的道路是一條急陡坡。兩側是繁茂的行道樹。Platanus，中文爲懸鈴木。兩側樹幹下有狹長水路，由於地處坡道，水流甚急。馬路旁全是形狀像糾纏藤蔓的阿拉伯文招牌，愈往市中心，商店規模愈大，現代高樓愈多。

路上的汽車、卡車從不間斷。每條街都人滿爲患。男人穿著裸露胸膛的上衣和長褲，看起來像運動服和睡衣的服裝也不少。在強烈陽光的照射下，男人的黑髮和鬍鬚濃密、輪廓深邃、古銅色肌膚的臉龐更顯明暗分明。女性一身現代裝扮，年輕女孩幾乎穿迷你裙。上年紀的女人穿連身洋裝，從頭到腳以一塊黑布包覆，只露出臉的黑袍婦人倒不太常見。

車子因街角的紅燈停下，人潮魚貫而過前方。每人臉上的汗珠都閃著光芒。

車內沒開冷氣，與外頭三十八度的熱氣沒兩樣，但不受陽光直照的車較舒適。街上行人都沿著建築遮蔭或屋簷而行，一群人擠在行道樹小小的樹蔭下歇息。街上招牌和標示全是阿拉伯文，幾乎看不到英文。

「這條是巴列維街。是商業街，也是鬧街。」西敏說。左轉後，鬧街依舊，出現許多大型店家。「高須小姐，我得向您道歉。」西敏之後說。

「什麼事，西敏？」

「是我的疏忽。我沒注意到明天是星期六。伊朗考古博物館週六到週一公休。我疏忽了，請您原諒。」

「這種事妳不用介意。我會在伊朗停留兩週以上。週二到週五這段時間多得是機會。」

「眞是抱歉。我後來想想，我們今天參觀完雷城，明天最好搭機去亞茲德。從德黑蘭過去不到三小時就能抵達。」

直接到雷城的提議不錯。尤其德黑蘭目前已無遺跡或古老建築，而亞茲德是從古至今保留拜火教的「聖地」。通子贊成她的提議，西敏．漢薩維咧嘴而笑，露出亮白牙齒。

「亞茲德並非只以拜火教總部的所在地而聞名。它是建造於沙漠綠洲的古老城鎭。馬可波羅也在書中說它是『非常美麗的都市』。」

她說的當然是《東方見聞錄》。

馬可波羅於一二七〇年底從義大利威尼斯出發，前往元朝的中國途中從土耳其進入波斯的大不里士，沿途行經亞茲德、克爾曼，然後進入巴基斯坦。回途從海路進入波斯灣的霍爾木茲，然後經過亞茲德。

「在亞茲德住兩晚可以嗎？如果您喜歡，再多住幾天也行。」西敏說。

「隨時都能預約到班機嗎？」

「應該預約得到。至於亞茲德到伊斯法罕，我打算等到那邊再包計程車過去。得穿越沙漠，如果您太勉強就取消，改搭飛機。」

「橫越沙漠會很勉強嗎？」

「這時節天氣炎熱。我早習慣，但您的身體恐怕吃不消。」

「就照預定計畫吧，西敏。我身體是否吃得消，等到亞茲德再判斷。」

「好。亞茲德待三天兩夜，伊斯法罕待三天兩夜，想多看哪裡，再分配兩天，這樣地方上就停留八天。其他時間用在德黑蘭和周邊。」

西敏分配好通子兩週的行程。通子同意，西敏取出記事本做紀錄。

計程車通過市場般擁擠混雜的街道到郊外。來到這裡，每間房子的屋頂都可看見顏色鮮豔的叫拜樓。這裡少有店面，黃土色的低矮屋舍和土牆時而綿延，時而中斷。小河旁種植行道樹，屋舍間有旱田和牧草地，一旁繫著羊群。每隻羊都因酷暑而無精打采。穿黑袍的婦女沿土牆邊而行。鄉間才看得到這麼多黑袍婦人。前方出現工廠，是造磚工場。經過工廠繞過一座小岩山後改爲下坡路段，計程車就此停下。

「這裡是雷城。」

一旁低窪處有座小池，婦女在洗衣，孩子在游泳。通子環視布滿塵埃、一副窮酸樣的小鎮，心想，這是《漢書》、《三國志》、《後漢書裡》提到的古都「犁軒」。關於「犁軒」，藤田豐八博士推測是米底王國的首都雷城，與其他學者展開爭論。

「泉水」裡，除了女人洗衣服，孩子游泳，人們也在清洗波斯地毯。這是黑袍女人和孩子們的工作。

「用這裡的湧泉洗過地毯，顏色會很漂亮。」西敏對通子說。

事實上，一旁岩山斜壁上就晾了十幾件水洗過的地毯。攤在泥色岩壁上的各種紋樣以紅色爲主色調，看起來宛如百花綻放，在豔陽下展現令人目眩的華麗。駐足觀看時，太陽的熱度仿如滲入皮膚內側，得微微動一動身體才會舒坦。

西敏催促通子往前走，要她看雕刻在岩山山腳處的人像。上頭是騎馬的國王與隨從的浮雕，主題是波斯王的勝利。

「這是後來的時代了。像這種浮雕，就屬波斯波利斯和羅斯塔姆皇陵最有名。雷城從西元前一世紀開始受伊斯蘭教統治，但還是一樣繁榮。除了巴格達外，這裡是世上最繁榮的城市，《一千零一夜》中也有記載。後來十三世紀時，因爲蒙古軍入侵，完全荒廢。」

孩子聚在通子與西敏身邊。通子想拿相機拍攝眼前風景時，孩子擋在鏡頭前，有的擺姿勢，有的笑，有的踮腳高舉手。西敏喝斥也不管用，他們直盯著通子美國人般的裝扮。

這裡的婦人幾乎穿黑袍。洗衣服時，只把黑袍的長下擺撩起。每個人都和西敏一樣有雙大眼。

「我們去沉默之塔吧。」西敏低語，走向一旁等候的計程車。孩子們大排長龍地跟在後頭。四周暑氣密布。計程車駛過造磚工廠。「由於有這樣的現代工廠，現在民房大多也使用燒製的磚塊，不過鄉下仍有許多房子是用日晒的磚頭蓋成。」

西敏對望向工廠的通子說道。

眼前出現另一座巨大的岩山。是一座山群。不見任何綠色。烈陽照向那粗糙的黃褐岩壁。由於天空蔚藍無雲，岩壁黃得發亮。

「就是那個。」

走出計程車，走近岩山時，西敏指著上方。岩山上有一座像低矮城堡般的障壁。

「那就是沉默之塔？」通子抬頭仰望。

建造在岩山上的低矮圓形疊石牆，以藍天爲背景地清楚浮現出來，但灰與茶褐色交雜的顏色散發出頹廢死寂的氛圍。四周空無一物，炎熱又靜寂，突顯它的陰森駭人。

「現在還會將遺體送入塔中嗎？」通子屏息問道。

「現在好像不用這座塔了。政府也規勸拜火教徒捨棄這種風俗，而且這裡的教徒比較少。」

西敏跟著仰望沉默之塔。那就像一座小城堡或羅馬競技場的外牆。

「可是亞茲德一直保有這項習俗吧？」

「這是因爲那裡的教徒多。政府一樣對亞茲德的教徒呼籲，但宗教不是政治或政策就能輕易改變。拜火教的別派——孟買的印度祆教，據說有十萬名教徒，但教徒的遺體一定運往達夫美。送葬儀式絕對無法從外面窺見。」

波斯的薩珊王朝被伊斯蘭教所滅時，不肯改教的拜火教徒集體逃往印度孟買，成爲現今的印度祆教。通子早知曉這件事。

「亞茲德的送葬儀式也很隱祕嗎？」

「當然。那是極嚴肅的儀式。我們異教徒只能像這樣在外面仰望達夫美。」

西敏催促通子回計程車，車子開動後她接著說：

「等回飯店後，我馬上安排明天的班機。我也會先打電話訂那邊的旅館。」

「謝謝妳，西敏。」

他們再次行經造磚工廠前，回到飯店。

「請繫上座位旁的安全帶。」

伊朗航空的空服員廣播完不到十分鐘，八十人座的727型班機便飛離德黑蘭機場。一早豔陽高照。乘客一半是伊朗人，許多婦女現代裝扮，沒穿黑袍。前來觀光、來自歐美的男女將近四十人之多。

「這班國內班機是亞茲德、克爾曼航線，先在伊斯法罕降落。」

西敏．漢薩維在通子旁說。通子和西敏剛好都穿緊身上衣搭牛仔褲。通子襯衫是橘色，西敏則一身薰衣草的顏色，膚色黑的她穿紫色襯衫相當好看。

起飛不到十分鐘，窗下是一整片茶褐色山脈。光線刺眼的藍天與茶褐色的岩山形成強烈對比。岩山顯得冷冰剛硬。山麓到處都綠地。像屋舍的東西如黴菌般聚集，不過在山岳的雄偉氣勢下，幾乎感覺不到它們的存在。因為西敏提醒，通子望向右側窗外。山脈間一處像灰色沙地般的平地一帶有一大片雪白的圓形區塊。

「是鹽湖。」西敏說。

就是那個啊？通子凝望宛如結冰般的白色湖面。湖的中央一片銀白。岩鹽融進湖中。沒對外河川的湖水，在酷熱太陽的照射下蒸發，鹽分濃縮、沉澱。當湖水變少，鹽分會露出表面，看起來宛如白雪。

「鹽湖岸邊變得像深不見底的沼澤，靠近會有危險。鹽湖若再乾涸下去就會變成鹽漠。從亞茲德搭車通過沙漠時，到處都看得到鹽漠。」西敏望向窗外。

山脈逐漸變少。德黑蘭是地處一千兩百公尺的山地，隨著南行，高聳山群突然中斷，地形從原本的叢林草原轉爲乾燥草原。平地看不到沙漠地形，幾乎是草原。不一會就出現大型市街。金碧輝煌的清眞寺圓頂、藍色的叫拜樓、白色大樓摻在紅綠之中，形成伊斯法罕這座五彩繽紛的市街，逐漸由下方浮現。

乘客泰半都在這座機場走下飛機。歐美人你一言我一語地聊著步出機艙。繼續搭乘的乘客很少，座位空出許多，飛機休息四十分鐘後起飛。草原地帶一路往前綿延，一株樹木也看不到的巨大岩山群朝天際挺出。飛機往上攀升飛越後又到平地。周邊山脈遠去，曲折的陵線因強烈的陽光而模糊。

在青綠的區塊中，淡黃色的農村逐漸浮現。

「那是坎兒井。喏，像蟻穴般點點相連的那個。」

西敏指著窗戶下緩緩移動的低矮山丘斜坡。坎兒井是在鄰近沙漠地帶的山丘處垂直挖鑿，引地下水脈來灌溉的水利設備，有悠久歷史。

亞茲德機場在沙漠邊有兩座小型白色雙層樓建築。如果沒測量風向的風向標及屋頂突出的管制塔，就像軍營。這裡有十二、三名乘客下飛機。她們花了二十分鐘左右，從機場搭計程車進入市鎭，大馬路旁有翠綠的行道樹，沿途是屋簷低矮的商店。地毯店、雜貨店、布匹店、皮革店、西服店、餐飲店，多樣又混雜。順著只有一盞紅綠燈的圓環右轉，眼前還是同樣的商店配置，只是密度更高，行人更多。叫拜樓高高聳立在市街上。

這就是馬可波羅在書中提到的「美麗的都市，買賣交易興盛的亞茲德」。由驢子拖曳的貨車踩著小碎步走過馬路中央。車夫坐在堆滿穀物的貨架前方，與往來行人交談。婦人全穿著黑袍，行道樹下聚著五、六人，像在進行井邊會議般聊得起勁。

「請看那名婦女的黑袍。它不是純黑，微帶灰色，帶細微圖案。下襬也比較短。」

西敏要通子注意看一位走在屋簷下的婦人。

她身上黑袍紋樣就像日本和服的小紋。

「穿那種黑袍的人，是Zardošt。黑袍是伊斯蘭教徒，可以用這種方式區別出來。」

「Zardošt？」

「在伊朗話中是拜火教的意思，不過在波斯古經的宗教語中，是稱 âtesh。âtesh是火。Zardošt教徒人稱Gabar（異教徒）。您看，許多人穿著這種不同於黑袍且帶紋樣的服裝在路上走，對吧？」

沒錯。比黑袍還顯眼。

「不愧是Zardošt的大本營。」

西敏以陶醉的眼神望著那群婦人。

車子轉進大馬路店家間的巷弄，盡頭處就是廣場停車場，左側一棟兩層樓的飯店，沒英文標示。昏暗的玄關處緩緩走出一名門僮，藍色圓領服配上金絲緞肩章。或許他原本就是這模樣，不過衣服褪成灰色，金色部分剝落，成了土色。衣服上帶灰塵和汙漬。

入口不遠處便是櫃檯，那裡有一名滿臉鬍子的中年男子與兩名高大年輕人。西敏用伊朗話和他們交談，留鬍子的櫃檯人員要求通子出示護照，看一眼後，他用英語說一句「護照請暫時由我們保管」，接著翻開住宿登記簿，遞上一支筆。年輕男子是服務生，他把兩把鑰匙放進口袋，雙手拎著行李，走上階梯。通子與西敏跟在他身後，鬍鬚男和另一名服務生從底下的櫃檯探頭緊盯她們兩人的腰部。

房間雖小，但整理得倒相當乾淨。

「西敏，這家飯店叫什麼名字？」

「西流士飯店。」

房間和餐廳都開著冷氣，舒適宜人。餐廳位在同一樓的盡頭，約二十張餐桌。對面有三名留著黑鬍子的伊朗人聚在一起喝啤酒，前方有一對年輕的歐洲人情侶輕聲細語。女子金髮披肩，大腿從桌子底下露出。男子一副嬉皮打扮，撕著一大塊扁平的橢圓形麵包，送進蓄滿紅鬍子的口中。

長約八十公分、寬二十公分，形狀橢圓扁平的麵包，上頭無數空洞呈格子狀。西敏告訴通子，這種麵包稱爲Nan或Nun。以大麥和玉米爲材料烤成，上頭的洞是爲了讓麵包早點烤熟而刻意打出。餐盤裝滿這種麵包來取代圓麵包或牛角麵包，美國人在德黑蘭投資的飯店也這麼做。

在西敏的大力推薦下，通子拿起白飯上頭擺放照燒羊肉的「切洛喀巴」（Chelo Kabab）。雖是細長米粒煮成的乾巴巴米飯，但趁熱拌入奶油，產生黏性，再適度滲入燒肉的醬汁，裝進盤裡時相當爽口，不會令人望之卻步。羊肉的腥味也不再那麼嗆鼻。這是伊朗人常吃的食物。

「味道如何？」

西敏停下手中的湯匙，注視著通子。

「好吃。」

「太好了。很多外國人說什麼也不肯吃，我原本還很擔心。照燒羊肉的調味，每家店都有獨門配方。不過，地方上的口味比德黑蘭道地。這家飯店作的也很好吃。」

盤裡明明有米飯，一旁的盤子卻還堆了高高的麵包。

「要喝喝看這種飲料嗎？」

西敏秀出手中的杯子，裡頭裝滿她點的乳白液體。

「這是什麼？」

「碳酸水稀釋過的酸乳。我們稱爲Doogh。伊朗人最愛喝了。」

「我喝喝看。」

通子試喝一口後雙唇緊閉，喝下喉嚨後感到無法接受，發酵乳好像是山羊乳。西敏見狀笑了。地板忽地發出一聲巨響，嬉皮打扮的紅鬍子青年和金髮女子拉開椅子走出餐廳。

「您要是晚上到德黑蘭飯店的餐廳看看就明白，裡頭擠滿那種造型的伊朗年輕情侶，地方上的人都批評德黑蘭的世風敗壞。」

西敏動手撕著麵包。

「這話怎麼說？」

「伊朗在現代化的推動下，黑袍成爲舊習，逐漸被廢除，我也沒穿了。許多伊朗女性都像剛才離開的外國女子一樣穿起迷你裙或長裙，年長者當然看不慣。因爲一直到幾年前都還是蒙著臉，露出眼睛，不向家人以外的人露臉。對老年人來說，伊朗年輕男女的規矩從德黑蘭和阿巴丹開始敗壞。面向波斯灣的阿巴丹是石油產地，那有許多美國人。」

西敏喝著加了碳酸水的酸奶說道。這種Doogh的商品名稱叫「Apeali」。

「因爲女性服裝的變化嗎？」

「服裝的變化也是原因之一，但年輕女孩公然在外頭和男友交往，令年長者難以接受。依照傳統習慣，女孩得乖乖待在家中，沒父母的允許，不能和男性說話，他們根本無法想像現在這種情形。」

在德黑蘭飯店的地下餐廳裡，嬉皮裝扮的青年和穿著迷你裙的女孩並肩喝酒，聊到三更半夜的模樣，令老年人及地方人士投以責難的眼光。

「但請您不要誤會。」西敏說。「這不表示她們都主張性愛自由。婚前的年輕女性儘管很享受這種戀愛氣氛，但只要不是以結婚爲前提，絕不會以身相許。關於這點，就算環境逐漸現代化，伊朗的女性還是很保守。這是我們堅守的原則。」

西敏流露出自豪。七年前的記憶就像烈火燒灼般從通子腦中掠過。熱情轉爲屈辱的那段昔日往事，在昏暗渾濁中閃過一道銀光。

「不過在伊朗，游牧民族的習慣就不太一樣了。」

西敏看通子的表情，以爲她對這話題不感興趣，因而舉另一個例子。

「像少數民族庫德族與卡施蓋族，女性能在外來的男子面前露臉和交談，也能自由交往。因爲女性在游牧生活中扮演很重要的角色，婦女有自主性。但在地方上鄉鎮或是村莊這些綠洲地帶，婦女依舊嚴守伊斯蘭教的規定待在家裡，是一種封閉社會。」

服務生走進，低聲對西敏說些話。

「計程車來了。我們接下來去看沉默之塔吧。」

西敏將山羊乳製的飲料擺在桌上。

計程車相當破舊，沒有冷氣。司機是名高大青年，留著一頭長髮，嘴邊濃密的鬍鬚看起來有點骯髒，長相倒頗端正。這輛車似乎是他所持有。

離開亞茲德後，道路轉爲沙地。由於地上細沙堆積，沙漠顯然不遠。但兩側仍是整排高大的懸鈴木，也有白楊樹，麥田和牧地不少。但沒民宅，政府設施或別墅的白長形建築宛如綠蔭。如此翠綠的風景，正是綠洲的象徵。

「聽說當地拜火教的信徒代表會在明天上午替我們跟拜火神殿聯絡，接洽參觀事宜。所以我們明天上午十點去。」西敏在車內道。

「那位信徒代表是什麼職業？」

通子詢問由德黑蘭有力人士介紹的亞茲德信徒代表背景。

「聽說是紡織工廠的幹部。我也還沒見過他。」

「紡織工廠？這麼說來，這一帶產棉花嘍？」

「亞茲德和伊斯法罕地區是棉花產地。」

通子腦中想到的是馬可波羅的《東方見聞錄》：「亞茲德也位於波斯，是很美麗的都市，買賣交易興盛。同名為亞茲德的綢緞在這裡大量編織，透過商人運往國外各地，賺取高額收益。居民信奉穆罕默德。」（青木一夫譯）

棉和絲綢都會成為布料。

「書中描寫好像亞茲德的居民全是伊斯蘭教信徒，完全沒提到拜火教信徒，這是馬可波羅偏頗的地方。」

西敏聽完通子這番話後說。

「被伊斯蘭教的薩拉森帝國追趕的拜火教徒，在波斯薩珊王朝被滅亡的七世紀後半於亞茲德落腳，之後，拜火教一直在這塊土地上延續他們的聖火。當然，馬可波羅十三世紀行經這塊土地時，亞茲德的拜火教已經非常興盛。」

身為旅行者的馬可波羅，大概不知道這件事——西敏挑剔起《東方見聞錄》。綠色畫面突然消失，前方黃土色的沙漠與背後剛硬的灰褐色山脈呈現眼前。放眼望去，宛如太陽強烈的光線照射下產生塵埃，朝地面飄降堆積，形成乾燥、塵埃密布的光景。

「那就是沉默之塔的高山。」

西敏指著山脈旁兩座隆起的山峰。通子戴上西敏替她在鎮上買來的遮陽帽。兩人的帽子一模一樣。

3 CHAPTER — 第三章

沉默之塔

若說這裡是一望無際的沙漠，前有綿延山丘，空間太窄，到處都是低矮灌木，山只有單一灰褐色岩山。毒辣的盛夏烈日燒灼這片土地，難以忍受的單調和荒涼景色相互交織出一幅人類無法生活的光景。西敏指的沉默之塔位在兩座並列聳立的丘陵頂端。西邊丘陵呈三角形，宛如獨立山峰，東邊丘陵也是連山的一部分，但高出一截，呈三角形。東西雙峰間是一處低矮的鞍部。

通子好像在哪裡見過這種山的形狀。她遙望丘陵時，突然有種似曾相識的感覺。隨著車子在硬質沙地上一路前進，前方的沉默之塔逐漸放大，變得清晰。這是和雷城一樣、宛如低矮城堡般的高塔座落峰頂。外觀是陰鬱的灰，山麓前的沙地是無數矮小的水泥建築，幾乎都是沒窗戶的平房，也有圓頂屋。入口呈拱形，感覺不出裡頭有人。

「那是新建的公墓。爲了減少鳥葬的舊習。」西敏解釋。

計程車駛到東側的丘陵，順著陡坡往山頂，一路上都是曲折小徑。車子引擎呼吼，順著小徑而上，路面狹窄，一側是斷崖。司機駕駛得飛快，通子她們根本來不及制止。車子停在再也無法往上走的山腹處。路肩是容易崩塌的斜坡落石，下車一看，剛好是轉彎處，俯瞰底下時是一大片沙地。

年輕司機率先走上坡道。曲曲折折的坡道讓人走得氣喘吁吁。直射的太陽穿透通子的衣服，熱度直達皮膚。底下遼闊的沙原吹起一股熱氣包覆全身。熱氣充塞她的鼻孔。感覺頭腦迷糊，視線茫然。西敏在後方扶著通子，叫喚前方的司機折返。

西敏看通子滿臉通紅，替她擔心，建議原地休息一會。四周沒一處可供遮蔭的樹蔭，西敏帶她走進斜坡處一座像祠堂的磚造建築入口，只有那裡有遮蔭，涼爽許多。休息片刻後，心跳不再急遽，染上熱病似的皮膚也冷卻下來。通子調整呼吸才回身看這座陰氣森森的老舊磚造祠堂。

西敏答道，「死者在送入沉默之塔前，會在這裡進行最後的儀式。」聽西敏說明，通子再次望向陰森的磚造祠堂。磚塊泛黑的顏色教人很不舒服。

「誰在這裡對死者進行最後的送葬儀式？」

在矮小狹長的祠堂深處，彷彿有股幽氣從黑暗中冉冉而升。

「拜火教的祭司與親人。那時會穿上白衣進行儀式。」西敏也望著祠堂。

「這裡的儀式會持續幾天？」

通子這樣問，是因爲想起日本古代入殯（**註**）的風俗。死者在正式埋葬前，會暫時安置在名爲殯宮或喪屋的小屋內。短則一、兩個月，長則半年以上。

話說回來，腐壞的屍體不可能在一般屋子裡放這麼久，會在某個期間先置於特殊設施內，這是「屍體雙重處置」中的「前項處置」，好讓軟組織脫離人體。根據人類學家金關丈夫，死者的前項處置有風化、土化、火化、水浸、食肉等方法，經過一定時間（時間長短各地不一，長一點的從一到七、八年都有，短一點只要兩週），取骨、洗骨，正式埋葬。金關

註——古時將屍體放入棺中，等候墳墓完成的風俗。

認爲日本石器時代後期之後也有這樣的風俗。倘若如此，古代入殯的風俗便相當以「洗骨」爲目的的「屍體前項處置」——通子以前也想過這些事，因此她問西敏，屍體運往沉默之塔前，在這裡停放幾天。

西敏說明：「三天。拜火教認爲人死後，靈魂會在世上停留三天。三天過後，靈魂會乘風到天國與地獄分界處的橋邊。第四天，靈魂會接受生前行爲的評估，判定要過橋往天國，還是落入橋下的地獄。兩邊都去不了的靈魂則待在天國與地獄之間，等候再次審判。」

通子在拜火教聖典《波斯古經》的說明中看過這段描述。

人類的壽命終結時，肉體與靈魂分離，後者通過相當於『審判者之橋』的地方。日後這座橋便成「審判之橋」。但審判者、斷定善惡者所指何人，還是一個疑問，但可以確定的是，這座橋在審判中扮演重要角色。（伊藤義教。筑摩版・世界古典文學全集《波斯古經》解說）

在《波斯古經》中提到的「審判之橋」——評估完死者的善行、惡行之後，行善的靈魂前往橋另一頭的天國，作惡的靈魂落入橋下的地獄，這與後世佛教故事中提到閻羅王對亡者進行審判的事頗雷同。不過以《波斯古經》來說，不清楚審判者的身分，那究竟是一位模糊不明的「主」負責審判，還是阿胡拉・馬茲達，此事引發爭論。印度婆羅門教聖典《吠陀》中的死者之王「閻魔」，譯名是閻羅王。不過閻魔並沒審判者的特性，直到佛教引進中國，閻羅王才被賦予審判善惡的司法官特性，這是儒教與佛教融合的結果。

不過，閻魔天聽說住在西方大月氏國王的居所，因爲大月氏國王閻膏珍（一世紀末）的發音是wema，與閻魔的音很相近。大月氏國是中亞的巴克特里亞國，領土包括大宛國（費爾干納），大家熟知這塊地區處於東亞、西亞、南亞的文化交流十字路口。照這樣來看，拜火教可能在二世紀末或三世紀初從伊朗傳入巴克特里亞，而一部分與來自南方的佛教重疊，傳向東方的中國——這就是「審判之橋」變成「閻羅王審判」的佛教故事起源。

巴克特里亞國境內，拜火教與佛教彼此相斥，也互相融合。特別是巴克特里亞人屬於伊朗的雅利安系，包容外來宗教，這從亞歷山大大帝遠征時在地方上留下希臘文化一事中便可明白。健馱邏佛像的面相呈希臘風格，就是有名的例子。而巴克特里亞的伊朗人是商人，商人對外來思想向來包容。這樣看來，伊朗的拜火教並非用原初的特性進入三國時代的中國成爲祆教，而是在行經巴克特里亞的大月氏國時，吸取大量佛教要素。

通子如此思忖著，在沉默之塔陡坡處的小祠堂旁坐下。這裡是死者鳥葬前，用來停放屍體三天的小型設施。

她休息片刻，這時地面突然變暗，抬頭一看，空中飄來浮雲，斷斷續續遮蔽太陽。

「白雲稍微阻擋陽光的直射，眞是太好了。這樣幫了我們一個大忙。您舒服點了嗎？」西敏起身，微笑地窺望通子。

「休息好一會，舒服多了。謝謝。我們繼續往上走吧。」

坐在對面岩石上的司機也站起身。他下方的計程車顯得無比渺小。通子再次和西敏攀登螺旋狀的小徑。斜坡落石構成的地面並不穩固。鞋底易打滑，稍一使勁，腳下的小石頭紛紛滾落。前方的司機輕盈地大步而行，轉頭等通子走近。西敏像護衛一般守在身後。

終於到「沉默之塔」。登上丘陵頂端後，圓形牆壁的直徑約莫四、五十公尺，高度將近十公尺。外觀以灰泥塗成，當然和古時候的達夫美不同，但歷經漫長歲月，泛黑的外裝斑駁處處，露出裡頭堆疊的磚塊。入口是一座拱形窗，但看起來像假窗，因為正面是緊閉的鐵門，一旁嵌著鐵條插栓，掛著大大的門鎖。插栓和門鎖布滿紅銹。這不是可以進出的窗戶。

唯一的入口窗離地兩公尺高。中間兩個小凹洞可供踩踏。遺體放入塔內時，得擺放在同高的臺座，再打開鐵門，搬進塔內。地面與鐵門間的灰泥壁面出現燒焦的痕跡，一半鐵門也受到波及。焦黑色散發出陰森的氣氛。

「屍體放入塔內之前，祭司會先在這裡拜火。」西敏站在通子身旁，「夜裡搬運屍體時，每個隨從手裡會拿著火把，然後疊在這裡，燃起火焰。」

拜火。但拜火教並非向火祈禱。火是獻給阿胡拉·馬茲達的供品，而獻給神的供品則會授予神的代理身分，受人崇拜。此外，死者的靈魂會前往「最勝王國」，而遺留的屍骸接受火的讚歌，天明時，交由烏鴉舉行送葬儀式。

正義者之亡魂
度過第三夜後，可望見黎明
彷如從樹林間

嗅聞其芳香
從最南之處
最南之各地
吹來芳香和風
芳香無比，遠勝其他各地吹來之風
宛如風是朝亡魂吹來一般
（《波斯古經》——「魂之命運」伊藤義教譯）

「這座達夫美如您所見，入口大門緊閉，還上了鎖，無法一探究竟。不過前面有一座老舊的達夫美，外牆損毀了，可以進入塔內。」

西敏將從司機聽來的消息轉告通子，三人一同走下丘陵，要攀登到另一座丘陵的頂端得花不少時間和力氣，於是他們決定抄捷徑，沿著沉默之塔的外牆到另一側。

「路面不穩，請注意腳下。」

雖是岩山，但少有立足之處，像木板一樣平坦的岩壁垂直凹陷。司機在前方約八公尺長的山谷地帶朝通子伸手。低頭往下望就可見到垂直的斷崖，恐怕三十公尺深。途中無數向外挺出的岩石。通子脫下鞋子，身子微蹲，讓司機牽著手，好不容易平安走過。西敏同樣跟在後頭。

走過山谷地帶又到岩山的上坡處，雖然沒有小徑可循，但坡度平緩，走起來輕鬆許多。

傾毀的達夫美外牆座落在前方的山頂。外牆僅由石塊堆疊，和在雷城見過的沉默之塔一樣是舊式的建造樣式。圓形外緣已經崩塌。浮雲仍在空中飄動，陽光時暗時明。半崩的沉默之塔籠罩在斑駁的光線中，映照出黑褐色的陰森斑點。

三人終於抵達高牆，雖看不出入口，但從上面的崩塌處便能夠翻進塔內。司機率先躍至牆上向通子等人伸手。牆壁石塊同樣大小，往內看，直徑約十公尺大的平坦岩場上看得見散落一地如白色小紙片的東西，那是人骨碎片。大多是四肢的長骨，還有無數分不清人體哪部位的碎片。

老早就預見有這種場面，但通子當下一看還是渾身發麻。裡頭不知多少具遺骨，隨意丟棄的情況讓她聯想到垃圾場，但沒半點臭味，白骨早被烈日晒得乾枯。通子望向天空。沒看見烏鴉。只有淡淡的烏雲在空中飄蕩，底下是綿延的彎曲稜線。

走進牆壁內的司機協助通子和西敏下牆。

通子看到底下散亂的人骨，一時遲疑，不敢跳下。她稍微辨認出這些長骨是從關節處脫落的肱骨、橈骨、脛骨、腓骨等，這些特別顯眼，此外腳下出現幾片肋骨，可是成了白色碎片便猜不出部位，考量到彎曲的情況，可能是顱骨的一部分。不知爲何，地上有一塊麻布，或許用來包覆死者。散落一地人骨的岩場地勢微微傾斜。較低處另用石牆與外牆區隔，同樣出現多處崩塌。

司機翻身站上石牆窺望對面，發出一聲驚呼，他繼續注視好一會，接著轉頭使眼色，

圖：沉默之塔（作者拍攝）

要通子和西敏快來。司機拉著通子站上石牆，映入通子眼中的，是包含數顆骷髏頭在內的肋骨、四肢長骨等白色堆積物，令人眼花地散亂一地。

椎骨、肱骨、橈骨、尺骨、股骨、脛骨、腓骨等。人骨各部位分解成碎片堆積在地面上。有的呈白色，有的呈灰色，有的泛黑，有的上頭還帶黃褐色。有的看起來很堅硬，有的似乎一碰就碎。還有無數碎片像貝殼般散亂在地，可能是骨頭碎裂而成，其中可能有腕骨、跗骨這類細小骨頭的碎片或軟骨碎片。

這裡經過陽光直射，吸乾骨頭的水分，同樣沒半點臭味。

骷髏頭座落在自己四分五裂的碎片中，悲哀地露出兩顆空洞，不剩半片腐肉。只要遺體一放進這裡，等候多時的成群烏鴉便蜂擁而上，群起啄食屍肉，帶往天際。

人死後／邪惡、懷有惡意之諸魔／會從四方蜂擁而來／待第三夜天明／曙光乍現／全副武裝的密特拉／將來到充滿安樂之群山／旭日東升。

通子腦中浮現看過的《波斯古經》中的字句，她抬眼仰望，在宛如廢墟城堡的沉默之塔西前方是一片突兀的山嶺。放眼望去，往西連綿的山群盡是不祥的茶褐色，峰巒嶙峋，在太陽的強光照射下以銳利的陰影描繪岩壁的險峻。山麓一帶掩埋在看似流沙的微粒細沙中，持續從這裡湧來，初來乍見的雙峰，沉默之塔的山麓，及這座山丘間的鞍部也都覆蓋流沙。通子望向南方，茶褐色海洋般遼闊的沙漠遠處，地平線上隱隱浮現小小的銀色細長形體，是亞茲德。

——座落沉默之塔的丘陵，聳立在人類城鎮的現世和陰森群山的死亡幽界之間。

這時，飄蕩空中的浮雲加快流速，陽光與暗影在地上交互飛馳，當雲層來到嶙峋的岩山上，整座山頂籠罩進陰鬱的暗色，像極一道幽魂蟄伏在山谷或山腹處，而另一側沙漠地平線上的人類市鎮則發出明亮白光。雲量多寡不同，亞茲德有時倏地陷入黑暗，彷彿成群的棺木將從暗處運出，而曝晒在陽光下的茶褐色不祥山嶺，正積極地邀請死者的到來。

達夫美確實建造在幽明模糊的交界處。沉默之塔這名字取得好。陰氣沉沉的天空下，陸續運來的死者被抬出棺木，在開啓的塔內接受鳥葬，殘留屍骨遍布在地，靈魂如《波斯古經》所說地飛往「天上之國」，留下白骨，坦然接受在大地上化爲太陽飛塵的命運。

通子佇立在難以名狀的絕望景致中，倍受吸引，她就像預視到自己日後朝那荒涼的死亡景色走去的身影。

西敏．漢薩維在她的身後低聲輕喚，通子早已渾然忘我，要西敏叫喚才回過神來。離去時，通子朝白骨合掌膜拜。一位異教徒在拜火教徒的靈場上祈求冥福，根本毫無意義，但還是不自主地做出佛壇前的習慣動作。

三人終於開始下山。眼前是另一座山丘上的達夫美。這座沉默之塔也是灰色的灰泥壁面，泰半都剝落，露出底下泛黑的磚塊。一條由下往上延伸的彎蜒小徑上，半路停一輛車。不見半個人影。他們走到兩座山丘的中間。一路上的斜坡和底下的沙地布滿白骨碎片，猶如撒落的貝殼。骨頭太細碎，無從分辨部位。輪胎在沙地留下兩道深邃的車痕，上頭也有無數骨頭碎片。

「每當強風吹起，這些碎片便會從上面的達夫美吹向這裡。」西敏說。

畢竟石塊堆疊的外牆損毀，這種情形無從防範。若不小心便會踩碎骨片。這些骨頭既輕又薄。不知道是因爲風化，還是屬於軟骨的一部分。儘管碎片落向斜坡、沙漠、道路，但沒人會撿拾帶回沉默之塔。

「三到五月會起沙塵暴，這些骨頭就會被吹散。」

通子感覺碎片彷彿在誦念《波斯古經》的經文。

「死者之魂說，『這陣風從何處吹來——芳香無比的一陣風』。」

計程車折返亞茲德，行經新建的公墓。墓地仿照家屋建造，也有像「死者之村」的小型圓頂，伊斯蘭教徒都葬在這座公墓，有固定的聚集處。

通子從車內回望。沙漠遼闊無垠。遠方嶙峋的岩山逐漸遠去，角落兩座山峰並排聳立。剛才看的沉默之塔矗立其上，恍若山頂的城堡。通子命司機停車，說要拍照，不過相機一點都不重要。她想用自己的雙眼將遠望的景象深深烙印眼中。先前來時，也像這樣遠望。當時覺得它很像以前看過的高山，現在終於想起來，是從大和平原仰望的二上山。

右手邊相當於雄岳，左手邊相當於雌岳。雄岳山頂有大津皇子的墳墓，雌岳沒有。沉默之塔位於兩座山丘的山頂。右邊的連山相當於駒連山。左邊山丘中斷，但一路綿延的山脊線與葛城山、金剛山山群有幾分相似。

西敏下車，詢問沒帶相機的通子怎麼了，但難以向外國人解釋。天空仍浮雲流轉，忽明忽暗。地面若陰暗，山脈便明亮，倘若山脈轉暗，地面就亮起。這時，一道白雲籠罩山頂，整座山陷入黑影。沉默之塔所在的兩座山峰也化爲清楚的暗影。不僅如此，雲影遮蔽山腳的死者之村，宛如所謂的「隱國」，而死者會前往陰暗的山腳。

不過，通子的聯想僅限於此，要將伊朗的拜火教山與大和平原的二上山的關係連結在一起，既沒根據，也沒其他共通要素，僅僅形狀相似。她回國後若向人提起，可能會引來訕笑，說是伊朗毒辣的太陽令她產生幻想。

突然，西敏一聲提醒，通子望向地面，一隻烏鴉快步走過沙地振翅而去，牠的頸部下方有一處白色。「是烏鴉。」西敏似乎覺得有點可怕。這隻會啄食屍肉的烏鴉體型頗大，長相如喜鵲，牠連一眼也沒瞧他們。

通子倏地想起愛倫坡一首名爲「烏鴉」的詩。她又回頭一看，籠罩在陽光下的亞茲德熠熠生輝。通子感覺自己仍留在那幽明難分的交界。

當晚，通子在飯店裡與西敏講到沉默之塔，談論拜火教的鳥葬起源。西敏・漢薩維不是拜火教徒，但對宗教的事知之甚詳。

西敏就讀德黑蘭大學建築系，她說自己從其他系的教授那邊聽說波斯宗教的事。西敏表示，多數外國人都把聚集在沉默之塔的鳥當禿鷹，但這是從孟買印度祆教徒鳥葬習俗來的誤解。孟買的達夫美，啃食人肉的確實是禿鷹，但在伊朗是烏鴉。也許外國人難以置信，但烏鴉原本就不是很挑食。西敏又說，在拜火教中，神聖的火和土忌諱受到人類的屍體汙染，因此不進行火葬和土葬，但聖典也沒規定非要用鳥葬。但在拜火教中，烏鴉被視爲神的使者。

她取出《波斯古經》的英譯本，出示一章，是伊藤義教的一段譯文：人死後……全副武裝的密特拉將來到充滿安樂之群山……

「我認爲『全副武裝的密特拉』是指烏鴉。密特拉底下有七個階級，烏鴉在最底層，賜予密特拉僕役的地位。」

拜火教成立前，密特拉信仰是波斯原始宗教之一，成立後，密特拉便在拜火教的信仰中成了阿胡拉．馬茲達的侍從，成爲掌管天空的神。

「密特拉的教典遺失了，但信仰模式可以從波斯的古老浮雕中想像。」西敏說，「在南斯拉夫出土的浮雕，是短劍、頭盔、弓箭的組合，上頭停著烏鴉，頭頂是閃耀光輝的太陽。另一個浮雕中，密特拉神在火焰燃燒處和太陽神握手，中央一隻烏鴉在啄食肉片串，其他浮雕則是將參加密特拉神聖餐儀式的烏鴉人格化。密特拉神藉著犧牲聖牛的屠宰儀式，賜予人們戰勝邪惡的力量。烏鴉扮演的角色，就是將聖牛送給密特拉神的使者。」

烏鴉在風葬中啄食屍體一事，可能演變成密特拉傳說的一環。

通子想起從大阪返家時，坂根要助在列車上送的紀州熊野神社「烏文字」護身符。數十隻烏鴉聚集、構成「熊野山」幾個字。不過，這就像從伊朗的沉默之塔聯想到二上山，是毫無根據的空想。

隔天上午九點，計程車到西流士飯店迎接她。

司機是年輕男子，和昨天那位司機一樣高，西敏稱他納迪爾。納迪爾頭上頂著毛茸茸的長髮，凹陷的眼窩深處是渾圓的大眼。鼻梁高挺，鼻端下的薄唇拉出嚴肅的線條。他膚色黝黑，在陽光下，輪廓深邃的五官顯出暗影，形成明暗分明的素描畫。不是只有納迪爾。伊朗男人的臉全是這類，嘴邊和下巴鬍鬚濃密，特徵明顯。

通子不禁想起昔日擔任漢武帝使者展開西域之旅的張騫所寫的報告：自大宛以西至安

息，國雖頗異言，然大同俗，相知言。其人皆深眼，多鬚髯。（《史記》〈大宛傳〉）

這指的是費爾干納和帕提亞。在前二世紀，住在中亞阿姆河、錫爾河兩大河流域的伊朗人，面貌皆是「深眼鬚髯」，通子在行經亞茲德時已經親眼目睹。

卡車呼嘯過的大馬路上，驢車緩緩而行，計程車從馬路轉進小巷。塵埃密布的小路兩側是櫛比鱗次的小戶人家。敲打銅製壺具和盤子的銅器店、修理輪胎和車體的修車行、從玻璃瓶裡抓出一把糖果給孩子的便宜糕餅店、從幽暗深處發出裁縫機聲響的裁縫店、擺滿舊雜誌的書店。每家店都蒙上一層灰。

路上許多孩童。大眼、鼻梁挺直、臉頰清瘦。只要視線投向他們，他們便急忙以敞開的黑袍遮掩印花朵圖案的連身洋裝，露出羞怯的神情。

轉過幾個街角，前方的小巷成了悄靜的老舊住宅區，兩側是連綿的黃土人家及圍牆。入口的青色小門，在黃土色的主色調下形成獨具魅力的強烈色彩。此種黃色景致，在向陽處顯得炫目，其他地方則像黑暗般形成暗影，看起來猶如半色調的負片凸版印刷。計程車停在屋舍間狹窄的巷弄前。巷弄頗深，盡頭有一扇緊閉的藍色小門。

「這裡是拜火神殿。」下車後，西敏對通子說。「正門入口位於另一側，但只有舉行儀式時，才准從那裡進入。」

神殿後門看起來與普通人家的土牆無異。走在長長巷弄前的西敏，打開盡頭的小門。通子跟著走進才發現，眼前是一座紅色的花壇。

4

CHAPTER

第四章

拜火儀式

拜火神殿是一座正方形的白牆建築，讓人聯想到希臘阿波羅神殿。繞到正面看，它確實是拜火教的聖堂，從正門入口上方掛拜火教著名象徵（神聖的紋章，圖案是在表示太陽的圓輪中，有一尊面向一旁的神像，而且翅膀朝圓輪的兩側橫向伸展，圓輪下方正中央有個垂直的扇形尾翼）便可明白。（參照九十八頁）

入口前設置明顯模仿拜火壇左右梯形的神壇。通子聯想到奈良唐招提寺的雙階式戒壇。神殿的區域寬敞，四方圍牆下設有花壇，開有玫瑰、三色堇，以及長得像美人蕉的花朵。後面一排懸鈴木和白楊樹。還有一座水量豐沛的泉池。這地方長滿玫瑰，由於正值夏季，其他花也不少，翠綠的樹葉也因耀眼的陽光而略微泛白。這是典型的綠洲景致。

正門在拜火壇直線往外延伸處。儘管大門緊閉，門外仍可看見像望樓的鋼筋骨架。據說是去年王妃到此處參拜時，特別建造的恭迎拱門。境內恬靜無聲，不見人影。神殿旁一座像是佛寺講堂的長形建築，同樣沒動靜。

「大祭司九點半會來，應該快了。」西敏說。

身為紡織公司幹部的拜火教信徒代表，昨日和大祭司聯絡過。

期間，通子仰望神殿正上方的拜火教紋章。建築尚新，紋章也上色塗漆過。在波斯波利斯的遺跡照片中，紋章以浮雕的形式刻在廢墟的石壁上。不過，眼前紋章的褐色散發出老派氛圍，給人一種委由現今招牌店製作出來的廉價感，令人失望。

「紋章有許多樣式，有的只有圓輪和翅膀。有的圓輪上方兩端捲起。不過一般都會在圓輪中放入神像。」

西敏舉一些遺跡和遺物的名稱當例子。

「神像是阿胡拉．馬茲達神嗎？」

那具神像戴著帽子，長髮，鬍鬚長至胸前，穿著長袖外衣，一手拿著小圓輪，另一手半舉，站在中央圓輪上，衣服下擺化爲尾翼，看起來半人半鳥。

「是的。不過，原型應該是教祖瑣羅亞斯德。」西敏毫不猶豫地說。「被異教徒殺害時，教組是七十七歲高齡。」

望著紋章時，通子發現奇妙的事。

長出翅膀的中央圓輪下方有一個往左右張開的浮雕，像繩結的兩端，呈左右對稱，前端像漩渦一般翻捲。這設計有點奇妙，如果是表示太陽的陽盤，只要有圓圈即可，但這個圓卻像綁上緞帶，底下兩端朝左右張開翻捲，這在表現什麼呢？

「到底是什麼意思呢？」

西敏睜大眼睛仰望，側頭不解。

「神像手中的小圓輪象徵太陽。波斯波利斯的紋章就是這樣。不過有的神像沒拿這樣的小陽盤；有的沒神像，只有一個大陽盤，大圓輪應該象徵太陽。不過，毫無例外地這些輪盤每個都有像緞帶的圖案，應該只是裝飾。我們平時看慣了，經您這麼一提，才發現它的含意是個謎題。」

雖然通子沒向西敏・漢薩維提過，不過她想到海津信六的信中，介紹過石田幹之助博士關於〈存在於我上代文化之伊朗要素一例〉、〈針對長谷寺千佛多寶佛塔銅板可看出的伊朗要素〉等議題的論文。

信中，海津信六大致歸納如下：

「石田老師發現奈良縣長谷寺的千佛多寶佛塔銅板——浮雕千體佛的金剛力士像，其中有一尊具伊朗要素。佛像頭部後方的裝飾布條與薩珊王朝波斯人雕像頭上的緞帶有共通之處。

羅斯塔姆皇陵（Naghsh-e Rostam）磨崖雕刻中的薩珊王朝諸王雕像，及王朝中期到滅亡的八世紀期間所製造的波斯銀盤上的王侯像，都可看到兩條像辮子般的緞帶垂在腦後，隨風飄蕩。石田老師說，這是當時人們的頭飾，但這種像緞帶的布條並非侷限在人物或神像上，連鳥獸的頸部和腳也有裝飾，八、九世紀時，承繼薩珊王朝設計的絲綢紋樣與鑄像器物上也出現相同圖案，之後變成像緞帶的裝飾，飄蕩在長谷寺浮雕千體佛金剛力士像的腦後。

石田老師還說，日本並非只有長谷寺，奈良時代後期的唐招提寺浮雕吉祥天像、東大寺大佛殿前鑄銅燈籠火袋的音聲菩薩、法隆寺金堂的橘夫人念持佛廚子正面右方大門（現在不在寺內，歸藤田男爵所有）的仁王像、平安朝初期傳來的密教諸尊圖等，都是類似例子……」

通子收到信後，翻閱石田的論文，融合石田的論文展開思考。

——雙翼日輪是拜火教的紋章，翻捲的結繩兩端用來表示神力或咒術。換言之，「結」本身就有靈力。承繼薩珊王朝的設計，這種繩結出現在八、九世紀，綁在鳥獸的頸部或腳部當裝飾，不過眞正的源流或許更早，來自西元前五世紀阿契美尼德王朝「繩結靈力」的傳統。

依此解釋，帶翅膀的陽盤加上「繩結」裝飾就不會奇怪。在石田的論文，「繩結」並非完全沿用伊朗的設計，但這件事不足爲奇，因爲這項傳承流往東方時經過中亞的巴米揚、東突厥斯坦、中國、日本時，設計多少加上變化。

此外，他提到，在東突厥斯坦庫車附近的克孜爾出土的唐初壁畫，鳥的頸部綁著領巾一般的裝飾布條，而大谷探險隊在吐魯番附近發現的唐代壁畫，也出現和長谷寺力士一樣佩帶裝飾布條的人物。無論男女都同樣打扮。

另外，伯希和在敦煌千佛洞取得、交給巴黎集美博物館珍藏的唐代繪畫引路菩薩像，以及由斯坦因在同處找到並於事後交給倫敦大英博物館珍藏的唐畫毘沙門天渡海圖，毘沙門天的頭上都有翻飛的布條。關於這類例子俯拾皆是，作爲論點十分有力，雖然從伊朗本地傳播到日本時歷經演變，設計多少出現變化，但無庸置疑系出同源，來自「繩結」的靈力。石田的論文還舉出，平安朝初期傳入的密教諸尊像圖，諸如：悲胎藏生曼荼羅外金剛院的明王女、毘樓博叉等等，都有當頭飾的布條。

通子對這些很感興趣，她隱隱覺得，平安朝傳來的密教也帶「伊朗要素」。這時，祭司從神殿後推著腳踏車走進，打斷了通子暫時的瞑想。祭司的圓臉戴著眼鏡，嘴邊留短髭鬚，年約五十，個子不高。

西敏迅速走向前問候。

「他說請進，從旁邊的入口進神殿。」西敏翻譯給通子聽。

祭司率先走進神殿。

拜火神殿內光線昏暗，分爲內殿與外殿。通子與西敏走進外殿後，換上備好的白色帆布鞋，頭頂戴上扁平的白帽。這是進入神殿得遵守的規則。接下來，祭司現身前，兩人一直在等候。靠近天花板的小窗微微瀉入陽光，儘管身在暗處，待眼睛習慣後便漸漸看得清楚。

牆上掛著圖畫，一名古代國王向一位聖者跪地垂首。西敏低語：

「站著的聖者是教祖瑣羅亞斯德，單膝跪地的人是統治波斯前七世紀後半時期的韋斯巴王。這是韋斯巴王首次皈依的畫。拜火教在國王的保護與援助下興盛起來。」

這裡沒出現用瑣羅亞斯德爲原型畫成的神像紋章，也看不到朝左右展開雙翼、底下兩端出現繩結的日輪。至今「繩結」靈力一事還通子的腦中揮之不去，她一下感到自己的構想平凡無奇，下一秒又出現新念頭。等待祭司時，通子像這樣不斷思索。

古事記和日本書紀開頭提到的高御產巢日神（たかみむすびのかみ，TAKAMI MUSUBI NOKAMI）、神皇產靈尊（かみむすび，KAMIMUSUBI），會不會也源於「繩結（むすび，MUSUBI）」的靈力？

拜火儀式（作者攝影）

神名的「むすび」是「產靈」，代表「生成力的神格化」，是《古事記傳》的通論。本居宣長在《古事記傳》提到「產巢日（むすび）的漢字是借字，產靈（むす）即「生（むす）」，產靈（むすび）指「生成（なす，NASU）萬物的靈異神靈」。

不過，「ムスヒ（MUSUHI）」無法解釋成「結び（MUSUBI）」嗎？

現代版《日本書紀》注釋本提到，「武須毗（むすび）的毗，在《古事記》中寫作ビ，《日本書紀》中則寫成清音ヒ。ムスヒ的ヒ是清音，與ムスビ（結び）無關」。不過，《日本書紀》的內容刻意擺脫古事記，因此《古事記》寫「ムスビ」，而《日本書紀》將之解釋成「ムスビ（結び）」不會奇怪。但是，認爲西

元前西方宗教中關於「繩結」的事影響到《古事記》和《日本書紀》的神名，可能就揣測過度。

——不，倒也未必，通子心中暗忖。

《古事記》、《日本書紀》在八世紀前半（《古事記》爲七一二年，《日本書紀》爲七二〇年）撰寫出來，當時佛教在日本蓬勃發展。據說《古事記》中有漢譯佛典的文體，《日本書紀》也出現八世紀初流行日本的金光明最勝王經等的佛典經文，雖然字句多少有差異，但幾乎直接引用。（來自小島憲之《上代日本文學與中國文學》等）。這樣看來，從編纂《古事記》、《日本書紀》的七世紀末起，伊朗文化就和漢譯佛典一起由中國傳入日本。

事實上，由於仁王像頭上翻飛的結繩飾布，被石田認爲帶伊朗文化色彩的長谷寺千佛多寶佛塔，最初就是爲了祈求天武天皇疾病痊癒，在朱鳥元年（六八六年，該年天皇病逝）建造。雖然和石田的論文有出入，不過在長谷寺內的胎藏界曼荼羅上，金剛明王、金剛將、金剛手持、金剛鏁、金剛薩埵等諸菩薩像都以飾布纏成髮髻綁在腦後，兩端垂至雙肩翻飛。這種以頭巾綁髮髻的模樣，在獻蓮花給帝釋天的小童身上也常見。阿富汗巴米揚出土的壁畫「美麗的菩薩」像，頭髮左右亦有一條大飾布。

金剛界曼荼羅和胎藏界曼荼羅，都是後來由空海等幾位平安朝的入唐僧帶回日本，不過原型老早就在中國。不論是金光明最勝王經，還是更早的金光明經都強烈展現出西域的四天王信仰，特別是毘沙門信仰。這代表中亞的伊朗信仰流入佛教之中。

「光明」這個名稱，不就具拜火教或祆教的色彩嗎？附帶一提，東大寺的法名也叫「金光明四天王護國之寺」。

換句話說，古代伊朗地區的民族有一種土俗信仰，相信圓輪的「繩結」棲息精靈，將之當成拜火教的紋章，這種信仰延續至後代，展現在薩珊王朝波斯時代的工藝品中，流傳到東方展現在前面提到的佛像頭巾。據說密教的佛教比較忠實地呈現印度佛像的雄偉，當中應該也加上波斯要素。日本在中世以後，認為繩子之類的「繩結」具有靈力，古書中也有「魂結」之類的用語。

——通子猛然回神。

祭司一身白衣走出。白帽子、白口罩、白外衣、白寬鬆長褲、白襪，像手術中的外科醫生。

內殿與外殿中設有一扇大窗，鐵柵欄間可望見在昏暗殿中燃燒的紅火，窗前是一座像燒香台的神壇，確實也放了香。內殿的火焰燒得不高，但相當旺盛。鐵爐的形狀像獎盃。內殿煙霧瀰漫。通子學西敏．漢薩維，從窗外膜拜火焰。她聽聞、看過拜火教這個名詞好一段時間，此刻才真正在波斯「拜火」，內心感觸良深。這時，一旁身材略胖的祭司向西敏說了些話。

「祭司說，接下來要誦經。請進。」西敏傳達祭司的話，「祭司在古波斯語中稱為亞特拉巴休。聽說是源自《波斯古經》中的護火使者。」

跟在祭司身後，西敏悄聲說。

拜火教的祭司正是昔日的Magi。他們是喝呼瑪酒、操使變幻無窮的魔術、傳遞神祕預言的使者，也是中國火祆教的「摸護」、「穆護」。

「那拜火壇呢？」

「叫 Ateshgah。」

他們繞到內殿。祭司開門後轉身請兩人入內，接著關門。內殿中央，盃形臺座上燃燒的火焰暴露在前，煙霧籠罩三人，煙不厚重，帶著別於香火氣味的芳香。一身白衣的祭司佇立火旁。

他戴上掀在頭頂的白布口罩，只露出戴眼鏡的雙眼，頭上掛著一個小型的銅鐘。祭司打開經書，單手拉扯從銅鐘垂下的繩子，敲響銅鐘。清亮的金屬聲鳴響，他誦念捧在手中的經書。確實很像守護聖火的使者。祭司的聲音悠揚而富旋律性。不像佛教的誦經般單調平板，反而像印度人祈禱的哀調，聲調中帶著令人緊繃的抑揚頓挫，形成節奏。祭司誦念的是《波斯古經》。

通子想，應該是〈亞斯納〉中的火之讚歌。

身爲火之僕役的我等，首要之務乃尊崇您，阿胡拉・馬兹達啊，透過您與最愛的斯彭塔曼紐——若有人認爲您會爲人帶來禍害，他便會禍害臨身。

當我等誠心祈願時，請您以充滿歡喜之姿來到我等面前。阿胡拉・馬兹達之子的火啊。

請帶著至高的歡喜……（〈亞斯納〉第三十六章）

祭司有力地朗讀出延續不斷的經文，固定的抑揚化爲節奏。他不時拉扯繩索，敲響銅鐘。

吟誦的節奏與印度人的祈禱聲很像，應該是因爲《波斯古經》的語言與印度古代梵語的吠陀語很相近。《波斯古經》的語言和波斯波利斯碑文的古波斯語，聽說與吠陀語擁有相同的文法結構。

臺座上的火高度持平，火勢毫無增減，保持適當火勢。焚燒著的褐色細木片堆疊在火焰底下，看不出是何種植物，不過火煙中蘊含芳香，也許是這個緣故，通子微感忘我。通子想，不會是以呼瑪這類痲藥植物當火焰燃料吧？焚燒的褐色木片或許和呼瑪一樣有讓人陶醉的效果，或是肉眼看不出來的微量呼瑪混在燃料中呢？會這樣質疑，是因爲《波斯古經》裡有許多讚美呼瑪的章句。

呼瑪啊，充滿智慧的呼瑪啊／我以祈禱讚嘆你榨汁的承具（臼）／那裡頭盛裝著呼瑪的嫩枝／呼瑪啊，充滿智慧的呼瑪啊／我以祈禱讚嘆你榨汁的上器（杵）。

呼瑪經讚嘆而成長／儘管只些許榨取呼瑪／儘管只些許讚嘆呼瑪／儘管只些許飲用呼瑪／卻能殺除成千惡魔。

呼瑪酒賜我爽快／如同誇讚吾之幼子般／人若誇讚呼瑪／呼瑪便會入其五體／治癒其身／呼瑪啊，請治癒我諸般病痛／我將成爲你的盟友、讚嘆者，親臨祭儀／與你最愛的阿沙

（Asha）一樣／成爲你優秀的盟友和讚嘆者／此乃造物主阿胡拉・馬茲達之指示。

（節錄自伊藤義教譯文）

——薩珊王朝時期的拜火教徒與呼瑪關係多密切，看《波斯古經》的章句便可明白。製作呼瑪酒，得混入山羊乳和水，加上帶麻藥特性的呼瑪樹枝，等待發酵，靜置十三個月又十三天後以火燒煮、濾淨。自古便用來製酒的植物「呼瑪」，據說是一種生產於高加索地區的石榴。

一身白衣的祭司仍在誦念經文。

赤紅火焰在黑暗中搖曳。如果這把火從拜火教徒來到亞茲德便一直延續至今，足足燃燒一千五百年之久。就算沒這麼久，肯定也歷經漫長時光。在古代的波斯語中，祭司是「護火使者」，是「火焰繼承者」，也是Magi。

這時，區隔內外殿的牆面上，一道人影晃過格子窗外。外殿一名女信徒朝裡面的火焰膜拜。她雙手合十跪地。

在火焰與煙霧中聆聽誦經，通子聯想到密教的護摩。密教會設置臺座（護摩壇），而在爐內焚燒的火焰稱護摩。焚木稱乳木，堆疊成井字形，但現在都用雜木。不過，平安朝時期用什麼種類的木頭呢？以前燒護摩時，會從大峰山這類山林取得淨乳木堆疊，接著用黑色大散杖焚燒。

當時是否用特殊的植物，不得而知。

在密教裡，帝釋天和四天王（持國天、增長天、廣目天、多聞天，又稱毘沙門天）的信仰色彩濃厚。過去，四天王信仰在西域一帶相當盛行。考量到西域、中亞的關係，這應是波斯系統的信仰。

日本的密教認爲護摩的淨火能消除罪業，教義也主張燃燒供品來供奉神明，受供奉的神明是印度婆羅門的火神阿耆尼（agni），但考慮到密教來自中亞，原先應該是供奉波斯的阿胡拉·馬茲達神。

另外，《波斯古經》中反覆提到牛隻當供品。費爾干納和粟特等中亞地區的伊朗系雅利安人，將伊朗的拜火信仰傳往中國時，肯定在印度的婆羅門教中摻入這種文化。昆沙門天、帝釋天這幾位四天王，是帶印度色彩的神明，也是伊朗的神明。

金光明經的「金光明」意爲「金色光明遍照整個世界」，光明遍照的概念帶著阿胡拉·馬茲達神的色彩。「護摩」這個字又來自何方呢？通子不禁認爲，「護摩」源於呼瑪，她決定回日本要好好調查此事。

——祭司漫長的誦經終於結束。他敲響銅鐘，闔上手中的經書，和通子和西敏一起步出內殿。離開時，通子拜託祭司送她聖火的焚木作爲紀念，對方隨手拿起約十根的褐色木片及一小把東西放到她的掌中。

從拜火神殿回到西流士飯店已經過十二點，沉重的拜火儀式與酷熱的天氣令通子筋疲力盡。她與西敏兩人在餐廳吃切洛喀巴。

疲憊時，照燒羊肉吃起來分外可口。

「午餐後，要不要在房裡休息兩小時再外出？」

西敏撕開麵包地問道，建議通子午睡一下。

「接下來要去哪裡，西敏？」

「市鎮東方的海安邦特（註）。是拜火教的遺跡，在岩山上。」

「怎樣的遺跡？」

「薩珊王朝被薩拉森帝國軍滅亡時，公主海安和拜火教徒逃到亞茲德。公主在連接沙漠的岩山裡有藏身處，但那帶沒有水源。公主海安外出找水，好不容易找到水源，卻筋疲力竭而死。」西敏告訴通子這個傳說。「後來海安公主的藏身處遺留下來，取了公主的名字——海安邦特，成為拜火教徒的聖地。這裡有千年歷史，至今仍有巡禮者來朝聖。每年六月會舉行長達三天的熱鬧祭典，聚集來自各地的八千多名信徒。」

「這麼熱鬧啊？」

「不像波斯波利斯遺跡那麼有名，平時偶爾會有巡禮者。有一名祭司兼管理員。離這裡不遠，要不要去看看？」

又要再次進入灼熱的沙漠和岩山，通子心情沉重。

「我今天有點累。不好意思，那裡我就不去了。」

西敏窺望通子的臉色。

「也對。昨天去沉默之塔的疲憊還沒消除，從德黑蘭開始就一直沒休息。這是您第一次旅行，天氣又熱，當然會很疲憊。那您今天下午要休息嗎？」西敏露出同情之色。

「是的。」

「我明白了。下午休息一下，晚上再好好睡個覺，一定會恢復活力。明天一早要出發。」

「伊斯法罕是嗎？」

「是的。會搭車穿越遼闊的沙漠。車程約八小時。我訂好計程車，我會去司機那裡再確認一次。」

午睡後，西敏似乎要外出。通子突然想到一件事。用餐後，通子請西敏到她房間一趟。她從行李箱中取出自己拍攝的六種照片。分別是飛鳥的酒船石、猿石、二面石、益田岩船，以及道祖神和須彌山石。

「西敏。這是在日本歷史悠久的石造物，伊朗有沒有哪裡有類似的東西？」

西敏拿起照片逐一細看。這是什麼？西敏如此詢問，通子大致向他說明。西敏從照片中拿起橘寺的二面石和東京博物館的道祖神細看。兩人像抱在一起，臉卻背對彼此，構圖似乎令西敏頗感興趣。

「我見過類似的雕刻。」

註—別名恰克恰克（Chak Chak）。

西敏凝望那兩張照片。

「咦，在哪？」

「明天要前往的伊斯法罕四十柱宮庭園裡，好像有這樣的雕像。」

通子內心一陣騷動。

「宮殿是幾世紀時的建築？」

「它建造於薩非王朝，應該是十六世紀。」

伊朗很長一段時間被外來民族統治。薩菲王朝是睽違許久的民族王朝，在明君阿拔斯（一五八七年～一六二九年）統治時達到全盛期。

伊斯法罕的四十柱宮就在這時建造。

通子一度滿懷期待，但聽到是十六世紀時的宮殿庭園雕刻就大失所望，就算與飛鳥的石造物再相似也沒意義。但旋即心念一轉。如果十六世紀就有，這種雕刻傳統會不會很久以前就在呢？還沒看過伊斯法罕的雕刻，不能下斷言，但西敏看了二面石和道祖神的照片後說了一句「很類似」，應不會相差太遠。但對於酒船石、益田岩船、須彌山石的照片，西敏興趣缺缺。

伊朗看不到類似古跡。但通子並未因此失望。

「西敏，介紹我們到拜火神殿參拜的信徒代表也是紡織公司的重要人物，他對拜火教的遺跡和古物應該也很熟悉吧？」

「他是一位哲學博士。他很了解波斯的古代宗教，也很清楚遺跡和文物。」
「妳下午外出時可不可以和他見面，拿這些照片給他，請教他伊朗有沒有這種文物？」
這是通子突然想到的事。

5 CHAPTER — 第五章

亞茲德的思索

通子小睡片刻。雖然冷氣不太冷，但正好助眠。西敏應該是在自己房裡午睡，但她從通子手中接過飛鳥的照片時說道：

「我外出時，您應該還在睡覺，我就不知會您了。此外，如果您下午要在這裡休息，我在亞茲德有朋友，想趁這機會拜訪一下，晚上會回來。不好意思，您要自己吃晚餐了。」

下午可以暫時放下導遊兼口譯員的工作，西敏也很開心。

「我會替您帶回信徒代表的答覆。」她將照片放入包包。

通子下午四點左右醒來。睡了約三小時，舒坦不少。

西敏已經外出，隔壁房在酷熱的中午顯得特別寂靜。通子從行李箱中取出書本和筆記本。她用筆記本轉抄記事本的內容，裡頭隨手寫下她的所見所聞及腦中想到的事。她從日本出發時，才匆匆忙忙將書本塞進行李箱，數量不多，不足當參考之用。但通子想趁旅行時看平時沒空閱讀的書，因此特地帶來。

呼瑪的事仍縈繞在腦中。

《一千零一夜》中好像也有提到呼瑪的故事——「第七百九十七夜」是「兩名大麻吸食者的故事」。

以前在某國都有位漁夫，整天不工作，吸食大麻。他一天喝三次大麻酒，過著開朗荒唐的生活，後來惹禍被告上法庭。但法官和國王都是大麻酒的愛用者，這故事成了一部滑稽譚。

大麻酒就是呼瑪酒。國都應該是波斯的國都。在《一千零一夜》的其他故事也提到會魔術的波斯人。

波斯一直有飲用呼瑪酒的習慣。呼瑪的麻醉性會讓飲用者的中樞神經麻痺，產生幻覺，言行怪異，麻醉性讓身體感覺不出痛苦。這種伊朗人在中亞地方稱「眩人」。《漢書》提到，大宛國獻上眩人（幻人）。而在魏、晉時期，信奉祆教的伊朗系胡人從西域移居涼州和長安，通子不時在書中見過這種記載。

密教分派的修驗道山伏，或許也帶「眩人」特性。例如，日本修驗道的開山始祖役小角在《續日本紀》中有如下的描寫：

> 役小角流放至伊豆島之前，住於葛城山，以咒術聞名，是外從五位下（註）韓國連廣足的師父，但韓國連廣足進讒言，說他的特能會害人，且妖言惑眾，役小角因而被流放。世人傳言，小角能驅使鬼神，命其汲水、採薪，鬼神不從，便以咒術加以束縛。（文武三年五月）

咒術，亦即咒語或妖術。在《日本靈異記》中，小角懂得神仙飛行術，流放至伊豆島後，他自由飛行海上。「能浮於海上疾奔，如履平地」。他白天在島上修行，入夜前往駿河的富士山修練。流放外島三年後，終於獲准歸還國都，升天成仙。

日後有位法號道照法師的僧人入唐，鑽研佛法，後來受邀前往新羅，在山中講述《法華

註—外從五位下是官名。

經》，一旁聽道的虎群中，有隻老虎用日語提問。法師問發問者爲何人，對方應「吾乃役優婆塞（即是小角）」。法師認爲對方是日本的聖人，於是從高處走下，但對方消失無蹤。據說大和的一言主大神（葛城山的神靈，在〈雄略紀〉中，連天皇也爲之折服）受役小角咒縛，至今無法解脫。

平安朝後來的修驗者，修習仙術，一夜往返一百數十里遠，倒身躍入瀑布，沉入瀑布底端，隨河水沖流，撞向岩石，全身血跡斑斑，亦感覺不到痛苦，這類傳說在修驗道中相當多。一夜行一百數十里路，是服用麻藥性藥酒產生的幻覺嗎？負傷仍感覺不到痛，就像麻醉一樣，是感覺麻痺嗎？葛城山的役小角，據說過著以松爲食的生活，這表示他常食用麻藥性植物嗎？

《日本靈異記》記載，小角「修習孔雀咒法，習得奇異驗術」。《孔雀王咒經》是平安朝前，在奈良時代傳入的密教中心經典，內容都是原始密教。通子不清楚原始密教何時在中國成立，但考量到源流來自西域，或許是中亞伊朗系的雅利安人將波斯的拜火教與印度的婆羅門教融合，傳向魏、晉時期的中國，成爲中國的原始密教。小角修習的「驗術」，肯定是祆教的眩人（伊朗人）所用的「幻術」音譯而來。

海津信六寫給通子的信也提到從中亞的大宛國隨同祆教一起傳入中國的眩人（幻人）。通子在《史脈》發表的論文中提到齊明紀的事，海津信六對此談到：

「拜火教經由中亞的伊朗商人傳入中國成爲祆教，而人稱Magi（註）的法師，會施展名爲幻術的各種奇異術法或表演。唐朝後期打壓祆教，原因之一就是它用妖惑人心的幻術。

黑板老師在前述的論文中，將住在葛城山的役小角（《續日本紀》）解讀爲道教道士，但道士屬教團道教，基於前面的理由，是一種誤解。雖然在中國民間的道教，方士以「神仙術」之名施展詭異的方術（幻術），與祆教的幻人（使用幻術的人）很雷同。不過道教的神仙術是基於現世利益，祆教幻人卻是展現其超越常人的一面，恫嚇民眾，宣傳祆教。因此，《續日本紀》中提到役小角超乎常人的行徑，解釋爲祆教幻人的幻術也未嘗不可。」

通子心想，役小角修習的「驗術」（《續日本紀》）並非「靈驗術法」的簡稱，而是由「幻術」一詞改寫，這與海津信六的說法不謀而合。接下來，通子看了不少提到眩人的書。眩人又稱摸護（穆護），是拜火教的神秘祭司Magi。眩人除了呑刀、食火，施展「祕幻奇技」，出門在外身輕如燕，瞬間飛行數百里遠到西方的祆祠，回到原本的祆祠只需一曲舞的時間，這或許是役小角飛行往返伊豆島和富士山的傳說原型。

江上波夫在〈華佗與幻人〉的論文中，提到《漢書記》載幻人（眩人）體輕，轉瞬能飛行數百里，還能夠升天與天神交談。「如果將之視爲陷入麻醉狀態，特別是服用大麻後的麻醉，精神恍惚下感到身輕如燕、發足狂奔、目睹幻覺的精神異常狀態，應該就能合理解釋」，在南北朝時代撰寫出來的《神農本草經》也提到：「麻蕡（麻的果實），多食，令人見鬼狂走。久服，通神明，輕身。」

註—漢譯穆護或牧護。

「通神明」是和天神交談，這件事發生在波斯薩珊王朝的建國君主某一次聚集全國數千名Magi時，其中一人喝下加麻醉劑的酒，就此站著睡著，那人醒來後說自己展開升天之旅，與天神交談。

通子想，並非《日本靈異記》才有這種怪談，在《古事記》和《日本書紀》也有。《古事記》和《日本書紀》中，伊邪那岐與伊邪那美這對夫婦下凡住在淡路島，生下畸形兒水蛭子，讓他隨葦編船流走，後來一起上天界與天神面談。這是一種天問，也是卜問。

伊邪那岐命須佐之男命統治海原，須佐之男命不服，被逐出天界，當時他爲了見天照大神而上天界，在天安河會面，立下誓約。在《古事記》與《日本書紀》的傳說記載，他們可以自由從地上飛上天，這段故事的原形或許來自波斯薩珊王朝的Magi故事，在八世紀初從中國傳入日本。若不這樣看，《古事記》和《日本書紀》的這一處描寫，實在顯得過於獨特，與其他故事相去甚遠。神從天界下凡，在朝鮮神話或日本神話中相當普遍，但從地上飛往天界與諸神對談的情節僅在此處，或許是受波斯傳說的影響。「天問」的方式也很引人注意。

雖說波斯的傳說經西域、中國傳入日本，卻不見得通過中國北部或朝鮮。例如從後漢末到南北朝期間，經西域傳入中國的佛教，在長安、洛陽、南下到襄陽、江陵、長沙、廣州等異地上建造佛寺。此外，薩珊王朝的波斯人航行紅海，與印度人一起繞過南洋，停留在中國南部的南海（廣州）。西亞到中國的南洋航線，也由波斯人開拓。換言之，波斯宗教思想東傳的路線，除了西域到洛陽，往南分歧往南海的陸路，還有紅海經南洋往南海的海路兩種。海陸路在此會合，順著沿岸經江南到揚子江河口的揚州，然後橫越東海，於七世紀時抵達日本——這種推測或許能夠成立。

陸路是秦始皇在國都咸陽和吳、楚間建造一條馳道（天子和高官通行的道路），連接遙遠的南北兩地。秦始皇巡視平定的土地，將功業刻在石碑上，這種作法據說是仿效阿契美尼德王朝大流士的統治方式。若眞是如此，西亞對中國的影響，早在歷史時代前便存在，同樣的情形，不也可以套用在東海的海上交通嗎？

特別是中原的秦都與南方吳、楚間的交通道路，古代便建造完成，這與「西亞與中國間的交流，早在歷史記載出現之前的史前時代便開始，有其實證」（宮崎市定《亞洲史概說》）關聯很深。

新石器時代末期到金屬時代初期的彩陶，從伊朗經中亞抵達中國，再傳向東北（滿洲）（在中國，因爲民族主義的緣故，不說彩文土器，而稱之爲「彩陶」）。此外，一支流傳的路線是從伊朗西邊的巴比倫尼亞地區，經埃及的尼羅河地區輾轉往北橫渡地中海到雅典、羅馬，另一支經黑海兩岸到南俄羅斯，西側則與波斯大流士一世征服的土地一致。從古代西亞進入中國北部的斯基泰系青銅器文化經過中國化，進入華南，這可看成是波斯文化流入華南的象徵。

通子推測古波斯宗教思想於春秋時代流入中國華南，是因爲《波斯古經》的章句與《楚辭》「天問」的章句有共通之處。《楚辭》是流放到湖南長沙一帶的楚國人屈原（西元前三四〇年～前二七八年）及繼承屈原風格的宋玉等人所寫，〈天問〉則是屈原的手筆。

〈天問〉中，屈原向天（神）詢問無法理解的自然現象和人事，尤其強調人事的不合理，當中包含了屈原遭流放，最後投身汨羅江的悲憤。

他對自然現象的「問」，其概略如下：

遂古之初，誰傳道之？
上下未形，何由考之？
冥昭瞢闇，誰能極之？馮翼惟像，何以識之？明明闇闇，惟時何爲？陰陽三合，何本何化？圜則九重，孰營度之？惟茲何功，孰初作之？斡維焉系，天極焉加？八柱何當，東南何虧？九天之際，安放安屬？隅隈多有，誰知其數？
天何所遝？十二焉分？日月安屬？列星安陳？
東流不溢，孰知其故？
東西南北，其修孰多？南北順墮，其衍幾何？

——將〈天問〉與《波斯古經》中的〈亞斯納〉第四十四章比較。在《波斯古經》〈亞斯納〉的第四十四章中，出現如下描述：

阿胡拉，我要問您，請告訴我正確答案。
誰是造物之父，天理之父？

是誰制定太陽與星辰運行之路？
是誰讓月亮時盈時虧？
是誰在底下支撐大地，並撐住天空使其不墜？
是誰讓風雲緊繫著雙馬？
誰是創造善思者？
是怎樣的工匠創造光與暗？
是誰創造黎明、中午，和夜晚，讓人們負起自身應負之責？

——這段向阿胡拉·馬茲達詢問天地創造之謎的章節，與《楚辭》中的〈天問〉類似。此外，〈亞斯納〉第四十四章後半也提到「兩者當中，究竟誰的教義有錯？是違逆您恩澤的不義之人嗎？」，關於人事的提問，與《楚辭》中向天詢問人事的不合理，以及不義之人爲何得勢的段落相當雷同。

教祖瑣羅亞斯德據說從前七世紀後半一直活到前六世紀，屈原被流放至長沙附近的前三世紀後半時期，波斯的宗教思想很可能已經由前述路徑傳入湖南地區。

《波斯古經》當然不是瑣羅亞斯德親筆撰寫，而由他的弟子敘述而成。原本寫在一萬兩千張牛皮上，共二十一部，後來隨著阿契美尼德王朝的滅亡而散逸。據傳西元前三三〇年，亞歷山大大帝燒毀波斯波利斯王宮時，一部分聖典燒成灰燼。薩珊王朝後經過復原，但部分內容由後人添加，有的則遭竄改。總之，《波斯古經》是西前三三〇年便在的教典，內容會傳進戰國時代的楚國也不足為奇。

瑣羅亞斯德將古伊朗的太陽崇拜密特拉信仰當成理論基礎，加上哲學體系，因此太陽、光明的信仰確實可能在「出現歷史文字前」便從西域傳入中國北部，再傳向南部。

《波斯古經》裡的〈亞斯納〉提到「是誰在底下支撐大地，並撐住天空使其不墜？」的問題，中國則以巨人「盤古」雙手撐住天地的傳說回應。

《楚辭》中，關於天地創造的〈天問〉，衍生出後來《淮南子》、《三五曆記》中等天地創造的故事，這些都被收進《藝文類聚》和《說文》，成了後來《古事記》、《日本書紀》等天地創造傳說的文章藍本。不過，《楚辭》很早就傳入日本，正倉院文史中就提過《楚辭》，從中可見一斑。

通子前往飯店的餐廳，獨自用餐。

西敏現在應該興高采烈地和鎮上的朋友一起用餐吧？

她是口齒清晰、率真、開朗的女孩，但也有內斂的一面，偶爾也會流露出不帶感情的冷漠神情，但她為人謙虛。

西敏在大學就讀建築系，因為學運相近，她對伊朗的美術史和民俗史知之甚詳。雖然還沒當面問過，不過從言談中可略知一二。儘管不清楚出身在伊朗何處，但如果是地方鄉間，應該是大地主的女兒。不過，逐漸現代化的伊朗，據說正推動農地改革。

餐廳裡除了房客，還有外來客人，為數不少的餐桌都擠滿人群。大部分都是伊朗男女，也混雜四組歐美人。他們是旅行者，不是觀光客。觀光客很少到這裡。其中一名美國人單手握著威士忌酒杯，弓著身子，全神貫注地看一本平裝書，模樣就像出差的商社員工，身旁放著公事包。

亞茲德也並非全是拜火教的風格。

由於沒說話對象，通子用刀叉對面前盤上的羊肉下手。《波斯古經》和《楚辭》的共通性縈繞在她思緒中，但論證不足。不過目前還在旅行途中，當作是構想，先記在腦中，回國再好好研究，找尋論證，加以確認。

這樣的計畫也不差。

她抬起臉，望向餐廳牆上模仿波斯地毯的壁飾，圖案是鳥、花、藤蔓，特別設計出幾何圖案的紋樣。由於視線無處擺放，她從剛才起就頻頻望著那面壁飾。

她一直覺得色彩鮮豔的花鳥紋樣讓人想起和服展示場中獨具匠心的和服。這時，她因為「和服圖案」閃過一道念頭。缺乏說話對象，獨自一人用餐，心不在焉地才容易出現靈光一閃，畢竟腦袋可沒完全空著。《波斯古經》和《楚辭》，正緩慢慵懶地在腦髓神經裡移動。

通子取出原子筆，在紙巾角落寫下浮現的想法：「軑侯夫人的帛畫」

帛畫是衣服上的繪畫。湖南省長沙東郊的前漢時代古墓——馬王堆古墳裡出土的帛畫，是入葬者馬王堆夫人的遺物。馬王堆是長沙王的宰相，獲賜「軑」這塊封地，人稱軑侯。屈原投河的汨羅江離此不遠。

通子從餐廳返回房間。長沙漢墓出土的軑侯夫人帛畫在腦中盤旋不去。它和其他出土物的照片一起刊登在日本的報紙和出版品上。另外，先前見過象徵拜火教的雙翼圓輪（陽盤）中加一尊神像的紋章，也令通子印象鮮明。

她茫然望著波斯地毯壁飾，閃過腦中的想法逐漸成形，她整理思緒，寫下筆記——拜火教的紋章和軑侯夫人的帛畫，有共通性嗎？

帛畫的中央上方，有一個蛇形成的圓輪，裡頭還有一名女子。蛇的圓輪左右有看起來像鶴的長腳鳥，右邊三隻，左邊兩隻。女子的裝扮與帛畫中間的女子群像圖相同，都是當時風俗的打扮。可能因爲左邊的半月太大，左邊只畫得下兩隻鳥，畫不下三隻。月亮裡有兔子和蟾蜍。

有人認爲帛畫中的貴婦是模仿入葬者軑侯夫人繪成，但蛇形圓輪中的女子含意少有討論。古代中國的女神像，例如在後漢鏡和魏晉鏡常出現的西王母，都不會現身在蛇形圓輪中。唯一想得到是——人面蛇身的女媧。女媧與伏羲成對，手持規。帛畫像中看不見伏羲，也沒持規。不過，女媧是人面蛇身的形象在後漢以後才有，而圍成圓輪的蛇與女子下半身的蛇身合爲一體。

帛畫中的女子應該是女媧沒錯。左右兩旁的鳥，似乎畫得有些刻意。

比較拜火教的紋章與帛畫會發現，前者的圓輪成爲後者的蛇形圓輪，前者的神像成爲後者的女媧像，相對於神像下半身鳥的尾翼，女媧的下半身爲蛇體，圍成圓輪。前者的圓輪左右伸出雙翼，後者則是左右對稱的鳥。蛇輪沒加雙翼，才由鳥代替。

拜火教的紋章總位於中央上方。接下來去的波斯波利斯石牆和羅斯塔姆磨崖王墓的雕刻都看得到這種紋章。紋章位在謁見國王的正上方，而軑侯夫人的帛畫在衣服中央最上方也繪有女媧像，這些無法用一句「偶然」輕鬆帶過。

從波斯波利斯的古物看得出來，拜火教的紋章早在阿契美尼德王朝就出現。它究竟經西域由長安進入湖南，還是經紅海、南方航線，抵達南海（廣州），再北上進入長沙地區，此事不得而知，但確定來自波斯。

軑侯夫人的帛畫是《楚辭》的世界。怪鳥、怪獸出沒，也像《山海經》。

帛畫左右兩側有大蛇相連，這是《楚辭》的「雄虺」、《山海經》的「巴蛇」。大蛇又相當於靈蛇。帛畫最上方的女子蛇身圓形圖可能是女媧，但《楚辭》中有位名爲「女歧」的女神。據說女歧無夫生九子，女媧與女歧的關係不明，但應該源於相同神話。

女媧最早是單身，後來才配上伏羲，這像替西王母配上東王父一樣，源於陰陽思想。漢代時，有人當女媧和伏羲是夫妻，也有人當他們是兄妹，把他們描繪成蛇身交尾的模樣。最廣爲人知的，是武梁氏石室畫像石與高昌出土的絹畫，女媧是單獨一人的人面蛇身形象。

最近，通子在日本圖書館閱讀的中國考古學雜誌提到：

「伏義與女媧原本各自被夷和夏這兩個部族視爲祖先，後來因部族融合而讓他們成爲夫妻，這也能以人類共同祖先的含意來解釋。伏義與女媧的交尾圖，是中華民族第一次大融合

右：長沙馬王堆古墳
出土的帛畫
中國、科學出版社發
行《考古》一九七三
年一月
底下是其中的一部分
上：拜火教的紋章

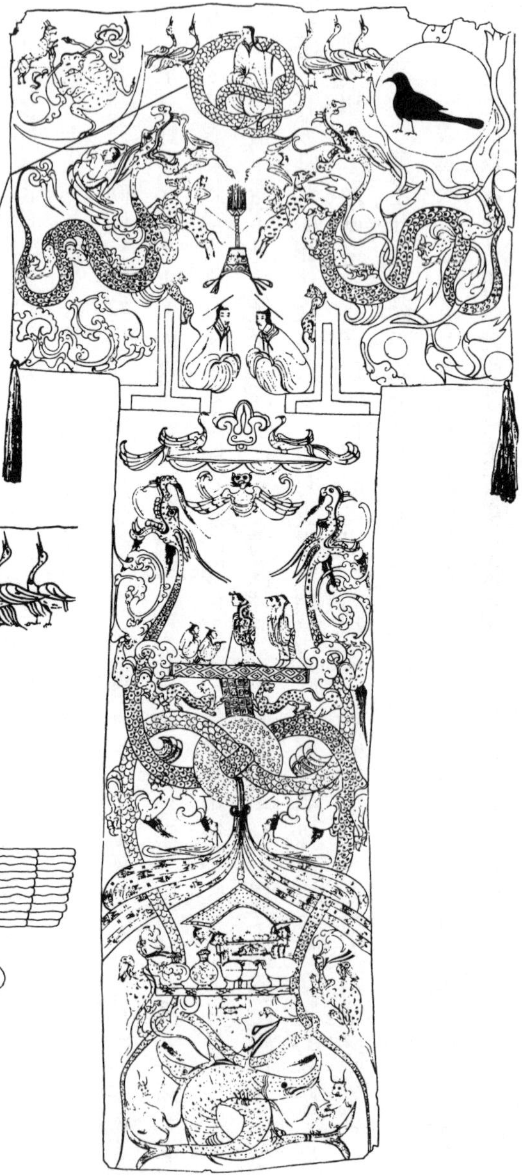

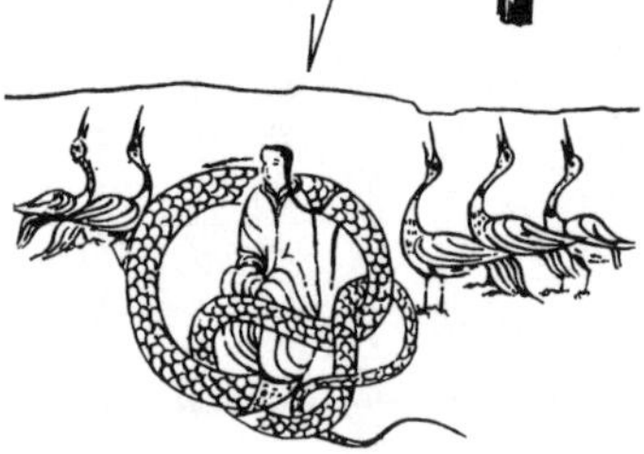

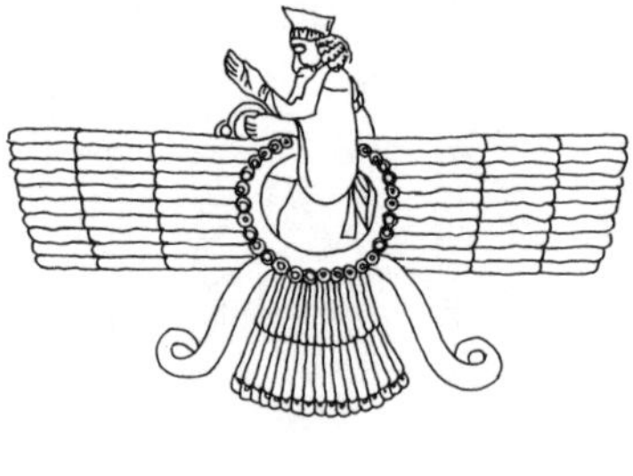

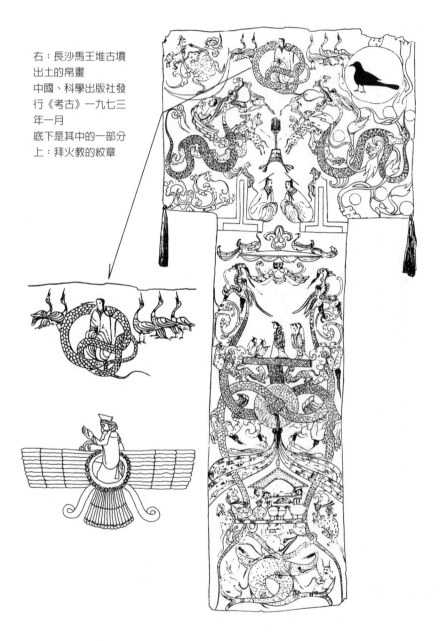

的藝術表現。」（《考古》一九七三年一月。北京，科學出版社刊）

「夏」是華夏，中國古代的漢民族，「夷」是周邊異民族。這樣來看，女媧或許來自西域部族的神話，西方存在著她的根源。根據神話，女媧是住在崑崙山的女神，漢武帝曾與她會面。崑崙山是塔里木盆地南側的高山，但有一說認爲崑崙山在長安附近，張騫出使西域，拓展見聞，位置才往西移。總之，武帝曾向西方尋求女媧的居所。

立刻將軑侯夫人帛畫的女媧圖想成拜火教阿胡拉．馬茲達像的變形，或許有點急躁。但通子認爲，這可能是支配上天的光明神密特拉信仰傳向東方，轉變成東方民族喜好的模式。伏羲和女媧被當作夫妻神或是兄妹，讓人聯想到《古事記》和《日本書紀》裡的天照大神與須佐之男命。天照大神與須佐之男命是姐弟神，也是夫妻神，事實上的關係不明。在高天原的誓約中，兩人交換身上物品，這和伏羲和女媧各持有矩和規的狀況很相似。

據《波斯古經》的注釋（伊藤義教），拜火教有「末日審判」——這是在世界末日舉行的善惡審判。在拜火教中，繼瑣羅亞斯德的千年紀後，會有三個千年紀，每一個千年紀都會出現一名勝利的救世主，最後一位救世主出現的千年紀，死者將會復活、總審判也會舉行、世界亦會重建。

這種千年區隔一次的「世界末日」又劃分成三千年、四千年的形式，和佛教的末世觀相通。關於佛教末法思想中的歷史觀，通子的辭典說明如下：

「佛家悲觀的預言是，釋迦入滅後，正派教法將在多年後漸趨勢微。唐朝《釋淨土論群疑論》引用的《大悲經》中提到，經過正法千年、像法千年後，末法萬年將會來臨。此外，還有正法五百年、像法千年、末法萬年，以及各以五百年分成五期的說法。這種思想出現在唐初的中國佛教，後來傳入日本，推測在八世紀時，南都的佛教界知道這個道理，而天台宗的最澄則認眞將之視爲現實問題，這件事也影響到平安朝末期，導致社會動蕩。在中國，末法是僧人才要面對的課題，但在日本卻不是如此，貴族階級的內心因此動搖，引來政治上的不安……」

釋迦入滅後，一千年、一千年、一萬年，或五百年爲一次階段，最後邁入末法的預言，與《波斯古經》以每一千年分成三次的末日預言相當類似。在《波斯古經》中，三次千年紀是末日前的有限時間，後來則是無限時間。相反的，在佛教的末法思想中，末法進入無限的法滅期之後，是現實世界將面臨毀滅的永遠毀滅觀，這在平安末期導致社會不安。

考量到拜火教的傳承，通子認爲中國的末法思想在唐初才顯現出來是可以理解的。畢竟拜火教在三國時代以「火祆教」（祆教）的形式進入中國，唐初融入佛教元素，並在佛經中被理論化。這需要時間，因此應該吻合「中國佛教在唐初才出現末法思想」的論點。

不過，拜火教的「末日」觀在中國被替換成「末法」，不知道是否是中國獨創。拜火教從波斯傳入中國前，中亞的費爾干納和巴克特里亞（大月氏國）先接納了拜火教，並在當地和來自印度中部的佛教抗爭、融合。漢朝的張騫前往大月氏國時，火祆教在當地相當普及，大宛國甚至向漢武帝獻上眩人。傳說教祖瑣羅亞斯德也曾在當地的巴魯克傳教，可以想見拜火教在這個地區的地盤十分穩固。

巴克特里亞似乎是佛教與拜火教（火祆教）的戰場，但衝突的同時也經歷融合。然而，巴克特里亞地區與中國過於遙遠，一定要有某個中繼點才行——在巴克特里亞與中國之間的塔里木盆地南方，有一地方叫于闐（和闐）。它在天山南路的路線上，和天山北路東側的高昌都是東西文化的大熔爐，遙望著塔克拉瑪干沙漠。

塔里木盆地容納了西方巴克特里亞地區的文化，也摻雜了北方游牧民族與南方西藏文化，可說是東方文化的十字路口。

在于闐，毘沙門天的信仰自古很盛行，被視爲國家的守護神。唐代時在這裡旅行的玄奘記載，于闐國的毘沙門天神廟裡有各種珍寶，祭祀不斷。有一說稱毘沙門天源於印度的婆羅門教，不過祂肯定是西方的神明。東洋史學者宮崎市定認爲毘沙門天是古波斯的密特拉，四天王當中除了毘沙門天，其他三位天王也分別擁有密特拉神的特性，持國天具有密特拉的護國精神，廣目天擁有密特拉萬目的視察力，增長天擁有密特拉生長之神的名稱（《亞洲史研究》第二期）。

于闐國的毘沙門天信仰來自拜火教中的密特拉信仰，在唐初時傳入中國，抵達日本，成爲飛鳥時代的四天王信仰，關於這段演變經過，藪田嘉一郎在《四天王信仰之東漸與四天王寺》中提出他的論述；此外，宋代中國僧人爲了巡拜聖跡前往西域，抵達于闐時，發現于闐的皇宮裡藏有《法華經》梵本六千五百卷。最澄在平安朝時從唐朝帶回《法華經》，開創名爲天台法華的密教，其中帶著強烈的拜火教元素。

換句話說，拜火教從西域傳入中國，再到日本，歷經飛鳥、奈良、平安朝的傳承，成爲日本毘沙門天和四天王信仰及後來密教的元素。

——通子閱讀《波斯古經》時，發現牛的獻祭。

爲牛頂禮／爲牛祝福／爲牛防衛／願您爲牛牧養／願您牧養牛隻，以供我等食用／我將立即爲您獻上牛肉，充當供品，配上最勇敢的呼瑪。

這是呼瑪讚歌的實際結尾，描述的是獻上呼瑪和牛當供品，完成儀式的場面。印度的印度教，將牛當溼婆神來崇拜，也尊崇視爲五種聖物的牛乳、尿、糞等物。教徒不吃牛肉，殺牛是犯罪；拜火教也視牛爲神聖之物，《波斯古經》出現「有恩惠之牛」、「帶牛尿供淨化之用」等故事，不過拜火教會宰牛當祭神的供品。

阿契美尼德王朝建築中的柱頭裝飾，有飛馬和公牛的雕刻。公牛雕刻超脫自然，宛如神明。拜火教信徒認爲，呼瑪、羊、牛，都是神聖之物（也對人類生活有幫助），須獻給更崇高的神，而這種文化似乎早在拜火教成立前就從密特拉信仰中一直延續至今。羅浮宮博物館裡也收藏著描繪密特拉神在洞窟內宰殺公牛的浮雕。

古波斯的屠牛獻祭文化也傳入中國。

宮崎這名學者，認爲密特拉神在中國混合祆教和佛教，成了毘沙門天，但在中國甘肅省天水縣東南方的麥積山石窟中有一座牛兒堂，裡頭藏著一尊腳下伴著小牛的天王像。這尊天王像據判是宋代文物，小牛是「金蹄銀角的牛娃」，頗受農民敬愛。漢末的畫像石中，有一幅是將廚房裡宰殺的牛倒吊的畫。想必除了獻祭，也供宴會之用。

郭沫若在《古代社會研究》提到，在卜辭中，牛、羊、狗、豬是用來當祭祀牲禮的動物，而傳往中國的古波斯屠牛獻祭風俗當然也傳入日本。在《日本書紀》，關於皇極天皇元年七月戊寅（二十五日）的記載中，一段內容在講乞雨。

「隨各村祝部所教。或殺牛馬祭諸社神。或頻移市。或禱河伯。既無所效。」

在這裡，村民用牛馬當牲禮，畢竟犧牲農耕生活中最倚重的牛馬，是祈願者或信徒對神明展現誠意的方法。波斯的宰羊、宰牛，也來自人們同樣的心理。

《日本書紀》中提到，「庚辰（七月二十七日），於大寺南庭嚴佛菩薩像與四天王像，屈請眾僧，讀大雲經等」，但仍不降雨，於是天皇隔天前往南淵河上，跪拜四方，仰天祈雨，接著雷雨大作，大雨連下五日。當時的女帝是皇極天皇，亦是隔代後重新登基的齊明天皇。

爲了乞雨而宰殺牛馬獻祭，並以四天王像陪襯，儀式充滿西域宗教色彩。不過，關於天皇向四方跪拜祈雨，有一廣爲流傳的說法認爲，這代表女帝擔任巫女，形式近似佛教的乞雨儀式，事實上不然。

先前古代天皇不曾跪拜四方，「四方」指象徵四天王的北（毘沙門天，即是多聞天）、東（持國天）、西（廣目天）、南（增長天）四方。換句話說，這邊的記載才是「跪拜四方」的起源，女帝也不是北方的巫女，是遵從西方宗教行事。

屠牛獻祭在日本成了牛頭天王的信仰。牛頭天王這位神明，原本是天竺祇園精舍的守護神，但與須佐之男命融合，成爲中古以來最受尊崇的御靈神。播州的廣峰和京都的八坂神社皆以牛頭天王的神社而聞名，也是毘沙門天的變型。牛頭的形象推測是來自中國古代的辟邪面劇——魌頭上的牛頭文字，刻意用牛字，可能是受密特拉信仰的影響（藪田嘉一郎《四天王信仰之東漸與四天王寺》）。

難波的四天王寺據傳由聖德太子建造，而一座位在大和信貴山西北、以毘沙門天信仰聞名的寺院，則是聖德太子爲了牛而建造，當時人們稱之爲牛臥寺，此事記載於四天王寺《太子傳古今目錄抄》的附錄。

不過，屠牛獻祭的風俗後來消失了，這在波斯、中國和日本都是如此。因爲牛既貴重又有用處，才獻給神當祭品。卜辭中牛、羊、豬、狗的牲禮便是如此。誠如郭沫若所言，這是畜牧興盛的證據，但隨著農耕社會的演進，牛本身的用途更著重於現實中的農耕勞動力。

於是，牛被改成神明鍾愛的動物。菅原天神的牛就是例子。菅神是御靈（御靈信仰著重安撫會詛咒人的死靈，八世紀後半興起），有人認爲祂的原形是毘沙門天，這應該也是受到西域傳來日本的伊朗古代信仰所留下的影響。

——通子不斷在房內思索著這些問題。

夜深了，鄰房的西敏．漢薩維仍未回來，也許和朋友聊得起勁。

桌旁十個約七公分的淡褐色木片、二十個像黃色小石頭的固態物，全在塑膠袋。這是拜火神殿的祭司給她的聖火燃料。通子拿起這些東西嗅聞著，沒什麼氣味。從橫切面來看不像針葉樹，而是闊葉樹。似乎是喬木。至於裡頭的固態物，有的是黃色，有的是茶褐色，有的帶有白斑的黑褐色，相當多樣。感覺就像海邊撿來的五彩石頭，但不像石頭那般沉甸甸，感覺頗輕。

這是樹脂硬塊，是放入聖火爐中燃燒的材料。火焰在內殿一直保有適當高度，燃燒狀態平均持續，祕密應該就在薪材。內殿煙霧瀰漫，通子有種陶醉感。這種淡褐色的木片，難道是製造麻藥酒的呼瑪嗎？

通子低頭望向《波斯古經》中〈大魔的誘惑〉章節。《波斯古經》的〈大魔的誘惑〉，是〈祛邪典〉第十九章。

將堅硬薪材投入火中，奉獻予您／將安息香投入火中，奉獻予您／讓善思者薰習。

將安習香投入火中，奉獻予您／以瓦吉休塔火（潛藏在空中之水裡的火）來祭拜您／它是擊潰魔史賁賈格爾（透過火，用棍棒收伏的妖魔）之物。（伊藤義教譯）

照這樣來看，向祭司要來的木片難道是安息香？

通子翻閱字典，安息香是落葉喬木，樹皮分泌的樹脂微帶黃色的塊體，帶甜味，成熟時會發出強烈芳香。但祭司給的樹脂沒有那樣的芳香，應該是別的東西。當時，通子望著拜火神殿的火焰，聯想到密教的護摩。祭司誦念《波斯古經》，敲響銅鐘，向火焰祈禱的模樣與密教的僧人誦經和焚燒護摩的模樣如出一轍。

她事後才知道，護摩是梵語裡的homa。homa是燃燒之意，宋朝的注釋書記載為「火祭」。在密教裡，它被視為智慧之火，是燒盡一切煩惱的薪材。

homa一定是呼瑪。

梵語的homa和古代波斯語的haoma（呼瑪），可能是方言差異。呼瑪是石榴的一種，可以從中萃取麻藥酒。照這樣來看，「護摩」來自遙遠的波斯，在密教僧人的護摩中留下火祆教的要素。

《卜辭》裡的〈貞御鬯牛三百〉提到：「貞。鬯（以一種帶芳香的草和黑黍釀造的祭酒）牛三百」，向神明獻祭，得備齊藥酒和牛隻牲禮（羊、豬）。（《中國古代社會史論》郭沫若，三五八頁）

通子在修驗道相關書籍中看過，稱為「乳木」的薪材並非針葉樹，而是常綠樹，通常是棗樹或石榴樹。石榴原本就是西方傳向中國的植物，據說這就是當年張騫從安息國帶回的「塗林」（晉代張華的《博物志》）。石榴的樹皮也含讓中樞神經麻痺的成分。

這樣來看，密教的護摩可能源自homa（呼瑪）一詞。婆羅門式的密教是在七世紀中葉透過中國的波斯系雅利安人傳入中國，當時已帶有祆教色彩。

印度的密教，據說在婆羅門教時代（西元前一五〇〇年左右）萌芽，只要比對過婆羅門教的基本聖典《吠陀》與拜火教聖典《波斯古經》的共通點便能得知。伊朗、中亞、印度的居民，都源於遠方同一處根源的雅利安民族。

——飯店房間的冷氣教人有點冷。

本以為冷氣開得太強，但其實是沙漠的夜晚寒冷。亞茲德位於沙漠中，通子從椅上起身走向窗邊，微微打開窗簾，建築物上方是陰冷幽暗的蒼穹。一棟建築物座落在飯店後方，白天時，屋頂有位老婦人在晾洗好的衣服和棉被等物。如今，翻飛的雪白床單間，一名黑衣老婦人忙著收衣服，構成絕佳的一幅畫面。

沙漠或沙地的黑暗和寒冷，只有住在當地的人才能體會其中的可怕。

拜火教厭惡黑夜，詛咒黑暗，創造黑暗、死亡、不淨、邪惡的神明安格拉·曼紐和迪弗是所有邪惡的創造者。正因如此，人們仰慕光明。光明之神阿胡拉·馬茲達是至高的善靈、賢者、正義者、至善者，及生命與清淨的創造者。阿胡拉·馬茲達統治天界，安格拉·曼紐統治地獄，他們的鬥爭無比漫長，但最後將由阿胡拉·馬茲達贏得勝利。

光明為善，黑暗為惡的二元論，及兩者爭鬥的世界觀，同樣出現在《古事記》和《日本書紀》〈神代卷〉中。

天照大神是光明神，也是高天原的統治者。須佐之男命是根之國、底津國、黃泉國、出雲國的統治者。天照大神是善神、賢者、至善者、生命的創造者。須佐之男命是黑暗神，是死亡、不淨、邪惡的創造者。

高天原的大和，與根之國的出雲互相對立、鬥爭。光（善）與黑暗（惡）的二元論，會不會源自中國的陰陽思想，複製進《古事記》和《日本書紀》的世界觀呢？天照大神率領天界八百萬眾神，須佐之男命則沒有任何神明和他站在同一陣線。這與阿胡拉・馬茲達擁有許多像分身的眾神部下，而阿格拉・曼紐卻與祂不同的設定多所雷同。

基於血統系譜，《古事記》和《日本書紀》的作者安排須佐之男命身爲天照大神的弟弟，但最初的故事應該和古代西亞一樣，出自光與暗、善與惡的二元論世界觀。

兩者的鬥爭，呈現在前往高天原時，令山川爲之震動的須佐之男命，及前往天安河迎擊的天照大神的武裝上。這時的天照大神是軍神，與阿胡拉・馬茲達的軍神特性很相似，而身穿甲冑的毘沙門天，是阿胡拉・馬茲達或密特拉神的佛教式翻版。

善神阿胡拉在梵語裡稱Asura，在印度反倒被視爲惡神，亦即佛教的「阿修羅」。拜火教的迪弗（惡靈），在印度是善神。在伊朗與印度，名稱雖然相通，但善神與惡神的名字卻互相交換，不知道背後有什麼原因。

天照大神躲進石屋，世界被黑暗籠罩，世間呈現「萬妖悉發」之狀，尤其因爲黑暗是邪惡的象徵，高天原此時到處都是邪神。《波斯古經》也影響到七世紀末、八世紀初的《古事記》和《日本書紀》，天照大神的「躲藏」意謂著死亡。

此外，伊邪那岐與伊邪那美生下水蛭子及淡島，水蛭子被放入葦編船，隨著河川漂流而去，而淡島沒被算進他們生下的孩子之中，從地上的淤能碁呂島升天，此事記載在《古事記》之中。

於是二柱神議云「今吾所生之子不良。猶宜白天神之御所」，即共參上，請天神之命。爾天神之命以，卜相而詔之……

卜相是一種占卜，燒烤鹿的肩胛骨，觀察裂痕來判斷吉凶。兩位一度從天而降的神，再次升天到天界的神明前展開「天問」。天界的神明則用占卜爲他們解答。

另外，關於天照大神與須佐之男命的誓約，在《古事記》中描寫如下：

須佐之男命從地上來到天界，與天照大神會面。天照大神認爲須佐之男命存有邪心，因而全副武裝，質問他爲何前來天界。須佐之男命否認自己心存異心。天照大神反問，既然如此，你要如何證明。須佐之男命道，兩人立下誓約，各自生子，即可證明。所謂的誓約，是「判斷吉凶黑白時，心中立誓而採取的行動」（倉野憲司註）。在這段記載中，須佐之男命的佩劍化出三名女子，天照大神的勾玉化出五名男子，最後由須佐之男命勝出——《日本書紀》也記載這樣的內容。

詢問神意，判斷吉凶黑白，即是「天問」。方法「宇氣比（**註**）」（《古事記》）、「誓約」（《日本書紀》）即是占卜。但不論是伊邪那岐、伊邪那美，還是天照大神與須佐

註——音爲うけい，意思同「誓約」。

之男命，都無法從記載中推斷徵詢神意的對象。

前往天界與神會面，這種行爲和火祆教的眩人——亦即拜火教的Magi很雷同。天問則帶《波斯古經》色彩及《楚辭》色彩。某些學者認爲，《莊子》中也出現「天問」。也許因爲這些外來傳說經過融合變形，寫進《古事記》和《日本書紀》，被徵詢神意的神明自然成爲形象模糊的「天」。

中國古代有種占卜方式叫「龜卜法」，用錐子朝龜甲鑿洞，再拿燒紅的木枝燒灼鑽鑿處好觀察裂痕，還有一種燒烤鹿肩胛骨的鹿卜法。日本的鹿卜法由神社傳承至今。因此有人認爲，雖然是問天，但是運用占卜，因此天問可影射爲「卜問」——「《楚辭》的天問是仿效卜問系列的一種文學」（藤野岩友《巫系文學論》）。

這樣來看，古伊朗的宗教思想，像新石器時代末期的彩陶文化，傳向中亞、中國，最後抵達日本。殷商文化遍及華南一事，也是從考古學的發掘而得知。

——忘了夜漸深，高須通子思考著這些問題。

西敏．漢薩維仍未回來。

6

CHAPTER

第六章

南禪寺一帶

方。

新幹線列車冷氣涼爽，但窗外流逝的盡是炎熱的景致。坂根要助無精打采地望著濱名湖波光粼粼的湖面。馬達快艇在湖上飛馳，但這裡不同於大海，窄小如池塘，看了反而更悶熱。不久來到滿是田地和住宅的遼闊平原，時間是十一點半，正是日正當中。遠處的山映襯著布滿積雨雲的天空，灼熱的陽光傾注地面，照得四周風景泛白模糊。太陽就於頭頂正上方。

坂根要助想，不知道伊朗多熱。高須通子的明信片只有從德黑蘭飯店寄來的那張。她似乎正在沙漠中。自己在飛鳥的酒船石親眼目睹她爬坡的模樣，先前在奈良的古董店與她二度相遇時，她也四處走訪參觀。關於當時的言行，坂跟從雜誌《史脈》的論文中明白她的目的，不過高須通子就是給人一種四處走動的感覺。

在陽光刺眼的沙漠中，要是讓高須通子走向遠方，應該能拍出不錯的照片，坂根要助曾想像這樣的構圖。蔚藍的天空、黃色的沙漠，通子坐在遠方，這樣也不錯；而背對鏡頭，朝地平線走去的畫面也不賴。廣闊的空間、拉入近景中的沙漠風紋，應該能描繪人類幾乎要被天地壓垮所展現出的反抗——他忽然湧出各種想像。

坂根要助原以爲伊朗的沙漠就像阿拉伯或敘利亞的沙漠，是微粒的細沙。但伊朗的沙漠，沙塊就像石頭一樣四處滾動，根本沒有風紋。就算不在附近，還是能看到某處茶褐色的險峻岩山，朝天際聳立。

如果可以，坂根很想跟高須通子去伊朗，但他連玩笑話都說不出口，頂多說日後再依她走過的路線重遊。不過，目前也分身乏術，畢竟承接的工作纏身。這次前往山陰地方也算工作之一，這是爲了《文化領域》的彩頁。

前往山陰前，他打算先在京都下車，拜訪普茶料理「大仙洞」的老闆村岡亥一郎，不動聲色打聽鷲見夫人嶺子的姊姊——亮子的事。大師的夫人曾糾正坂根的誤會，說「我姐姐前往伊斯坦堡了」，她口中的姐姐就是坂根要打聽的人。

名人錄裡記錄著大師夫人嶺子的姐姐亮子，是企業家增田卯一郎的妻子。亮子、嶺子這對姐妹的相貌極爲相似，常被人認錯。看來前往醫院探望海津信六的人的確是亮子。坂根此行的目的，是向大仙洞老闆村岡確認此事。

京都的夏天無比悶熱。街上完全沒風，汗水不斷噴發。南禪寺這帶全是特種行業的建築，閃亮的招牌看了更讓人覺得熱。改條路走，便發現零星幾家外型沉穩，京都色彩濃厚的料理店。這一帶也有豆腐料理店。

普茶料理「大仙洞」在和緩的坡道途中高掛招牌，那邊的路開始轉爲巷弄，盡頭處一座小巧的檜皮門，走進後，竹林裡出現一條通往玄關的小路。脫好鞋，交給收鞋員保管，登上臺階一看，寬敞的廂房採排了幾列桌子的合坐式座位。還有其他小包廂。

客人不多，坂根要助將相機配件盒輕輕放在一旁。室內開著冷氣，玻璃門緊閉，從玻璃門可望見小巧庭園，覆滿整座山崖斜面的樹葉和綠草，也因炎熱的天氣顯得了無生氣。

一身浴衣，外罩著藍圍裙的女侍送來溼紙巾與扇形的菜單。坂根一面擦汗，查看菜單，上頭寫滿了雲片、油餣、澄子、弦羹、麻腐、和合物、素汁、生盛等艱澀漢字。雖然猜不出內容，但還是從三種定食中點了名爲「竹」的定食。順便點一小瓶啤酒。他環顧四周，店內全是女服務生，不見半個男人。坂根向端啤酒來的女服務生詢問。

「請問老闆在嗎？」

「是，他人在另一棟房子裡……」

正在開瓶蓋的中年女服務生朝坂根望了一眼。

「如果他不忙，我想見他一面。這是我的名片。」

坂根遞出名片。女服務生接過名片，迅速瞄過一遍塞進衣帶，然後替坂根倒啤酒。

「請您稍候片刻。我這就去轉告。」

不久送來了雲片，但老闆村岡亥一郎還是沒來。雲片，就是勾芡的雜燴。接著送來油餣，是以蔬菜爲主的天婦羅。原來是中國式素食料理。

「請問老闆人呢？」

坂根向擺放盤子的女服候生詢問。

「是。他正好有客人，可否請您再稍候片刻？」

女子低頭行禮。

「有事在忙嗎？我可以慢慢等沒關係。」

「眞是抱歉。既然這樣，我替您拿份報紙來吧？」

女服務生送來的是體育報。坂根對體育沒什麼興趣。

「有沒有一般報紙？」

「眞對不起。目前一時找不到。」

坂根要助攤開體育報，大致將頭版標題看一遍，然後打開其他版面，朝演藝欄和電視欄看一眼便丟向一旁。正當他快吃完蔬菜天婦羅時，清湯和一道由竹筍、芋頭、豆子等乾燒成的菜也送來。這似乎就是澄汁和弦羹。他小口啜飲啤酒，慢慢動著筷子，等老闆村岡亥一郎現身。

由於採合坐式座位，不論是先來的客人離去，還是後來的客人先走，全一覽無遺。看來與老闆在另一棟房子裡交談的客人還沒離開。坂根飽食一頓普茶料理後，發現庭院的石燈籠下長著一叢蜂斗菜，有隻蜥蜴窩在其中，當他仔細觀察蜥蜴的舉動時，熟悉的低矮身影從裡頭走出，是年約五十的男子。

稀疏的頭髮、紅潤的臉、渾圓的雙眼、矮胖的體態，與先前在奈良醫院遇見時沒兩樣，不過今天他穿一件窄袖和服，套著白色圍裙，確實很有監督廚房的店主架勢。

「哎呀呀，讓您久候了。」

端正坐向坂根面前的村岡亥一郎，雙手撐地，向他問候。

「當時海津老師受您大力關照，眞的很感謝。我也一直未向您問候。」

「哪兒的話。我才是都沒跟您問候呢，海津先生是否一切安好？」

坂根重新坐正。

「謝謝您的關心。託您的福，他恢復健康。老師也一直惦記著這件事，說他得到東京去向坂根先生和高須小姐當面道謝，不過他現在還無法搭乘長途列車，對兩位很抱歉。」

「舉手之勞而已。他那麼愼重其事，我反而受之有愧。請您轉告海津先生，請他不必爲此掛懷。」

「太感謝您了。雖然他本人說想找一天前往東京，但不確定今年秋天是否能成行……請您放輕鬆坐沒關係。」

村岡瞇起眼睛，紅潤的臉上滿是笑意。

「您這次是爲了工作的事前來嗎？」

村岡朝坂根身旁的相機配件盒瞄一眼，向他答謝：「勞您百忙之中前來，眞是辛苦您了。」

女服務生在坂根和老闆面前擺好冰麥茶後離去。

「我們店裡的普茶料理，不知合不合您的胃口？」

「很好吃。不過我平時很少吃普茶料理。」

「哦，這樣啊。」老闆以講解的口吻，大致介紹普茶料理和店內特色後補上一句話。

「等高須小姐從伊朗回來後，請兩位再一同前來。」

村岡知道高須通子前往伊朗的事，應該是從海津信六那裡聽來。坂根心想，兩人平日素有往來。村岡算海津的俳句弟子。可能是在俳句會見面時，談到高須通子的事。

「我從海津老師那裡聽說高須小姐到伊朗去。」

村岡的說法一如坂根所料。

「不過，現在的年輕女孩竟然都敢隻身一人出國，實在勇氣可嘉，她應該會到沙漠吧？」

「我不清楚詳情，但可能會吧。」

「眞令人欽佩。尤其是高須小姐不是去玩，是去考察，更教人佩服。她求學問的態度連海津老師都讚不絕口。」

村岡提到海津信六對高須通子讚譽有加，他似乎相信海津三十年前當過T大歷史系助教的資歷，而且在學識上仍舊寶刀未老。照這樣來看，村岡對海津的崇拜，並非單純只在俳句。

「高須小姐思考的學術問題，不是我這樣的外行人能懂，她眞的像海津先生誇的那麼出色嗎？」

海津也好，村岡也罷，都當坂根和通子關係匪淺，坂根一來想解釋這樣的誤會，二來也想知道村岡到底對海津的學問了解多深，因而說道。

「她好像眞的很出色。雖然海津老師很少對我們提到學問。就算說了，也只是對牛彈琴，所以老師很少提，不過高須小姐似乎學識很淵博。」

「哦。」坂根很佩服似地沉思。他暗自思忖，如何詢問先前那名前來醫院探望海津信六的女士。

「海津小姐沒家人嗎？上次發生那起事件時，報上這麼寫。」

坂根目前都完全按照腦中的順序詢問。村岡眉眼微微蒙上一層黑霧。

「是的，他沒家人。一直是單身。」

「想必很寂寞吧。」

「是很寂寞。不過一直以來都是這樣，他本人也習慣了。像我這種有老婆孩子，家累纏身的人，反倒很羨慕他。」

村岡詼諧地接話。

「這樣啊。我在醫院的候診室和您談話時，有位女士出現在一旁，起初我誤會成是海津先生的夫人。」

「沒錯，在醫院時，那名女士突然前來，打斷了我和您的談話，眞的很抱歉。」

村岡亥一郎還記得在奈良綜合醫院候診室的事。他的嘴角仍帶著客氣的微笑，但眼中不含任何笑意。

「……不過，那位女士和海津先生沒半點關係。她是爲了自己的事而來醫院，看到我才過來攀談。她不認識海津先生。」

村岡說話的速度略顯急切。

「哦，這樣啊。」坂根故意裝出驚訝的樣子，但他心裡明白，村岡此話有假。

當時的情形與村岡的說詞截然不同。匆匆走進候診室的那名女士向一旁的櫃檯問話。櫃檯人員指向正在與坂根交談的村岡。因爲櫃檯人員知道村岡正在接待前來探望海津信六的客人。那名女士就像這才發現似到與坂根交談的村岡身後，一臉焦急地等他們談話結束。坂根看出這點，悄聲提醒村岡，結束談話離去。倘若她只是偶然探望其他住院的患者，村岡豈會那般客氣的接待？村岡的謊言一眼就能識破，坂根有點掃興。

「這樣啊。我原本還以爲是海津先生的夫人，或是他的俳句弟子，因爲看新聞報導而趕來醫院探視。離開醫院時，我還和高須小姐提到這事。」

坂根故意說道。

「不，您誤會了。那位女士不是海津先生的弟子。他們一點關係都沒有。」

村岡脣際仍帶著一抹淺笑，但眼神冷淡，語調很強硬。

「這樣啊。我因爲不知道這件事，還出糗呢。」

「咦，這話怎麼說？」

村岡驚訝地問。

「我因工作到鎌倉拜訪鷲見大師——就是那位有名的畫家鷲見大師。當時大師夫人到客廳，我一見到她，頓時對這樣的奇遇大爲震驚。她和先前在醫院和您說話的那位女士長得一模一樣。但是我誤會了，我認錯人了。」

村岡收起臉上的微笑。看村岡睜眼說瞎話，坂根想，不告訴你一些實話，實在嚥不下這口氣。村岡的表情確實從他提到鷲見的大名後起了變化，雖然不明顯，但因爲村岡正極力壓抑自己，反而更能察覺他內心的衝擊。

「不過，大師夫人從我的眼神中發現我認錯人，不動聲色地出言糾正我。」

「怎樣糾正？」村岡很在乎。

「夫人說，我姐姐昨天搭機前往伊斯坦堡了。她不是對我說，是對她先生鷲見大師這麼說。事實上，她特地說給我聽。她明白我把她錯認成她姐姐，感到困擾，才故意那麼說，她的糾正手法眞是高明。她應該眞的和她姐姐長得很像吧。」

鷲見大師妻子嶺子的姐姐亮子是企業家增田卯一郎的妻子。坂根後來自行調查，得知亮子和他先生一起前往土耳其旅行，所以對此頗有自信，言談從容。

「哦，這樣啊。」看起來神色緊張的村岡眉頭緊鎖。

「她和海津先生沒半點關係。」他把臉轉向一旁。「我很清楚海津先生，如果他們認識，我不可能不知道。我沒聽海津先生提過那樣的事。」

村岡亥一郎明顯露出不悅。這位親切的京都料理店老闆面對的不是一般店內客人，是捐血給海津信六的「恩人」，他此時的態度擺明充滿不悅，尤其還露骨地把臉轉向一旁。正因爲聽說京都人不輕易在他人面前顯露情感，表情和言語也像層層包覆的輕柔薄紙，村岡突如其來的冷漠令坂根頗吃驚。吃了村岡這一記閉門羹，別說繼續往下問，根本只能抽手。

「謝謝您，百忙之中還耽誤您的時間，和您聊這麼久。」

坂根完全沒碰最後送上的白飯和草莓，低頭行禮。

「哦，您飯怎麼沒吃呢？」村岡馬上又恢復老闆的親切姿態。

「不了，吃得好撐。感謝您的款待。非常可口。」

「感謝您沒嫌棄。」

坂根拿起桌上的帳單，扛起相機配件盒，走向櫃檯。村岡急忙跟上。

「怎能讓您付錢呢。您是我的貴客，帳單放著就行了。不能收錢。」

村岡向櫃檯的女子命令道。

「不，今天請讓我付帳。是我自己跑來點了這些菜。」

坂根不是客氣，是心裡有點不是滋味，不願接受村岡的好意。

「您這樣說就太見外了。這是我開的店。您幫了海津老師那麼大的忙，我要是讓您到店裡用餐還收錢，那怎麼好意思。」

坂根不再推辭。他覺得很麻煩，要是太過堅持，可能會起爭執。他想，今後還會和村岡亥一郎有一、兩次的接觸。考量到日後，得極力避免不歡而散的情形。

「那就謝謝您了。」坂根率直地道謝。

「不，哪兒的話。這樣還是難以表達我的謝意，希望下次您能和高須小姐一同來。到時候，我再好好招待兩位。」

村岡堆滿笑臉，但看得出來，他見坂根不再追問，也微微鬆了口氣。村岡站在外廊，看坂根在玄關的水泥地上穿鞋，問他接下來欲往何處。坂根扛著沉重的相機配件盒轉身面向矮個子的村岡，回答一句「要去山陰」。

「這麼熱的天，眞是辛苦您了。」村岡說客套話。

坂根步出玄關。到檜皮門前的這段小徑上，兩側種滿竹子。突然有名穿白色連身洋裝的女子從一旁木門衝出，他不由自主地停下腳步。

「啊，對不起。」年輕女子差點和他撞個滿懷，急忙停住，一臉驚訝地向坂根道歉。純白的下裙擺仍像有人在搧動似地搖擺。這扇木門似乎兼充店面與住家便門。

「不，我才要說對不起。」

眼前是一張年約二十歲的白皙臉蛋。烏黑大眼圓睜著望向坂根，驚魂未定的模樣。因爲工作，坂根常受託替年輕藝人或模特兒拍照，眼前的女孩很像她們其中一人，一時又想不起是誰。坂根感覺身後有人，回身而望。在玄關前目送他離去的村岡正微微招手，示意要那名女輕女孩過去。

村岡爲什麼要扯出這種一戳就破的謊言？

坂根要助坐上計程車後，仍在思索這個問題。

畫家鷲見晴二的妻子嶺子，今年四十六歲，姐姐是企業家增田卯一郎的妻子亮子，大她兩歲，今年四十八歲。這些都清楚記在徵信社的名人錄上頭。至於細部的情形，坂根是向一名無所不知的報社資深記者打聽。

「增田卯一郎今年六十一歲，是證券公司的社長。他已故的父親增田謙治郎，是明治末期到大正年間從事造船業發跡的增田寬兵衛的三兒子。增田寬兵衛創業有成，成立增田財團，到昭和初期都叱吒一時，後來受當時全球經濟不景氣影響，長男的本家沒落。但三男謙治郎在其他事業上經營有成，「增田財團」之名改由謙治郎繼承。

謙治郎是知名的古美術品收藏家。雅號是將「謙」拆開成兩個字，名爲「兼言庵」。兼言庵的收藏，包括重要美術品級的繪畫、雕刻、陶器類。這些珍品之所以被謙治郎網羅，是因爲他有一流的學者當顧問，每當有古董店送來古文物，就請他們鑑定。謙治郎本身也有知人善任的雍容氣度。

若不是這種不拘小節的收藏家，古董店也不會拿好貨上門。文物良莠不齊，但學者們未必有一流辨識眼光。有時也會受騙。不如說，受騙的情形還不少。

因爲原本就喜歡，謙治郎就算辨識不出眞僞，還是憑直覺處理。即便是顧問誇好的東西，只要覺得不妥，一樣退還古董店，相當與眾不同。他會將古董店全找來，舉辦自己的拍賣會競標，包括顧問搖頭不認可的文物，就算裡頭全是贗品，古董店還是有義務以收購價買回，這是不成文的規定，面對這種贗品拍賣會的諷刺做法，只能乖乖認輸。感嘆商人增田謙治郎果然不是省油的燈。

因爲這個緣故，謙治郎透過那些擔任顧問的學者，對相關的學界也極具影響力。他不僅出錢買古董，學界推廣什麼時，他也會出資贊助。他認識的全是一流學者，對這些學者的學生自然也產生影響力。換句話說，謙治郎在不知不覺間已被視為相關學界的背後金主。謙治郎一直活到戰後十年左右才過世。

而他的長男卯一郎也和父親一樣喜愛古美術品。敗戰後的混亂期，兼言庵收藏品減少泰半，但重量級美術品仍遺留下來。卯一郎也繼承謙治郎的遺志，以個人名義對戰敗後資金籌措困難的學界活動展開資助。在父親的光環及他個人的用心下，卯一郎也擁有許多學者朋友。」

坂根回想報社萬事通所說的話，內容大致如此。不過，報社萬事通知道的僅止於此，關於增田卯一郎家裡的事，只知道他有今年二十七歲，在銀行上班的兒子，媳婦的父親是學者，當過東京某私立大學校長。

那名萬事通還告訴坂根一件重要的事。增田卯一郎對外國的古陶器很感興趣，不久前，他們夫妻倆才連袂前往土耳其，因為那裡販售中東、希臘、羅馬等古陶器的市場。鷲見大師的夫人嶺子說過「我姐姐搭機前往伊斯坦堡了」，正好驗證這件事。

正因為姐妹倆相貌相似，根據這點判斷，趕往奈良醫院探望海津信六並與大仙洞老闆村岡交談的那位女士，可能是大師夫人的姐姐增田亮子。

增田亮子看到海津信六於奈良遭一名吸食稀釋劑的少年刺傷的新聞後（推測應該是這樣），為何會趕往醫院呢？坂根很想知道原因，但大仙洞老闆村岡堅稱那位女士與海津信六毫不相識，兩人沒關係。儘管嘴巴上這麼說，但大仙洞老闆一聽到提問，臉色丕變。

大仙洞老闆在說謊。他想隱瞞什麼？

坂根從《文化領域》的副主編福原庄三那邊聽聞，東京美術館特別研究委員佐田久男曾提到，海津辭去T大助教一職，並非受周遭人排擠，而是因爲女人。平日多話的佐田，當時顯得很難啓齒，面對福原的追問，勉強做出回答。

海津信六離開T大後，沒再重回學界。既沒到其他私立大學，也沒成爲在野學者或研究者。人稱才智過人的海津徹底離開學界。這是他個人意願，還是被學界葬送出路呢？不過，坂根並不認爲海津是因爲後者而遭挫折。

追求學問的人也可能發生感情問題。不過，只要情況不是太嚴重，並不會被逐出大學。就算眞發生這種事，學界也不會見死不救。海津似乎是在「女人的問題」上頭，做了很不道德的事。不過，雖說不道德，但應該不像以前那樣會遭儒家思想的嚴厲指責。只要不是什麼寡廉鮮恥的犯罪行爲……

佐田告訴福原，海津可說是「落魄」。落魄這句話，帶一種反社會的負面觀感。

坂根有一套揣測，海津信六和增田亮子年輕時可能有過一段情，而這件事發生在海津在T大當助教時的事。因此海津才被逐出大學。會不會當時亮子已經是增田卯一郎的妻子？增田卯一郎對古美術相關的知名學者都具有影響力，考量到這點，他應該有能力將海津信六這個小小的助教逐出學界。

坂根要助沒搭計程車前往車站，而前往北白川。

「不是要去銀閣寺嗎？」司機問。

「不，要去更北的地方。」

「那是要去詩仙堂嘍？」

坂根先前將相機配件盒搬進車內，司機滿心以為他要去名勝拍攝。

「不，比那裡再南邊一點。」

他知道町名和地址。不過他並非要登門拜訪增田卯一郎。

橫越比叡山登山口的那帶是北白川，坂根到這裡後，才告訴司機町名和地址。四周是台地，東側與比叡山的山麓相連。町街位於西邊某個區塊的緩降坡上。是一處幽靜之所，烈日空虛地照向行人稀少的馬路。設有圍牆的屋舍相連，茂密樹叢從深褐色的木板牆和白色的水泥牆上探頭，但這片景致似乎也因炎熱的天氣而失色不少。

「哪戶人家呢？」司機轉頭問。

「是一位叫增田卯一郎的人的宅邸……」

坂根含糊帶過。司機望著窗外，緩緩行駛，開了約一百公尺。

「啊，有了。是這家吧？」

司機看到門牌後停車。

屋子就在十字路口旁。正面是一扇冠木門，硬板牆以這扇冠木門為中心，呈九十度角往兩側延伸。緊閉的大門和高牆都因陽光照射而呈現明亮的黃褐色。這裡也種滿茂密的樹叢，隨時傳來蟬鳴聲。屋子座落在茂密的樹叢中，只從深處露出二樓屋頂的一小部分。粗大門柱上掛著陶製的門牌，寫著「增田」二字。

町名和地址都沒錯，這確實是增田卯一郎的宅邸。四周不見人影，刺眼的日光空虛燒灼著白色的門牌與前方的道路。

「接下來您要怎麼進去？」司機朝隔著車窗注視屋子的坂根催促。

坂根就像猛然發覺似地環視四周，低頭看一下表。

「啊，沒時間了。請直接開往京都車站。」

「咦？」司機一驚。「您都專程到這裡了，怎麼不……」

「沒辦法。我會趕不上列車。下次吧。」

司機車子掉頭，改往南行。坂根並非只是來看增田卯一郎的住家。他心中抱持一絲期待，心想或許可以碰巧看到亮子。全身緊繃的力氣就此洩去，他抽了口菸。

抵達京都時，開往鳥取的快車離開車時間還有二十分鐘。好在他對時間的直覺很準。果然一如直覺，繞過北白川到這裡，差不多就這時間。從事攝影這種時常出差的工作已久，大多能準確猜出時間。

他到月台跟攤販買一份報紙，沒馬上攤開來看。此刻的心思仍停在增田卯一郎的宅邸。那是一座豪宅。應該不是上上代靠造船業發跡的增田寬兵衛住的舊宅，是上代當家謙治郎的宅邸。儘管被茂密的樹叢阻擋，看不見屋內，但宅邸內肯定有一座存放古美術品的倉庫。

坂根本以爲能夠窺見增田亮子的身影，但微薄的希望最終破滅。要對這樣的偶然性抱持期待，打從一開始就是白費力氣。所以他並沒太沮喪，不過心中的空虛就像不斷照向那陶製門牌和馬路的陽光般揮之不去。走上列車坐定後，這種情緒仍持續良久。他對增田亮子和海津信六之間的臆測，緊緊糾纏著大仙洞老闆的話。

一直到列車駛出三十分鐘，坂根才打開車站買的報紙。是地方上的早報。上頭有篇標題寫著〈某户人家收藏的環頭大刀，引人質疑〉的報導，不是登在社會版頭條，但占去頗大版面。坂根隨意地看著那篇報導。

「最近京都内某户人家（特隱匿其姓名）維護保養珍藏的古美術品，少數幾名研究家和收藏家趁這機會受邀前往該户人家參觀。東京R大學的考古學副教授秋山敦夫也是參觀者之一，但他質疑該户人家眾多珍藏品中的金銅製環頭大刀，並向該户人家主人談及此事。主人大爲吃驚，委託相關專家鑑定該項古物，此事後來流傳出去。

這把金銅製環頭大刀，柄頭的鐵環刻龍紋，外頭渡金，浮出底下紋樣，環頭内側有鑄出三葉紋的金銅裝飾。握把以印渦漩紋的裝飾金銅板包覆，刀鞘同樣纏繞金銅板，和華麗的外裝同樣都號稱是古墳時代後期的絕品。

秋山副教授説——我沒做過詳細調查，無法斷言，但看過後覺得有點古怪，感受不出眞品特有的氣勢。環頭是鐵製鍍金，中心是銅製渡金，這是分開製作，事後組合。類似的環頭裝飾例子也出現在兵庫、滋賀、靜岡各地的古墳出土物。與這三件出土物相比，它氣勢遜色不少。如果光用肉眼觀察細部，確實不錯。聽說這件古物出自愛知縣某户世家，但不清楚是哪裡的出土物。希望重新鑑定。」

坂根將報紙折起收好。

7

CHAPTER

第七章

眞假

坂根要助前往《文化領域》編輯部拜訪福原庄三。

「哦，你回來啦。這麼熱的天，辛苦你了。」

福原到會客室慰勞攝影返回的坂根。

「你晒得好黑啊。」

福原望著坂根黝黑的臉。

「在隱岐島待了五天。游泳游得很過癮。」

坂根露出一口白牙。

「這麼說來，你過得很快活嘍？」

「不，除了游泳，在大熱天下工作，簡直是苦修行。彩色底片我送去沖洗了，後天就可以給您過目。」

「如何，有拍出你想要的嗎？」

「還好啦。」他從但馬海岸一路走過因幡、伯耆、出雲的海岸和山間，最後遠渡隱岐，出差時間兩週。今年年底的企畫照片及明年夏季用的彩頁照片，全一同拍攝。「這是從隱岐帶回的。」

坂根說著遞出一份用籃子裝的禮物。是魚乾。

福原向他道謝，問他要不要找地方喝杯冷飲。兩人走進同棟大樓的地下咖啡廳。還不到下午四點，現在喝啤酒還太早。坂根談到隱岐的事。他在島前的知夫里島游泳，就算泡在水裡還是可以清楚看到腳趾。

「我認爲知夫里（ちぶり，CHIBURI）這三字源自韓語。」

坂根在閒談中提到此事。

「嗯，有可能。聽起來不太像日語。而且那裡離韓國也近。」福原頷首。

「從福岡縣的糸島郡、博多，前往佐賀縣的唐津，沿線上有一座加布里（かぶり，KABURI）車站。我猜這也源於古朝鮮話。」

「哦，有這麼一個車站啊？」

「是面向玄界灘的一個市町。對了，佐賀縣的背振山（せぶりやま，SEBURIYAMA）同樣也面向玄界灘，我猜せぶり和かぶり都屬同一個體系。事實上，佐賀縣還有一處叫千布（ちぶ，CHIBU）的地方。」

「你待在隱岐，滿腦子都在想這種事嗎？」

「因爲知夫里這名字很怪，我才這麼想。〈土佐日記〉裡不是提過道觸神（ちぶりのかみ，CHIBURINOKAMI）嗎？」

「好像有吧。不記得了。」

「裡頭提到，航海時，因爲海面興起大風大浪，所以人們向道觸神祈求船頭平穩。我發現道觸神和知夫里一樣，都是朝鮮話。」

「原來如此……和你聊這個話題，讓我想起今年春天在飛鳥那帶走動的事。還有在酒船石遇見的那位高須小姐。」福原一臉懷念地說道。「高須小姐還沒從伊朗回國吧？」

福原點燃打火機。

「好像還沒。」

坂根喝著果汁。

「她有寄明信片給你嗎？」

福原吁出白煙，斜眼望著坂根。

「有。她寄來一張明信片，簡單寫一句我抵達德黑蘭了。就在我這次出差前。」坂根用手帕抹一把臉。「不知道她現在是否走在沙漠中。」

坂根想起，在京都時，大仙洞的老闆村岡也說過同樣的話。

「她雖是女流之輩，卻相當認眞。在奈良古董店遇見的東京美術館研究委員佐田先生也誇她是才女。」

「是啊。」

坂根頷首，這時福原露出猛然想起某件事的表情。

「對了，說到佐田先生，他呀……」

「佐田先生怎麼了嗎？」

「他有個不好的傳聞。」

福原皺起眉。

「什麼傳聞？」

「這是人們私下的傳言，還沒出現在報紙或週刊上。」

「很重大的事件嗎？」坂根驚訝地問。

「不，也稱不上是什麼重大事件啦……」福原欲言又止，悄聲說道。「有位學者發現神愛教的學術館裡有一些奇怪的文物，惹出了問題。」

「咦，你是說那個神愛教嗎？」

神愛教是戰前的「新興宗教」，走的是道教風格。戰前一度相當流行，但戰後和各個神道派宗教一樣逐漸凋蔽。幾年後，再次振興，教團勢力也急速擴張。這是第二代教主沖津榮造過人手腕所展現的成果。有人說，這是因為中途改變占領政策的駐日盟軍總司令部暗中援助教團，但眞假難辨。可信度不高的傳聞指稱，援助是基於駐日盟軍總司令部的要員與教主的私人情誼，暗中還有藏匿物資與資金往來。不管眞相為何，在教主沖津的手腕下，神愛教的教團迅速擴張，全國信眾號稱多達五十萬人以上。

神愛教為了誇耀自身勢力，同時也因教主個人愛好，在總部茨城縣北部建造了一座以古美術品為主的「學術館」。不稱作美術館，是因為它參考了其他既有教團的相同設施名稱。神愛教「不惜花費重金」從全國大量收購古美術品，成了一段有名的插曲。收購古物時，多名專家擔任鑑定顧問。

神愛教成立於大正十年間（一九二一年），戰前歷史相當悠久。教義就如同其他新興神道教，引自古事記或日本書紀等古典文學。不過神愛教獨特之處在主張天照大神降臨凡間的地點不是高千穗峰，是常陸國的神峰山（五九四公尺高）。這座山位於多賀、久慈兩郡的交界處。

在《常陸國風土記》中，它以賀毗禮高峰之名出現。書中記載，這座山有名爲「立速男命」或「速經和氣命」的天神，是由天而降的神明。賀毗禮（カビレ，KABIRE）這個名稱也和フリ、フレ（註）有關。

根據神愛教，天照大神原本降臨常陸的高峰，《日本書紀》改爲高千穗峰，此乃伊勢神宮的神官造假。由於大和朝廷與伊勢神宮關係密切，連《常陸國風土記》也不得不將降臨在賀毗禮高峰的天照大神，改成立速男命和速經和氣命這種身分不明、連《古事記》和《日本書紀》都沒記載的神名。

神愛教主張「伊勢神宮是假冒，我們才是正統」。因此，神愛教聲稱他們的三神器才是眞品。

皇室保存的神劍，於源平之亂時與安德帝一同沉入壇浦的海底。傳說在足利時代南北朝對立時，這把沉入海底的神劍被人從海底撈起，足利尊在推立光明院時，強迫後醍醐天皇授予神器，因此天皇拿贗品交給足利尊。接著在嘉吉之變中，將軍義教遭殺害後，南朝遺臣趁夜闖入宮中，奪走神器，此事可見於史書。

因爲局勢紛亂，朝廷流傳的神器甚爲可疑。朝廷保管的草薙劍、八尺瓊勾玉、八咫鏡，全是假貨。眞正的神劍、神鏡、神玉，其實位於常陸，由神愛教教祖藉神諭收集得來，珍藏於神聖的倉庫。這座倉庫極爲隱密，再有權威的人也無法開門而入。

主張此事的神愛教，否定皇室威信，被判不敬罪。此外，神愛教的信徒組織不限於地方，中央知名人士及貴族之間也有不少信眾，因此才受當局打壓。後來當局打開保管神器的神祕倉庫一看，號稱三神器的東西其實是從附近古墳挖掘出土的頭椎大刀、勾玉及仿製鏡。在警方的調查下，教祖供稱這些當神器的物品，是事先從古文物店購買得來。

戰後，第二代教主重振神愛教，發展成大型教團，並且建造現今的「學術館」取代昔日的神祕倉庫。

戰後的神愛教自然不敢再提他們有「眞正的神器」。一來是社會情勢改變，二來，人們明白教祖的收藏全是地方上古墳出土的古物。該教團建造「學術館」收藏古美術品，與戰前給人的印象一樣。正因如此，他們的收藏品當中也有幾件重要的美術品。

由於信眾分布愈來愈廣，每年對教團的捐款（不論是義務性的分擔，還是自發性的貢奉）都構成龐大收入。如此雄厚的財力下，收購高價古美術品根本是小事，而在教主的權威下，行事作風也極爲獨裁。

不過，收藏古美術品並非只出自教主個人嗜好，對鞏固教團權威也頗有助益。其他新興宗教也擁有同樣設施，吸引信徒以外的學者和知識分子注意，因此在社會上打響名號，這算

註——念作「FURI」、「FURE」，都是「降」的意思。

間接宣傳教團的一種活動。

根據《文化領域》的福原副主編，神愛教出問題的收藏品，是名為眉庇付冑的古代頭盔，與名為杏葉的一種馬具。

「那個頭盔，頭罩形狀就像剖成一半的冬瓜，頂端有根棒子，上頭頂著一個像杯子的東西。頭罩前端附遮陽片。說起來，算是古蒙古士兵配戴的頭盔……光用嘴巴說，你可能聽不太懂，我畫給你看。」

福原從口袋裡掏出一張紙，以原子筆畫出簡圖。

「我不太會畫，你可能看不太懂，不過大致是這個形狀。」

坂根看著那張紙。

「我知道。這是元寇，蒙古來襲的圖畫中，那些元朝士兵就戴這種頭盔。」坂根頷首。

「很類似。有鐵製的頭盔，還有鐵和金銅摻雜而成的金銅製頭盔。收藏在神愛教學術館裡的，聽說是由多片細長鐵板和金銅板片片排列成的頭盔，相當氣派。」

「哦。」

「你知道什麼是杏葉嗎？」

「馬鞍上披在馬前胸和臀部上的皮繩，叫胸繫和尻繫。杏葉是垂在胸繫和尻繫下，像裝飾金牌的東西，對吧？」

「你可真清楚呢。」

「福原先生，您好像知道得更清楚。」

「不，我只是因爲這次的傳聞，向人請教一下，現學現賣罷了。酒船石那時也聽你說過，你對這種古老文物知道得眞多。」

「都是從別人那裡聽來的，雜而不精。對了，神愛教學術館裡的眉庇付冑和杏葉，爲什麼出問題？」

坂根把果汁推向一旁，向福原問道。

「好像是那些文物有點古怪。學者中有人提出這樣的看法。」

「也就是說，那是贗品嘍？」

「還不能斷言，但對方應該很想說這是贗品。但就像面對古董，基於對持有人的禮貌，不能說得太露骨。」

「沒錯，聽說古董界的鑑定家在遇到贗品時，會對持有人說，這是很罕見的物品，或說請妥善珍藏。」坂根笑道。

「好像是這樣。不過，以神愛教學術館來說，它不同於私人機構，算半公共設施，學者也不會光說好話。那位學者說，他看了沒感覺，欠缺某種氣勢。」

「看了沒感覺，欠缺某種氣勢……」

坂根想到兩個星期前，他從京都搭列車時，在車上看過的新聞報導。東京R大學的秋山敦夫副教授對京都人家珍藏的金銅製環頭大刀提出疑問。報導內容引用秋山副教授的談話，寫道「覺得有點古怪，感受不出眞品特有的氣勢。與其他出土物相比，它氣勢遜色不少。」

福原那番話透露出某位學者和秋山副教授說過類似的話。

「那位學者該不會是R大學的秋山副教授吧？」

坂根確認自己的揣測。

「不，不是。老實說，是京都Z大考古學的笠間馨介先生。」

「哦，是笠間先生啊。」

此人雖是副教授，卻是著名的考古學者。研究實力在學界頗受好評。坂根會知道他的名字，是因爲他著作頗豐。

「笠間先生是什麼時候那樣說的？」

坂根在心中將秋山副教授登在京都報紙上的那番話，與笠間聯想在一起。

「好像是兩個月前的事。因爲是那個世界的事，所以一直都是私下傳聞，我也最近才聽聞這個消息。」

坂根心想，若是這樣，那就與京都人家珍藏的文物無關了。照報上的說法，京都那件事最近才發生。

「笠間先生的言論對神愛教的人造成很大的衝擊嗎？」

「笠間先生不同於其他研究家，他在學問上的實力備受尊崇，他的話很有公信力。雖然此事尙未公諸於世，但在教團那邊似乎掀起不小的風浪。」

「東京美術館的佐田先生身上不好的傳聞，與這件事又有什麼關聯呢？」

「佐田先生之前受神愛教之託，鑑定出問題的頭盔與杏葉。佐田先生打包票，說絕對是眞品，神愛教才收購。」福原向坂根娓娓道出傳聞。

「佐田先生擔任神愛教收購古美術品的顧問，是嗎？」坂根問。

「我也是第一次聽聞。不過，因爲佐田先生擔任國立東京美術館的特別研究委員，自然讓人對他有很高的信任。古董店向神愛教兜售的書畫，或陶瓷以外的古美術品，好像主要都由佐田先生鑑定。」

「古董店？」

「收藏家都把古董店當收購收藏品的路徑。就算是跟某個拍賣會下標也一樣。」

坂根在奈良町見過的古董店頓時浮現眼前。每家店大致都相同店面樣式，入口處擺著一口大土甕，外面的櫥窗擺著古佛像、瓦片、茶碗，店內昏暗。

「那個頭盔和杏葉也是古董店前來兜售的嘍？」

「這我就不清楚了。神愛教那邊什麼也沒說，佐田先生的態度也模糊不明。不表明出處，好像是常有的事。」

「頭盔和杏葉都價格不菲吧？」

「我不清楚神愛教花多少錢買。價格極機密，但可以確定一定不便宜。如果是眞品，絕不是那麼輕鬆就能取得。」

「有那麼貴重啊？」

「眉庇付冑是鐵製品，不是很美觀，沒什麼美術價值。但它在鐵質材料外貼上銅片，再加上鍍金，非常漂亮。」

「金銅是吧。不過，鍍金的地方應該剝落得差不多了吧？」

「是有剝落，但還留一些。聽說某個古墳出土物，殘留在盔甲頭頂的金銅還有雕刻圖案呢。」

「神愛教收購的盔甲，上面也有金銅雕刻嗎？」

「好像還殘留一些。詳情我也不清楚。」

「光聽你這樣說就覺得是很不得了的東西。那麼，杏葉又是怎樣的情形？」

「這也是兩片金銅製的文物。有一對龍形透雕。」

「兩片都是嗎？」

「兩片都是相同紋樣的透雕，所以才少見。以往的出土文物，每一片紋樣都不同，顯得很零散。杏葉是好幾片同樣的飾片掛在馬具的胸繫或尻繫上，一次都會有幾片相同的杏葉一起出土，但奇怪的是，一直都只發現零散而且不同的杏葉。兩片相同紋樣的杏葉，在古美術品收藏上相當有價值。」

福原抽完手中的菸。

「聽您這樣說，眉庇付冑和兩片相同的杏葉似乎都很珍貴，不過，佐田先生看走眼了嗎？」

坂根單手托腮。

「就是這樣的傳聞。」

福原將抽完的菸擰向菸灰缸。

「佐田先生自己怎麼說？」

「他當然堅稱自己的鑑定沒錯，還說質疑的學者眼光有問題。」

「佐田先生本身也是學者。古董店的人不是也常這麼說嗎？比起那些只會擺架子的學者所做的鑑定，還不如自己鑑定來得可靠。他們自小就在鑽研，上過許多贗品的當，繳了不少補習費。在鑑定這件事上頭，可關係著自己的生死。所以這些人根本就沒把學者的鑑定放在眼裡。」

「我也常聽人這麼說，可是古董商人還是很希望有學者的背書。」

「因爲外行的買主希望有學者的權威來證明。如果是眼光好的收藏家，對一流學者的話一樣不太採信。多年前，甲州財閥根津嘉一郎先生出資收購芸阿彌畫的觀瀑僧圖就是個例子，當時他在下標前，已故的東大教授滝精一說這幅圖有點怪，暗示它是贗品，原本要投標的眾人紛紛不知該不該下標。事後根津先生很自豪說，多虧這位學者，他以很便宜的價格成功收購。滝精一先生是當時東洋美術史的第一把交椅。連這樣學者的眼光一樣不可靠。」

「你這是從哪聽來的？」

「根津美術館的說明書上寫得清清楚楚。」根本笑道。

「有自信的收藏家才敢這麼做，一般收藏家還是得仰賴專家的鑑定才敢收購。要是專家看走了眼，也只能自認倒楣了。就連著名的美術館也擁有很多眞假存疑的文物。據說這些文物都沒陳列出來，全收藏在倉庫。還有一些軼聞。」

「這話怎麼說？」

「我得聲明，這自始至終都只是眞實性不高的軼聞。當中有些文物，好像是鑑定家暗中收取古董商或畫商的回扣而騙收藏家購買。十幾年前，四、五件十八世紀名畫家的可疑仿畫流入這家美術館。傳言有一件眞正的小品名畫落入當時的鑑定家手中。那世界相當複雜。」

「這麼說來，神愛教也像這樣傳出對佐田先生不好的傳聞是嗎？」

福原從菸盒中取出一根香菸，點燃打火機。

「關於神愛教的眉庇付冑與杏葉，佐田先生打包票說絕對是眞品，所以那家古董店……不，來源是不是古董店，沒對外公開，所以不清楚，因爲這樣就讓文物賣家和佐田先生傳出不好的傳言，實在沒道理。不過像我說的，這是有各種軼聞的複雜世界，一旦有人懷疑文物眞假，人們就會用有色眼鏡看待佐田先生。」

「眞相到底是怎樣？神愛教收購的那兩項文物，到底是眞是假？」

坂根急著想知道結果。

「這我也不太清楚。而且笠間副教授也沒清楚指出它是贋品。」

「可是，他的質疑不就意謂著那是贗品嗎？他只是說得比較含蓄吧？」

「你說得沒錯。而且不利佐田先生的是，愈來愈多人贊同笠間先生的疑問。這發生在學者之間，不過沒人公開發言就是了。」

「人在不走運的時候，往往會遭眾人落井下石吧？」

「很多人愛扯後腿。也可說是被人看準機會，他應該也有學閥的敵人吧。」

「學閥的敵人？」

「佐田先生東京T大出身。笠間副教授京都出身。聽說佐田先生曾生氣地說，是京都那班人在找我麻煩。」

福原吐了口煙。

「眞可說是宿命的對立。」

「不過，聽說東京出現一種論調，認爲佐田先生打算以京都、東京對立的既有觀念當隱身衣，躲過人們對神愛教事件的疑慮。」

「內部自己出現攻擊的聲浪嗎？」

「不，佐田先生並沒被視爲是大學的人。只算是T大的旁支。」

「哦，這麼說來，聲音來自大學嘍？」

「所以事情才複雜啊。不過歸究起來，也是佐田先生平日言行種下的禍因。」

福原撣落香菸前端的菸灰。

說到佐田久男平日的言行，聽福原說，他常給T大教授和副教授白眼看，動不動就在背地批評，冷嘲熱諷。放逐出大學主流文化、成爲美術館研究委員的佐田，對堪稱「逆境」的現況充滿憤慨。他基於這種自由立場，口無遮攔地批評大學教授和副教授。他不知節制的言論近乎惡意中傷，令聽者不知如何回答是好。

佐田私下的言論，當然會傳進教授耳中。不只是現今教授，就連退休的教授從以前便不斷遭受他的嚴厲批評。退休的教授與現職的教授間有師徒關係，他們同樣都對佐田感到不悅。佐田的資歷久，學識也頗有實力。佐田都將年輕副教授和講師當成是年輕小鬼。

「在奈良古董店偶遇時，佐田先生嘲諷T大的久保教授和板垣副教授的事，你應該還記得吧？」

福原向服務生點了一份冰淇淋。兩人交談甚久，若只點果汁，多少對這家客人眾多的店家過意不去。

「我還記得。」坂根頷首。

久保教授是拿不出半點實績的男人，總用沉穩謹愼的性格來掩飾他的無能。板垣副教授在這位主任教授底下畏畏縮縮，不敢說出自己的心裡話，也不敢寫想寫的事，一味顧忌久保教授，想平安無事當他的接班人——佐田在奈良寧樂堂說的那番話就是這個意思。連在福原和坂根這樣的局外人、外行人面前，他都這麼露骨，想必對學界人士更是不留情面。

福原的言下之意是，佐田陷入如此窘境，是因爲別人想報復他。

「這就叫因果報應。」

福原以湯匙挖冰淇淋吃。

「關於神愛教的兩件古物，不清楚從哪邊收購的，對吧？」坂根想到某件事。

「沒錯。不知道哪裡出土，也沒公開是向誰收購。」

「該不會是奈良那家古董店吧？寧樂堂？」

「唔？」原本挖著冰淇淋的福原，手中湯匙陡然停住。

「當時佐田先生和館員野村先生一起到那裡。佐田先生說他和店主在店內的茶室……」

坂根提到佐田久男在寧樂堂的說詞，福原緊盯窗簾一點思索著。白蕾絲窗簾邊停著一隻大蒼蠅。

「哦，當時佐田先生說他和店主在茶室裡嗎？」福原低語。

「是的。那位姓野村的美術館館員不是從店內看到我們，才叫我們進去嗎？後來老闆的兒子便走進茶室叫佐田先生出來。」

坂根試圖喚醒福原當時的記憶。

「嗯……」

福原還在思忖，叼著的菸一動也不動。

「怎麼了？」

坂根覺得古怪，出言詢問。

「不，」福原猛然回神。「關於這件事，我想到一句話。並非專指寧樂堂，一般古董店都可以這麼說。」他接著吸口菸。

「嗯。」

「古董店不太會將好貨擺在店頭。那只是放給外行人看。眞正讓人眼睛一亮的好貨都收在屋內或二樓。他們只會帶老顧客或熟客進屋或上二樓，讓他們見識出色的古物。一般客人絕對享受不到這樣的福利。」

「如果是出色的古物，一般客人也可能會買啊。」

「你這麼說就錯了。那種古物少說也要五、六百萬日圓。一般客人買不起。這也算一種避稅的方式。」

「也是。要是擁有這麼貴的商品，會被國稅局盯上。」

「店面簡單樸實，店內琳瑯滿目，這是古董店做生意的要訣。他們要提防警方調查。」

「沒錯。」

「有價值的古董，可不是隨便就有。而且往往數量有限。不過，地底下倒埋了無數商品。」

「啊，盜墓品是吧？」

「喂，講太大聲了。」福原像在模仿歌舞伎的腔調似出聲制止坂根。「講盜墓品會讓人誤會。偶爾會有人在古墳所在處行走，發現掉落地上的古物，送往古董店。很多是稀世珍品。」

福原暗示，似乎不少古董店家會暗中收購古墳的盜墓品。

古往今來，盜挖古墳的事一直沒斷過。飛鳥的天武、持統合葬陵，鎌倉時代便曾遭人盜墓，此事明載於史書（《百練抄》、《帝王編年記》）和〈公卿日記〉（《明月記》）中，而《阿不幾乃山陵記》（高山寺發現的文件）則記載了盜墓者的供述，極為有名。

據傳從安閑天皇陵出土的琉璃碗是波斯風的雕花玻璃碗，這件文物和正倉院的碗一樣，自從被江戶時代的風雅人士提及後便命運多舛，如今終於在機緣下重見天日。不過追究起來，它算古墳的盜墓品。

日本國內，只要老早就廣為人知的古墳幾乎都被盜挖。特別是古董價值高升的明治後期到大正、昭和前期，盜墓橫行。無論是街頭巷尾間流傳的文物，還是收藏家購得「傳說中的文物」、「出土地不詳」的古物，若查明出處，幾乎是盜墓品。

在新宿的酒館裡，坂根曾和福原談到盜墓。

「寧樂堂並非將盜墓品藏在茶室，那邊只是用來珍藏重要的商品。這個年頭，盜墓這種事在嚴密監視下可沒那麼簡單。昭和前期還有一批盜墓專家，但現在沒有了。」

雖然福原這麼說，但坂根側頭尋思，真的完全沒人了嗎？他在崇神陵後用遠鏡頭拍下的照片中，偶然看見一名男子出現在樹叢。

「福原先生，您還記得嗎？我們在寧樂堂時，來了一名像當地人的男子，老闆朝他揮揮手，他不發一語離去。我們先前在新宿酒館也談過這件事……那男人與我拍攝崇神陵後山時拍到的人很像，那座山附近有一個叫柳本橫穴古墳群的地方，也稱龍王山橫穴古墳群，裡面許多尚未調查的橫穴……」

「沒錯。」福原應道，「我當時懷疑那男人到寧樂堂兜售橫穴古墳的盜墓品。」

「照片中的男子背著背包，而且當地人不會在附近山林健行，您也推測背包是用來塞盜墓品的。」

「可是你說過，奈良的古董店不會購買地方上的盜墓品。」

坂根記得自己在酒館和福原的對話。大部分的古董店就算收購盜墓品，但只要那些盜墓品來自縣內或附近，都不會在當地販售，而帶往遠方。坂根確實說過這些話。此事是他從深諳此道的某人那裡聽來。

A地的盜墓品帶往B地販售。B地的盜墓品帶往A地販售。例如關西的文物送往關東，關東的文物送往關西，九州文物在關東販售，東北文物在關西販售，做不同處理。當然，這都是盜墓品，並非贗品。但現在傳聞中神愛教的眉庇付冑與杏葉，都遭人懷疑是贗品，這與盜墓品是不同的問題，贗品是另一回事。

不過，古董店有時會在未知的情況下收購贗品，鑑定者也沒看出就直接建議收藏家買下。像這種情況，文物大多會在業者間輾轉流動，就算私下調查文物出處也不能大方公開。

古董店中，有的設有店鋪，有的是在古董店間四處兜售的背包客。這些人都將商品放在手提包或背包好四處兜售，才得到這種稱呼，他們沒有古物商的鑑定書，也不清楚商品來源。因此，倘若古董店買下這種「出土物」，他們也不知道來源，就算揪出是贗品，也只當古董店沒眼光，一句「出醜了」就含糊帶過。

神愛教的兩項古物，若經由這樣的途徑取得，出處不明也理所當然。就算佐田用自己擔任教團收購古美術品的鑑定者身分和古董店往來，還是一樣不清楚出處。因此，佐田表示自己不能說出文物來源也情有可緣。況且，佐田可能眞的相信那是眞品。

雖然佐田與奈良的寧樂堂關係匪淺，也不能馬上判定神愛教的眉庇付冑和杏葉來自寧樂堂。此外，佐田就算在店內「茶室」與老闆共處一室，也不見得有強烈嫌疑。也許是店主請熟悉古美術的佐田鑑定自己保留的珍藏品，佐田也欣然接受。

「不管怎樣，佐田先生目前麻煩大了。」

福原最後留下這句感慨，坂根與他告別。

從涼爽的地鐵上到馬路，柏油路的熱氣頓時包覆全身。坂根最後終究還是沒告訴福原他在京都搭車時看到的新聞。與其說兩者無關，不如說心情沉重，他不忍開口。關於京都地方報上的古美術品疑雲，爲什麼我不敢跟福原說呢——坂根走在燙人的柏油路上，思索自己的心情。

茨城縣神愛教收藏的眉庇付冑和杏葉，與京都人家收藏的環頭大刀，共通之處就是被學者質疑是贗品。當福原說出神愛教的事，就算坂根提到京都的報導，當作「類似的事件」也是人之常情。

頭盔、杏葉、大刀雖然有差，但它們不是青銅器，就是金銅製。

自己沒提起這個適合的話題，是因爲提不起勁，或是心虛吧。爲什麼——因爲坂根覺得新聞中京都的「某戶人家」就是增田卯一郎家。報導「特別隱匿姓名」，是顧慮對方是古董收藏家又有名望，但事實上暗中影射當事者的身分。

坂根提醒自己不能隨便告訴福原這件事，他相當自制。二來當然是不想提到增田卯一郎的妻子。一提到卯一郎，就會無意識想到增田卯一郎的妻子亮子。他不想在這種沉重的話題中提到亮子。就算福原不知道，坂根還是想極力避免。

儘管大仙洞老闆村岡否認趕往奈良醫院的女士與海津的關係，但坂根仍舊認爲她是增田亮子。坂根深信她就是大師夫人的姐姐。

坂根走向地鐵入口的報攤。挑選報紙時，腦中突然閃過一個念頭。他在大仙洞請女服務生拿報紙給他時，女服務生說找不到一般報紙，最後拿來體育報。是眞的沒有一般報紙嗎？還是，當天新聞和他在列車看到的一樣，刊登〈某户人家珍藏的環頭大刀，引人質疑〉這篇報導，老闆村岡顧及增田家而特別收走店內報紙呢？更甚者，與其說是爲了增田家，不如說是因爲亮子而對報導感到不悅吧？

也許是自己想多了。

當時大仙洞找不到一般報紙也許是巧合，這麼想後，坂根腦中又湧現同樣推測。他在搭地鐵時一直在思索這件事。回到公寓，他發現高須通子寄來明信片。照片中矗立著以鮮豔色彩的阿拉伯式花紋當裝飾的圓頂屋和叫拜樓。

通子的筆跡寫道「拍攝於伊朗亞茲德」。

8

CHAPTER

第八章

鹽漠之路

早上八點，通子在飯店的餐廳與西敏．漢薩維會合。

「早安，高須小姐。」

「早安，西敏。」

今早西敏神采奕奕。雙眼和皮膚都充滿活力。通子不清楚西敏昨晚幾點回飯店。她想事情想累了，十二點上床倒頭就睡。與朋友聊天的西敏，就算在朋友家待得再晚，一定還是很愉快。她擔任日本人導遊累積的疲憊似乎全都消除。友人是誰，聊了什麼，西敏一概沒提，不過她用餐時，臉上仍留昨晚的喜悅。

「我雇了一輛計程車，八點半會抵達飯店。昨天那位司機有事無法前來，改由他的朋友代替。」西敏道。

通子希望盡可能都是同一位司機，但也沒辦法。說到計程車，這一帶似乎都是自營計程車，數量不多。八點二十分時，飯店玄關擺了兩打瓶裝礦泉水，鐵箱滿滿冰塊。還有四塊大橢圓形麵包「Nan」，每塊都切成十片，用報紙包好。另外附上照燒羊肉和十顆檸檬當配料。檸檬很新鮮。這是西敏吩咐飯店特別準備的食物和飲料，供她們和司機三人從亞茲德到伊斯法罕的七百公里路程上食用。計程車過了八點半才抵達飯店。是老舊的中型車，車身擦痕掉漆，呈現褐色斑紋。

司機是三十四、五歲的中年男子，一頭毛茸茸的糾結頭髮，臉上布滿濃密鬍鬚。上身穿著微髒的運動服，下半身是一條連綠橫條紋都快看不出來的長褲。古銅色肩膀和手臂在早晨烈日照射下微微出汗。

時速一百公里的速度開七個小時，再加上中途休息，到伊斯法罕需八小時，這是西敏聽司機的時間評估。

「西敏，這裡的拜火教信徒代表怎麼說？」

通子早餐時詢問，西敏拍拍手提包，眼中泛著笑意。她說，雖然照片的事對方沒幫上忙，但拿到一名伊斯法罕考古學者的介紹函，那位信徒代表是一位「哲學家」。西敏提到接下來的計畫，今晚在伊斯法罕的飯店住宿，明天一早拜訪那位考古學者。

司機將飲料瓶插進鐵箱冰塊，搬進車子的後車廂，他身旁站著年約六歲的男孩。通子以爲他是附近的小孩。等到車子出發，原本在四周遊蕩的男孩突然坐進前座。通子這才知道他是司機的孩子。這國家的孩子都有一對炯炯生輝、黑白分明的大眼。圓領短袖T恤配長褲，和他父親一樣都顯得有點髒。孩子似乎很高興能坐車，應該是從這裡到回家的這段路，要求父親載他一程。

通子在飯店櫃檯結完帳。餐費另計，一晚八美元。出發時，櫃檯的年輕男子和穿制服、配戴金絲緞肩章的門僮都站在一起目送車子離去。從大路往北。雜貨店、地毯店、銅製工藝店、食品店等店家一路從窗外流逝。弓身聚集在懸鈴木樹蔭下的黑衣婦人捲起拖地的長下擺，望著他們。

他們與「最高貴的城市」——古城亞茲德揮別。

前座的男孩沒下車。接下來即將展開的漫長沙漠之旅，司機緊握方向盤，背影顯得鬥志昂揚。車子駛出城外，住家逐漸變少。前方鉛色道路因滾滾黃塵而顯得無比狹窄。通子以爲司機的家位於途中村落。但男孩一直安份坐著。

「這孩子要搭車到哪兒去？」

通子感到在意，向西敏問道。西敏於是與司機對話。司機放慢速度，單手移開方向盤揮揮，頻頻向西敏說明。西敏頷首，轉頭面向通子。

「他說這孩子扁桃腺發炎。亞茲德沒好醫生，幸好我們要去伊斯法罕，他要帶這孩子去伊斯法罕的大醫院。」

通子看得出孩子沒什麼精神。

「既然這樣，明說不就得了。什麼都沒講就載著這個孩子，反而讓人很困擾。」

西敏發牢騷道。她對包下這輛車的通子心中感受有所顧慮。司機聽完西敏的翻譯，辯解似地說話。「他說，因爲他太太叫他要帶孩子去，不聽他的話。」西敏莞爾。男子最後補充的那句話消除了西敏的不滿。

「他沒發燒吧？」

通子望著動也不動的孩子後腦勺。

西敏在司機的背後詢問。

「他說有微燒，但孩子習慣了，沒關係。」

孩子的母親始終沒出現。

從亞茲德到沙漠入口的路上沒半個村莊。農夫將準備作成乾草的雜草綁在扁擔兩端，扛在肩上行走，這是最後一處像村落的農作地帶。一大片黃漠風景中，可看見幾處青綠小點，是類似荊棘的矮小灌木，眼前只有一叢叢的沙漠之草，據說只有駱駝才啃得動。岩山山脊在右手邊遠處的閃耀光芒照射下顯得形影淡薄。才九點半，但氣溫急速攀升。

「西敏，沉默之塔在哪一帶？」

通子轉頭望向西敏。

「從這裡看不到。在那座山的深處。」

西敏弓著背從車窗探頭。

車窗原本緊閉。一來是爲了防止沙塵，二來是防止熱氣入侵。在這片荒地上，看不見半頭牛羊家畜。嶙峋的山巒和聳立的山頂相互連綿，通子難以分辨西敏敘述的山，她定睛望向其中一座。她站在達夫美旁時，背對牆壁、擋在前方的那座荒涼山陵與眼前的山有幾分相似。然而，從現在的位置望去，那座山並不像死者居所。要感受到那悽愴的隱國還是得站在散落一地白骨碎片、死氣沉沉的沉默之塔才行。

折射強烈陽光的沙漠中，一切景色都白得過頭，通子遠望普通的岩山。她覺得，在山腳的幽暗處，那些顱骨和四肢的長骨至今仍在喃喃低語，頻頻低語——最南之各地，吹來芳香和風，朝亡魂吹來。這陣芳香無比的風是從何處吹來？

「請您看一下。」西敏抬手指向他處，要通子轉移目光。「那帶有坎兒井。就在這邊的山腳下，可惜的是從這裡看不到。亞茲德有許多坎兒井。喏，從飛機上看，就像蟻丘一樣排成一列，是不是呢？」

人們為了將貯積山腳處的地下水導向平地村落而挖掘地下水路，這就是坎兒井的由來。西敏在飛機上說明過此事。村落的灌溉用水或飲用水，全由這樣的地下水路取得，這種灌溉方式讓乾燥地區可以闢出農耕地，創造人工綠洲。

「亞茲德出了許多打造坎兒井的工匠。」西敏說，地下水路是伊朗人的驕傲，坎兒井技術從波斯傳向阿拉伯和埃及，往東傳向中亞。

岩山以及對冥府的想像，盡往後流逝，眼前只剩一望無垠的乾枯沙漠。鉛色的柏油路一路往黃色沙漠延伸。從亞茲德一路行經納茵、伊斯法罕、伊朗中部，往西北而去的道路，是昔日馬可波羅從土耳其前往波斯灣所行經之路。從古至今，除了橫越沙漠的這條陸路，沒其他方式前往伊朗中部。

儘管路面寬廣，但兩側都被黃沙入侵，車子可走的部分頗窄。不過往來車子比想像中頻繁，隔二十分鐘，地平線上就會出現車輛的黑影。幾乎是滿載物資的大卡車，油罐車也不少，始終沒遇見巴士和一般轎車。

對向車以驚人之勢奔馳在狹窄的路上。計程車就像要被重裝備的卡車給壓碎，令人不自主往後靠向椅背。儘管近距離錯車，他們也絕不放慢速度，這段不得不駛進沙塵煙幕中的路途非得長時間開著大燈。

車輛及矗立路旁的電線桿，讓人意識到這是現代，其他一切仍保馬可波羅時代的景觀。地表上一隅有遠方的相連岩山，除此之外全是沙漠曠野。沙粒粗大，足以稱爲土沙，顏色黃中帶紅。

低矮的山丘起伏。

「春天會吹起沙塵暴。龍捲風不時吹過這座沙漠。龍捲風很可怕。車子會被捲起好幾十公尺高，重重撞向地面。」

西敏說著司機的經驗。要是見到橫掃天空而過的龍捲風疾馳過沙漠，就要馬上下車，趕緊用事先備好的鐵棍挖洞藏身。司機比手劃腳地描述恐怖情景，帶著難爲情的微笑。可怕的不單是放眼望去不見半戶人家的空蕩光景，太陽晒烤著車子，熱氣幾乎讓車內人窒息，呼吸都是熱氣。

儘管戴著深色墨鏡，還是看得見沙漠上白色熱焰亂舞。車窗不能打開，否則會和滾燙的車外一樣熱。車內有遮蔭，沒那麼悶熱，不過以薄薄鐵板打造成的車身，幾乎要被直射的太陽熔解。溫度肯定超過四十度。沒出汗的皮膚就像燙傷。司機加快速度，車身飛馳或許能稍微擺脫光線的襲擊。對向車子似乎也在同樣念頭的驅策下飛奔而來。錯身時，發出震耳的呼嘯聲。

車子在無處可逃的烈日照射下一路逃奔。這裡是被高溫晒得殘破不堪的地球表皮。前座的六歲小孩相當安靜，似乎早已習慣沙漠的氣候，不見他爲酷熱所苦，但他可能不舒服，癱坐在座位上。

孩子還是會向一旁的父親撒嬌，不時挨向身旁，悄聲說話，而他緊握方向盤的父親一會轉頭低聲訓斥，一會簡短同他說幾句話，不太搭理。冷淡的態度背後似乎在顧慮同意讓孩子搭便車的乘客。

「孩子扁桃腺炎，這麼熱的天沒關係嗎？」

通子要西敏向司機詢問。

「他說孩子沒什麼燒。」

西敏翻譯司機的回答。

扁桃腺炎有時不會引發高燒，但咽喉會腫脹，食物不用說，連呑嚥口水都會疼痛。通子小時候也得過，村裡醫生治不好，母親帶著她搭公車，行經寒冬的馬路，到松本市的大醫院就醫。她記得當時全身裹著毛毯，母親讓她坐在自己的膝上。

男孩倚著前座椅背，在車子的搖晃下，他似乎坐得很痛苦。

「要不要讓孩子到後面的座位躺著？我可以改坐前座。」

通子看了不忍，對西敏說道。

「那我坐前座好了。」西敏馬上向司機轉告此事。司機受之有愧，轉頭睜大雙眼，很恭敬地婉拒西敏的提議。

「他說，那孩子不想離開他身邊，很謝謝您的好意，他希望維持原樣。」西敏說。
司機轉頭向通子露出感謝的微笑。
「可是，那孩子好像很痛苦。他該不會是顧慮我們才那麼說吧？」
通子伸手搭在孩子肩上望著西敏。
「也許。我再勸他一次看看。」
西敏隔著司機背後與他交涉，最後西敏搖頭放棄。
「他說，他還是想讓孩子坐他身旁。」
「這樣啊。」
孩子似乎明白大人的對話，他沒再湊向父親身邊，一直安靜不動。
「還要多久抵達納茵？」
納茵是前往伊斯法罕的途中經過的城鎮。
「還要將近四個小時？」
「還要將近四個小時。」
「是的。不過在那之前，有個叫亞格達的小鎮，我們先到那裡休息。」
沙漠的路並非直線，不時有大彎路。延伸的馬路會在即將撞上土沙高崖處便猛地轉彎。
每隔二十分鐘，就有卡車搖晃車身從旁呼嘯而過。雖是柏油路，仍會捲起高高的黃色土煙。
連綿的嶙峋岩山逐漸逼近。石灰岩的岩山原本就是白色，在強光與酷熱下，宛如被地面燃起的白色火焰包覆。要是不頻頻轉移目光，便會產生幻覺。

前座的男孩頭倚著父親的腰沉沉入睡。他父親一面開車，不時窺望孩子的臉。

「孩子似乎平靜下來了，睡得很沉。」

西敏放心地道。

「把孩子送往伊斯法罕的醫院後，他父親會一直陪伴他嗎？」

通子望著司機的背影。司機T恤的肩膀部位有破損。

「他應該沒那麼多錢吧？他們今晚會找便宜的旅館過夜，明早再帶孩子去醫院，請醫生診治，再帶藥回亞茲德。」西敏說，男子在這種時候找到工作相當幸運，否則他無法這麼快就送孩子到伊斯法罕的醫院。

他們從沙漠駛進一座像用箱子作成的村莊。村裡到處沾滿黃粉。只有少許樹木，而樹葉泛白枯萎。晒乾土磚蓋成的屋舍幾乎沒窗戶，也不見半個人影。陽光照在土牆上泛著可怕的黃光，一時讓人以爲染上黃疸，建築陰影處一片漆黑，呈現強烈對比，令人頭暈目眩。

村落道路彎曲，這不是個鬼村。雖然沒人，但某戶人家門前停一輛卡車。大門緊閉的土屋屋簷處掛著一面小小紅招牌。這是美國清涼飲料的標幟。平時看慣的商標在清一色的黃色景致下像血一般鮮紅。

「在沙漠中，不管再小的綠洲都會有人居住。人們就像緊抓著它不放似地。」通過村莊後，西敏回頭而望，「儘管是這麼小的綠洲。」

沙漠再次往左右擴散。通子差點驚叫出聲。她懷疑烈日和酷熱造成視網膜異常，因爲面前的沙漠上積著白雪——無垠的黃色沙漠一半都被白雪覆蓋。

烈日照射大地，光線就像刺進眼中。

「是鹽湖。」

西敏馬上察覺出通子看到的錯覺。

「哦，就是從德黑蘭搭機來的時候看到的那個……」

從上往下看，群山包圍的盆地上橫亙著一座微帶藍色的白湖。

「當它水分蒸發，繼續乾涸，便變成鹽漠。這也算鹽湖的一種。」西敏說。

儘管如此，鹽底下還殘留些許水分，形成溼地。周邊植物都裹著厚厚一層鹽，形成像樹冰的景觀。這種鹽湖地區一片荒蕪，自然荒廢。

「我三年前去過阿富汗，那裡都用岩鹽。市集裡的店家會將岩鹽磨成粉販售。鹽商的店門前堆滿像方形石塊的岩鹽，聽說是用驢子從山地運往城鎮。」

據說岩鹽就算以石臼磨碎精製，還是摻有細沙。

他們通過這片沙漠的雪原，右手邊的岩山逐漸逼近，再次來到黃褐色的世界，看不到村落和樹叢。司機努力避開來襲的對向車。男孩斜躺在前座，雙手垂落，睡得很沉。

「亞格達還沒到嗎？」通子望著手表，離開亞茲德後過了三小時。

「繞過山腳應該就到了。」

山還很遠。通子望著緩緩逼近的嶙峋岩山。車內熱氣已達極點，但不可思議的是她感覺自己逐漸習慣這股熱度。太陽從正上方往西移動。現在是一天當中最高溫的時刻，體內水分彷彿像鹽湖般完全蒸發。通子凝望白色的石灰岩斷崖，想起昨晚寫好，今早才寄給坂根要助的明信片。

「岩船上有兩個方形孔，我猜中間是方向軸。我想知道從此處往北的延長線上會是香久山還是耳成山。如果順路，可否前往益田岩船一趟，幫我看看延伸的方向究竟在何處？

寫於亞茲德，通子」

——今年早春時，通子曾前往益田岩船，但她無法獨自爬到上頭。那座花崗岩石造物就連埋在土中的低處都有相當高度，表面打造得很講究，相當光滑，無處可踩踏。除了找人幫忙或是架上梯子，別無他法。最後她放棄攀登，空手而回。當時無法登上益田岩船，無功而返一事令通子掛念至今。

根據外觀，岩船與東邊的多武峰相對。岩船與多武峰的兩槻宮（〈齊明紀〉）都在北緯三十四度二十八分線上。從地圖上測量東西距離，約四千五百公尺。倘若岩船是飛鳥時代建造的宗教設施，便可能和同樣是宗教設施的兩槻宮有關，而且在同一線上，給人兩者功能一致的想象。

然而，造訪海津信六時，海津將位於北方的香久山也納入這條線上，提到以香久山爲起點，各自往岩船和多武峰畫一條線，便形成等腰三角形。據海津所言，香久山一如《古事記》、《日本書紀》的記載，是帶宗教色彩的場所，因此可納入考慮範圍。這說不定是偶然，但可能也有必然，但海津在閒談中提到此事。

通子現在比較在意的不是岩船的位置，是它的方向。

她想確認岩船是對應北方的耳成山，還是東北方的香久山，而且它上方的兩個方形孔應該是軸的基準。雖然不清楚孔的目的，但從照片看來，它應該是岩船的重要部分。

不過，巨石的方向軸眞如海津信六所言，指向香久山嗎？

前陣子攀登岩船所在的山丘時，當時風景仍留在通子的眼中。

耳成山與原野前方的香久山排在一條線上，但略往西北偏。耳成山比香久山更矮，但地形孤立，特別顯眼。耳成山在明治時代削去山頂，形成現今形狀，原本的山勢更高。岩船到底是面向香久山還是耳成山呢？自從來到伊朗就開始在意此事，她會寄明信片給坂根要助請他幫忙，就是希望回國後可以馬上得知調查結果。

沙漠不斷往後飛逝。時速到達一百二十公里，遠處仍以龜速緩緩移動，儘管如此，山群支脈已到近處，而眼前的岩山和益田岩船倒也不是完全無法引人聯想。

通子想起奇爾休曼在《古代伊朗的美術》裡的一張照片，通子記得那畫面是在斷崖峭壁的岩山上，許多略呈長方形的孔洞。這是三世紀後半的「要塞廢墟」，一處叫比沙普爾的土地。

岩船當然不是要塞的遺跡，不過，與岩石上的方形穿孔頗類似。儘管岩船的孔洞用途不明，但可以確定這不是供士兵藏身射箭，雖然形狀相似。

比沙普爾是沙普爾王朝的首都，在設拉子的西南方。

亞格達位於山腳，是一座發達的綠洲小鎮，但沒有任何一座像亞茲達那樣的現代建築。放眼望去，每戶人家不是泛黑的茶褐色，就是土磚的黃灰色。大街上看不到肉鋪、水果店、雜貨店、銅製工藝店等。門口昏暗，窗戶小得可憐，但看得到綠意。鎮上大路旁種有懸鈴木和白楊樹。每戶人家後院及前方的低矮山丘上都有枝葉茂密的樹叢。

計程車司機在一家餐飲店前停好車，抱著孩子走進店內。店內昏暗，相當涼爽。男孩坐在長椅上，也許因為睡過一覺，精神好上許多。他們從後車廂取出飯店帶來的便當和飲料。打開一看，裝在箱子裡的冰塊幾乎都融解，但瓶子依舊冰涼。男孩吃著用Nan夾成的三明治，配著瓶裡的蘇打水。可能是咽喉腫痛，他一臉痛苦地以手指按住脖子好勉強呑嚥。男孩身材清瘦，無法隨心進食，露出難過的表情。

隔著一條路，有一座低矮的土磚建築。細看後發現是沒門的倉庫，裡頭幾名婦人用鐵皮空罐當水桶裝水，她們走出來的時候先是出現裹著黑袍的頭部，看來裡頭是下坡構造。

「這是坎兒井。她們來這裡汲取井水。」西敏告訴注視著這幕景象的通子。「要不要去看看？」

走出屋外橫越道路的短短時間，陽光讓通子的肩膀宛如燃燒。坎兒井入口處就像隧道般以土磚打造，下坡路由石板鋪成，裡面一片漆黑，直到眼睛習慣黑暗前都伸手不見五指，只聽得到水聲。腳下一道石板造成的長長溝渠流過清水，這是水路井。一名婦人蹲著用鐵罐汲水，裝滿後走向出口。

水路繼續延伸，井水會從遠處冒出地面，形成灌溉水路，讓農民可以在沙漠上闢出農地，培育綠林和草地。接著，當地人還會沿著山坡挖掘幾個豎坑，與地下水路相連，把水導向井中。地面的水路位置比地表低，如果是要灌溉，人們會以打水器汲水，或者用牛或驢的勞力採旋轉的方式，用多個水桶一次從井底汲水上來。

「這是好幾百年前住在沙漠的伊朗人鑽研出來的智慧。」西敏驕傲地說，「這項智慧傳往東邊的中國。這技術不是來自中國，是古代時從我們這邊傳向中國。」

西敏說，古代中國的水井技術是從伊朗傳向中國，不是從中國傳來。古代中國的水井技術應該是指《史記》〈河渠書第七〉中的〈井渠〉。

「武帝初發卒萬餘人穿渠，自徵引洛水至商顏下。岸善崩，乃鑿井深者四十餘丈，往往為井；井下相通行水，水頹以絕。商顏東至山嶺十餘裡間，井渠之生自此始。

在西域的河西、酒泉等地，建造渠，引黃河及川谷之水，在關中引諸川之水，在汝南、九江引淮水，在東海引澤水，在泰山下引汶水。皆穿渠為溉田，各萬餘頃。佗小渠披山通道者，不可勝言。」

〈井渠〉的源流，相當於伊朗的坎兒井。

但清末有名的考古學家王國維在他的《西城井渠考》中提出，中國井渠遠及西域，傳向伊朗，成爲坎兒井。西敏主張坎兒井不是源於中國，應該是聽聞王國維的論點並予以否定。她是以自身爲榮的雅利安人。通子不禁想起〈齊明紀〉的「狂心渠」。

她曾以此寫了一篇文章，刊登在《史脈》上。

「時好興事。皡使水工穿渠。自香山西，至石上山。」《日本書紀》的注釋通行本中提到，這段話是引用《文選》〈西都賦〉的李善注，不過原文早就出現《史記》：「而韓聞秦之好興事，欲罷之，毋令東伐，乃使水工鄭國間說秦，令鑿涇水自中山西邸瓠口爲渠，北山東注洛三百餘里，欲以溉田。」

——「自中山西」被改寫成〈齊明紀〉的「自香山西」，「邸瓠口」被改寫成「至石上山」。所謂的瓠口，是河水落下的谷口地，就算改成石上山也不具任何意義。因爲石上山是高地，不是河水落下的谷口。再者，《史記》中提到「鑿涇水」，清楚記載河名，但《日本書紀》卻只提到「皡使水工（這也是由「水工鄭國」改寫而成）穿渠」，不清楚從哪座河川引水——從中看得出，〈齊明紀〉的「狂心渠」是虛構之物……

通子背後突然一陣喧譁。大路上傳來人們奔跑的凌亂腳步聲，通子與西敏對看一眼，而通子腦中的「狂心渠」頓時煙消霧散。

「怎麼了？」

「不知道。」

西敏也轉身，黑暗中，她明亮的大眼讓通子倏地想到司機的孩子，她擔心他的病情突然惡化，但應該不至於引發這麼大的騷動。她們急忙從井邊的石板地到大路一看，十幾名男女零零落落跑過大路。女人的黑袍裙擺翻飛，因爲黑袍從頭包覆全身，從後面看來像極運動會的達磨賽跑（註），但此時毫無開玩笑的閒暇，眼見男男女女全放足飛奔，臉色大變。

司機帶著孩子站在屋簷下，茫然望著眼前騷動。原本站在家門前看熱鬧的人，詢問過情況後馬上加入奔跑的人群。大路前方是左轉的彎路，人們紛紛奔向轉角。西邊一整排岩層裸露的岩山。西敏問完路人後走回來。

「剛剛有人回報，那處山腳的坎兒井崩塌，有姆卡尼（muqanni）遭到活埋。」

西敏擔憂地注視岩山方向。

「坎兒井崩塌？」

「是的，是山中挖掘的豎坑。聽說姆卡尼進入裡頭修理時，豎坑突然崩塌。」

居然是岩層崩塌。

「姆卡尼是誰？」

「挖掘坎兒井的工匠。伊朗稱熟練的坎兒井工匠爲姆卡尼。聽說五、六人遭活埋。」

事後仍不少人奔來。幾名少年彈跳似從中間飛奔。當中也有手持鋤頭的男人。一輛黑白雙色的車子疾馳，警笛震天作響。前座車窗和後座車窗都有員警探頭大叫，用力揮手，撥開奔跑的人群。這輛警車繞過轉角。

註──一種趣味競賽，打扮成達磨的模樣，進行賽跑。

人們變得更激動地緊追在後。

通子以前也看過類似光景。

那是他前往和泉拜訪海津信六時的事。

一開始海津不在家，她就繞往很早就想一探究竟的河內玉手山古墳。當她走下安福寺的坡道，有輛救護車停在狹窄的道路上，四周圍滿滿人群。當時是後山的橫穴古墳崩塌，有人被活埋。

「姆卡尼的工作一直暴露在坎兒井崩塌的危險中。」

西敏．漢薩維無視通子對河內的回想地說道。

在亞格達吃完午餐，再次前往伊斯法罕時，男孩坐在車內，頭倚著他緊握方向盤的父親側腹。不知是病情加重，還是向父親撒嬌，六歲孩童顯得慵懶無力。

「挖掘新的坎兒井豎坑，還有修理老舊的坎兒井，都由專業工匠姆卡尼來負責。來這裡的途中，我跟您說過，這些工匠都來自亞茲德。他們大多是受地主委託從事這項工作，不過風險極高，人們在伊朗甚至稱坎兒井是『殺人兇手』。」

西敏側臉的後方是陽光刺眼的無垠沙漠。

「殺人兇手？」

通子驚訝地反問。

「伊朗話稱爲柯尼，殺人兇手的意思。坎兒井提供在沙漠生活的人們生存下去的水源，卻得到這種稱呼，實在不勝唏噓，但坎兒井時常崩塌，姆卡尼則被活埋在豎坑中。伊朗的樹不多，坑內無法以木頭當支柱，而且不光是土石崩塌，有時人也會在豎坑裡窒息死亡、被落石擊中，或是溺死。」

「溺死是怎麼回事？」

「坎兒井上方有時會塞滿土沙。這麼一來，水只會聚在上面，無法往下流，所以得清除豎坑中堵塞的土沙。這也是姆卡尼的工作。清除這些堵塞的土沙時，淤積在上的地下水會以山洪般的衝勢落下，姆卡尼可能會活活溺死。不過，這比岩層崩塌的意外還少就是了。」

照在沙漠上的陽光逐漸改變方向。現在已過兩點。

「遭活埋的人不知道獲救了沒？」通子問。

西敏闔上眼，「如果是在豎坑深處，獲救的希望渺茫。清除坎兒井崩塌的泥土相當費時。」她心情沉重地低語，「所以才被稱作『殺人兇手』。」

另一座山嶺出現在沙漠彼方。

這裡似乎相當於山脈外圍地帶，突兀的山群峰峰相連，山谷時隱時現，離沙漠彼端忽近忽遠。通子呼吸著灼熱的空氣，回想玉手山橫穴古墳的崩塌事故。遭活埋的人是古墳遺物的盜墓者。那天下午，有人通知海津信六某人要守靈。

離納茵的路途還很遠。看得見山，但一路滾滾黃沙。

通子決定不再想那位因玉手山橫穴古墳崩塌而喪命的死者。在海津家與他聊天時，傳來某人守靈的消息，這肯定是其他的不幸事故，只是因爲自己在安福寺下撞見載運死者的救護車，才認爲世上成千上萬個不相干的事碰巧同時發生。通子搖搖頭，與其想這些討厭的事，不如想想《日本書紀》裡的記載。

西敏．漢薩維提到，賜予人們生命恩惠的坎兒井，被伊朗人稱「殺人兇手」，因爲打造地下水路會犧牲許多姆卡尼。姆卡尼亦即打造水路的工匠，相當於《日本書紀》的「水工」，這個用語來自當時傳入的漢籍。

古代中國建造水路，除了利益，應該也蒙受不少損失。龐大經費姑且不談，肯定犧牲不少工人。新建造的水路勢必常洪水氾濫，造成人畜和耕地的損失。關於司馬遷在《史記》加入〈河渠書〉，他提到「甚哉，水之爲利害也！余從負薪塞宣房，悲瓠子之詩而作河渠書」。水利雖大，但也有危害。

〈齊明紀〉爲何寫出研判爲虛構的「自香山西，至石上山」水路建設呢？可以當成參考藍本的〈河渠書〉中寫「令鑿涇水自中山西邸瓠口爲渠」，韓聞秦好興事，派遣名爲鄭國的水工到秦國當間諜，建議水路工程。換句話說，這應該是一奸計，想藉名爲「狂心渠」的河渠來嘲諷齊明女帝，突顯女帝的愚昧。

爲何《日本書紀》的編纂者不惜捏造不實的「自香山西，至石上山的河渠」誹謗齊明女帝？動員七萬餘人於田身嶺（多武峰）上建造的「兩槻宮」，建材腐爛無法建造，作者還嘲笑「作石山丘，隨作自破」。照這樣來看，如果「狂心渠」是虛構，那「兩槻宮」和「石丘」不也是虛構嗎？齊明女帝爲何遭《日本書紀》的編纂者如此誹謗？

女帝在宗教信仰上似乎頗受當時人們所憎恨。

9 CHAPTER — 第九章

地之星圖

逐漸可以看見沙漠前方的綠色。車子正前方的黃褐山丘上，披覆著一層比地毯還薄的綠色薄層，絲線般纖細的道路前端一路往上爬行，乾涸的大地即將來到終點。

「納茵。」司機指著前方，興奮地告訴車上兩位乘客。

「從亞茲德到伊斯法罕的途中，納茵算一個區隔點。司機也很開心。」西敏微笑著告訴通子。

「沙漠到這裡就結束了嗎？」

「大沙漠到這裡算結束了。過了納茵，還會有一些沙漠，但與其說是沙漠，不如說是高原旱原地帶。是青草稀少的荒地。」

「亞茲德到納茵，與納茵到伊斯法罕，哪一邊比較遠？」

「這個嘛，納茵在兩地中間，不過到伊斯法罕應該比較短才對。」

距離比較短就好了。通子想。前面有綠地，但宛如海市蜃樓一般始終不見它靠近。沙漠的終點出奇遙遠。路旁有土造小屋。屋後一大片地都堆滿油桶。

「好像是看守人小屋。借個場地，開飲料來喝吧。」

司機停好車，與西敏走進小屋。年過六旬的老人走出來，身上只有腰間纏著一塊布。他兩頰瘦削，膚色黝黑，使得他嘴邊到下巴的白鬚特別顯眼。小屋約一坪大小，走進時一片黑暗，什麼也看不見。屋內沒窗戶，只有狹小出入口，從內側往外看，方形門口滿溢而出的光線亮得令人目眩。

這間黃土建造的房子阻擋外頭熱氣，相當涼爽。除了黃土地面鋪了花朵圖案的草蓆，只有兩條睡覺用的簡陋毛毯，屋內角落堆放煮飯用具。半裸的老人咕嘟咕嘟喝著從後車廂取出的冷飲。通子、西敏、將孩子抱在膝上的司機也盤腿坐在草蓆上。

「這位老先生受石油公司的委託，在這裡看守空油桶。不分晝夜，一直都獨自一人待在這裡。」

西敏翻譯老守衛的話給通子聽。老人皮膚黝黑，肩胛骨中間凹陷，肋骨浮凸，獨自在沙漠小屋忍受孤獨。這名老者面對眼前突然來訪的客人，相當開心。待眼睛習慣黑暗，正面牆壁靠左處擺放一些帶宗教色彩的物品。

「這位老先生是伊斯蘭教徒。」西敏對通子說。

麥加在這裡的西南方，想必老人早晚多次朝那個方向跪拜叩頭，唱誦《可蘭經》。阿拉的恩惠撫慰這名住在沙漠小屋裡的老人心中的孤獨。伊斯蘭教徒沒偶像，至高神明阿拉只在教徒心中，以自己的想像描繪出來。家中正對麥加的方向是空白的牆壁。

至尊神超越凡人，所以不能以現實形體來呈現。印度初期的佛教美術也是如此。釋迦的座位被空出來，暗示釋迦的存在。不滿足這種作法的人替祂畫上法輪。釋迦的說法說服了世上萬物，信徒將之比擬成車輪轉動，以佛法之輪來呈現，此外還描繪蓮花、菩提樹、佛塔、佛的足印。菩提樹是因爲釋迦在樹下悟道，佛塔則是葬釋迦遺骨（舍利）的地方，透過物品間接表現他的生平——釋迦首次以人像形態表現在雕刻中，是在佛教進入中亞，接觸健馱邏地區的希臘文化之後。

佛教的法輪是否只象徵「釋尊的說法宛如轉輪聖王的七個法輪，碾碎一切，輾轉向前」呢？

神像在拜火教的紋章中位於長雙翼的圓輪中，其實就是身在有翼的陽盤內，但以前並沒有神像，僅有有翼陽盤。陽盤是日輪的象徵。通子猜想，法輪可能也來自日輪。古波斯地區的密特拉信仰（太陽神崇拜），因爲受西元前二、一世紀的印度（巽伽王朝時代）佛教美術影響，將日輪轉爲法輪，而法輪會像太陽一樣轉動不息。古波斯地區的太陽信仰確實對佛教造成影響，例如阿彌陀佛應該是密特拉的翻版。

印度沒有阿彌陀佛。婆羅門教也沒有。唐朝時來到印度的法顯和玄奘並未接觸阿彌陀佛的教義。眾人都知道，阿彌陀佛的形象來自釋迦，但最初起源中亞。換言之，中亞伊朗人對印度佛教的釋迦印象融合西方密特拉，創造出阿彌陀佛這尊神佛，而阿彌陀信仰從西域傳入中國。

與阿彌陀有關的關鍵聖典當屬《無量壽經》。《無量壽經》撰寫年代不明，大致始自中國南北朝。其實在佛教諸佛中，起源不明的神不在少數，名氣響亮的阿彌陀佛也是其一。

譯成中文的「無量壽」，由梵語的Amitayus（無量長壽）與Amitabha（無量光明）兩種特性構成。也就是說，「無量壽」是從原文縮減的中譯，無法傳達出原本意涵——這是津田左右吉提出的看法。

通子看過收錄在津田《中國佛教研究》中的〈無量壽佛的稱呼〉，作者提到《無量壽經》中出現「無量壽佛」之名，第一代表無限光明之意，第二代表長壽之意。無量壽佛是梵語的意譯，音譯就成了阿彌陀，換言之，「阿彌陀」很可能是將讚頌光明和長壽的《無量壽經》神化成的佛名。不過，無量壽佛代表長壽，想必是因爲受到道教影響的中國人渴望長壽之故，但若單純解釋成死後追求長壽也很奇怪，這是指追求長生不老，理想鄉應該就是極樂淨土。

阿彌陀原本的形態，是無量光，亦即光明極善，佛像金光燦然的模樣充分表現這點，而這明顯來自西亞的宗教。阿彌陀的梵語Amitayus也源於密特拉（太陽）。中亞巴克特里亞（大月氏國）一帶殖民地的伊朗人，很可能在南方的印度佛教釋迦信仰中加入密特拉信仰內的拜火教元素，創造出阿彌陀。若眞是如此，「無量壽」的梵語也令人存疑，極可能是後人添加。

另一說指稱阿彌陀起源印度，可從婆羅門聖典《吠陀》裡的閻魔來找尋阿彌陀的起源，閻魔是死亡世界之王，後來成爲幸福的死亡世界支配者，成爲淨土的神佛。祂的中文譯名爲焰魔（閻魔）。焰魔原本身分是日輪，意謂著無量光明。閻魔王與阿彌陀原本是同一尊神佛。

但通子認爲，與其說焰魔是婆羅門的閻魔，不如說是大月氏國王閻膏珍（Wema）在中國成了焰魔的原型。這位中亞的大王，可能是名字經西域傳進中國，而被套上焰魔兩字。倘若這麼想，就能了解中國人不向南方求淨土，而向西方追尋的原因。

西方就是西域。

通子從昏暗的看守人小屋往外望，每隔一段時間就有載滿貨物的卡車在沙漠中的道路上交馳而過。行經亞茲德、納茵、伊斯法罕的大路是由駱駝奔跑而成的現代交易路線。

太陽大幅西沉，落向沙地的車影拖得老長。背後險峻的岩山皺折在刺眼的斜陽下清楚浮現出明暗對比。

——阿彌陀是無量光這種概念的形象化，而無量光代表無限光明，是不具凡人特質的神佛。「無量光」在中國成了「無量壽」，若向大月氏國尋求焰魔（閻羅王）的起源便可明白背後的原因。

中國與大月氏國中間，西域的崇山峻嶺聳立。

古代中國人發揮想像力，將其中一座高山想成高可參天的崑崙山，有位叫西王母的仙女棲宿山中。因爲日本謠曲〈西王母〉而廣爲人知的周穆王上崑崙山訪西王母的故事，就是源於長生不老的神仙思想。

五世紀後，無量光從西域傳入，從中國地理位置來看，應來自遠方山頭的大月氏國，當地的神仙信仰讓中國意識到長壽的觀念。原本象徵光明的宗教傳入中國後，信仰重心反而放在無限的壽命，無量光也成了無量壽的別名，實在是本末倒置。無量壽或許因此和虛無色彩強烈的原始佛教形成相對教義。

拜火教中，人的壽命結結，靈魂與肉體分離，要承受苦果還是樂果都由個人選擇。正確的「選擇」造成善行，錯誤的「選擇」造成惡行，形成樂果與苦果的分歧。在瑣羅亞斯德的教義中，不容善惡混合，是絕對的二選一。死後，靈魂會在「審判之橋」接受善惡裁決，生前行善者渡橋前往樂園，而行惡者則從橋上墜落地獄——《波斯古經》中的內容，在中國佛教中改由焰魔進行司法裁決。

通子認爲，焰魔是大月氏國王閻膏珍，他成爲中國人的焰魔原型，而拜火教透過大月氏國爲中心的中亞伊朗人傳到中國，與佛教融合，並比火祆教更早進中國，這種傳遞路徑與將無量壽佛、阿彌陀的起源假想爲大月氏國「西方淨土」的觀念一致。而焰魔的火焰可比擬成太陽的火焰，西域異神揹負火焰，是崇拜太陽與火焰的拜火教信仰經由中亞傳入中國的結晶。

納茵位於山丘上，是綠樹與近代建築林立的美麗市鎮，也是地毯產地。

司機轉頭說此話，西敏如實翻譯出來：

「他說，這個市鎮最近有日本電力公司的人進駐，架設電話。」

「這裡之前沒電話嗎？」

「電話早就有了，司機說的是無線電話通訊設施，我也聽說過這件事。伊朗一直在推動現代化。」西敏再度自豪地說，接著她把臉湊近通子。「聽說日本的電子機械技術是世界頂極。」

「我不清楚電子的事，不過在科學技術上，好像確實有世界級水準。」

「眞羨慕。」西敏說。「希望伊朗也能早日這樣。」

聽說日本的電力公司派技師到這帶架設無線電話通訊設施，通子隱隱感到不安。在德黑蘭的飯店時，她見過一名前來裏海沿岸農地修理日本製灌溉用幫浦的電機公司技師。當時，通子宛如看見東邦電機股份有限公司的技師山尾忠夫朝她走來的幻影，這次則換成專門裝設通訊機械的日本電力公司技師。日本常有電力相關工程師來伊朗，甚至深入內地。山尾忠夫的身影再次出現在通子眼中。通子想，不可能這麼巧，她故意轉頭往後望，像要揮除這份不安。

後車窗的納茵逐漸遠離。鄰近山邊的這帶有大片青翠麥田，還有黃土建造的農家，以及許多小塔，這些塔並非尖塔，而且上方有圓形建築。

「當地人會在上頭弄一個斑鳩的巢，收集糞便。斑鳩糞便可當肥料。」

麥田不大，轉眼又化成一片黃褐色的不毛地帶。黃色村落就在前方，宛如中世的村落般，黃土蓋成的屋舍全擠在同一處，看起來像圍成一座共同堡壘。村落的道路上，兩頭驢子戴著孩童緩緩徐行。夕陽餘暉下，整座村落發出鮮紅光輝。屋舍、孩童、驢子都因傾照下來的鮮紅「無量光」而燃燒著。

通子想，山尾忠夫的身影要是能在火焰和灼熱下融化就好了。

一行人於日暮時分到伊斯法罕。

這是伊朗的第二大都市，綠意盎然的奢華綠洲都市。瓷磚上繪著鮮豔紋樣的雄偉圓頂和叫拜樓，在傍晚天空殘留的蔚藍背景襯托下，一半籠罩在暗影中地巍然聳立。這兒有好幾層亮著窗戶燈光的飯店，也有整排設置著裝飾窗的現代店鋪。大路上人車擁擠。西敏訂的飯店面向大路，格局小巧，與附近的商店無從區別。

「我覺得比起豪華的飯店，小巧飯店比較能感受當地氣氛，才選了這裡。」西敏說。

通子在飯店櫃檯出示護照，簽完名時，司機抱著孩子進來。他似乎很在意自己和孩子的窮酸裝扮，在出入口旁放下孩子，等候通子。燈光明亮的大廳聚滿歐美旅客，這位司機和他兒子看起來如同乞丐。櫃檯的男子朝他露出嚴峻的眼神。通子走到司機面前，支付約定好的車資並附上兩成小費。司機以汗水淋漓的手數著紅色的伊朗紙鈔，看到超乎預期的小費，眼睛一亮。他疲憊的臉黝黑髒汙，頭髮、鬍鬚、襯衫都被沙塵染成褐色。

男孩抱著父親的腰，仰望通子。清瘦的臉無精打采，兩眼無神。

「你不要緊吧？」通子摸著男孩的頭。

司機把錢塞進長褲口袋，低頭行禮，接著難爲情地開口，「我現在就帶他去醫院，不必擔心。這孩子累了。長時間在車內顛簸，難免會這樣。」

司機抱起男孩。男孩雙手環住父親頸項，雙眼因爲發燒而迷濛。司機簡短答謝通子。

「如果孩子的病情嚴重，你明天就待在醫院裡陪他吧？」

西敏代爲傳達通子的話，然後告知司機的回答。

「他在亞茲德還有工作，沒辦法久待。明天就要帶孩子回去。」

通子把身上的巧克力和口香糖全給司機。司機把孩子抱進停在懸鈴木下的車，身影映照在大門玻璃上。與這對父子無關的夜晚人潮，流動在行道樹旁。

沖完澡後，整天在沙漠中奔馳所沾上的黃色沙塵完全從身體和心靈中滌淨，心情頓時暢快許多，黏在皮膚上的沙漠灼熱感逐漸退卻，飯店房間冷氣也十分涼爽。在餐廳裡，她和西敏以伊朗紅酒乾杯。平安從亞茲德到此地，放心不少。

「那時我沒對您說。」西敏向通子道出隱瞞沒說的事。「那條路常因爲對向來車衝撞而造成事故，常在沙漠的馬路旁看到兩、三輛翻覆的卡車或轎車。今天連一輛也沒看見，反而相當少見。」

通子腦海浮現卡車震動著車身，飛快疾馳的畫面。明明是無限寬闊的地面，卻只有唯一一條馬路，造成人們傷亡。

「要不要去外面走走？」

西敏睜著一雙大眼邀約。她的眼神不顯倦意，充滿朝氣。

白天的熱氣已經降溫，皮膚感受到舒適的溫度。行道樹下有夜市擺攤，與商店迎面相對，和以前的銀座很像。夜市販售雜貨、紡織品、皮革製品、糕餅、文具、水果、冰淇淋等。不少歐美人散步其中，幾乎都夫妻同行。一群肩上披著波斯地毯的男子以這些夫妻為目標，四處兜售。

「拜火教信徒代表介紹的考古學者，我明早馬上和他聯絡。」西敏邊走邊說。

「拜託妳了，西敏。我會在飯店待命，隨時都能出發。那位學者在大學或研究所裡任職嗎？」

「我不清楚，只知道他的地址。」西敏露出沒把握的表情。

通子帶來飛鳥石造物的照片及書本裡實際測量圖的影本。有二面石、道祖神、須彌山石、酒船石、益田岩船等。通子此行的重點是向考古學者出示資料，問他伊朗哪裡有類似古物、有無像源頭的文物。伊朗的古美術、歷史、地理書籍中都沒出現類似的照片或圖片，但山中或偏僻地區也許有，只是沒被發現，尤其伊朗土地遼闊。

一般期刊只會刊登人們認為有價值的文章，就算部分人知道那些古物，但被認定為沒價值，還是不會出現在高級的美術書中，而供外國人看的歷史和地理書也不會介紹。不過，會不會有些古物被視為來路不明的老舊民俗文物，只有少數伊朗文人雅士才知道呢？通子將希望寄託在這上頭。

西敏代為聯絡的地方考古學者，看過飛鳥的石造物照片和實際測量圖後，不知有何反應，通子充滿期待。通子想像著定睛凝視的考古學者，露出驚訝神情的一瞬間，然後他會喃喃低語——這種古物出現在某個遺跡旁，這和我在某座山中看過的東西如出一轍……

伊朗全土的考古學調查仍未完全結束。國外也有發掘調查隊前來，但只進行特定部分挖掘。這是無比遼闊的地區，沒人知道哪裡會有什麼，地底下也一樣，不過地面上應該仍有許多未發現的古物和遺跡。一般人見了，沒特別注意就會忽略掉這些東西，唯有取得具對比性或比較性的物品才有嶄新的觀點。

夜晚的街頭，人潮熙來攘往。在涼爽的氣候下，人們享受著購物和散步的樂趣。通子與西敏交談時，一名日本男子從她身旁走過，通子在人群裡專注談話，沒發現他。

這名日本男子約二十八、九歲，他經過通子身旁時猛然停步轉頭，緊盯通子的背影。他似乎很想再確認這名與他擦身而過、驚鴻一瞥的女子長相。他下定決心折返，來到和西敏並肩而行的通子旁，然後略顯躊躇喚道「打擾一下。」

一句突如其來的日語令通子瞠目。身材高大的青年滿臉微笑站在面前，寬闊的額頭下戴著一副眼鏡。

「請問您是什麼時候到伊斯法罕？」

「今天剛到。」通子放慢走路速度應道。青年跟在一旁，配合她的步調。

「這樣啊。天氣這麼熱，一定很吃不消吧？」他望著通子的側臉。「從德黑蘭搭機來的？我是搭下午的飛機。」

通子不置可否地點點頭。緊跟在旁的男子想搭話。西敏聽著兩人用日語對話，露出很好奇的眼神。

「哎，伊朗的日本觀光客愈來愈多，設拉子特別常見。不過和歐美人相比，人數還是太少，一般觀光客在這種盛夏中減少許多。」

通子望向青年，他這才猛然驚覺一般低頭行禮。

「眞是抱歉。我是常駐在德黑蘭的商社員工。」

常駐德黑蘭的商社員工邊走邊向通子遞出名片。儘管通子收下名片，但店家的光線微弱，看不清楚頭銜的小字。

「我是M商事的員工，敝姓栗田。」

青年報上姓名。這是連通子也聽過的大貿易商社。他確實很像商社員工，看起來朝氣蓬勃。西敏見他們一直在談話，顯得有所顧忌。這名商社員工似乎很期待聽通子道出自己的姓名，但通子什麼也沒說，對方有些焦急，頻頻望向西敏。西敏似乎察覺到他的視線，離開通子。在通子叫西敏回來前，青年拘定主意，挨向通子問道：

「冒昧請問，您是高須通子小姐嗎？」

通子脫口應道：「不，我不是。」她並沒多想，這是預感到危險的本能反應。

「認錯人了嗎？」商社員工一臉出乎意料，但他並未因此沮喪。「眞對不起。」他爲自己的冒失道歉，但還是若有所思。

「東京總部打電報和我聯絡，要是有位高須小姐到這裡來，要我多多關照。可是德黑蘭這邊不知道她會去哪些地方。聽說她也沒跟大使館聯絡，所以我正在四處找她。這時洽巧遇見您，我見您的特徵與那位來自東京的小姐很相似，才把您叫住。」

栗田並未盡信通子的否認，看起來有些存疑，並說出他懷疑的原因。

明明是不相干的第三者卻如此殷勤。

「我不是您說的那個人，請回吧。」通子很客氣地重複。

「這樣啊。」商社員工仍不死心，但他改變想法，低頭行禮。「眞是對您太失禮了。祝您旅途一切順心。」他面帶微笑補上這麼一句。

西敏從人群中返回，詢問通子是否認識剛才那名日本人。

「他認錯人了。」

邁步離去後，通子內心一陣悸動。

「那位紳士還在看著您。」西敏轉頭說，低聲輕笑。

通子頭後也感到那名商社員工的視線。

——這下明白了，通子的父親或母親拜託忠夫關心通子。出發前，通子回信州老家，父親很擔心她第一次伊朗之旅，問她要不要拜託忠夫請當地人安排。通子當下拒絕，但父母最後還是這麼做。

忠夫上班的東邦電機產品透過特約貿易商社出口到伊朗。商社基於和東邦電機的交易關係，就算是社員的私人委託應該也會幫忙。那位德黑蘭常駐的員工說，總公司打電報來請他關照通子，通子覺得，她不知情的情況下，他們竟然擅自一路聯絡到這裡。通子的父母不知道自己爲何激烈拒絕父母的提議，他們當成是通子客氣，私下擅自請忠夫幫忙。昨天，當通子聽說日本電力公司在伊朗承包轉接塔建設工程，有日本技師到納茵來時，山尾忠夫的身影再次浮現在眼前。他更近了。本以爲他的身影被沙漠的火紅烈陽吞沒，沒想到這次就要聽到他走近的腳步聲。

不可能有這種事。怎麼可能有這麼離譜的事。可是，如同先前在德黑蘭的飯店遇見的電力幫浦技師，她出現幻覺，看到忠夫從食堂角落的桌子起身朝她走來。

「您怎麼了？」西敏看通子臉色不對。

「沒什麼。」通子此刻臉色蒼白，她摩搓著臉頰。「也許累了。我們回飯店吧，西敏。」

「您白天太累了。我看散步就到此爲止。」

一轉身，突然有個人影湊過來。肩上披著地毯的商人不發一語地擋在通子面前，西敏以伊朗語嚴厲喝斥對方。

隔天上午十一點，西敏到通子房間。她九點用完早餐後便聯絡那名考古學者。

「皮魯畢茲·阿斯卡里先生要到傍晚才有空。」

西敏說出考古學者的名字後聳聳肩。通子早做好準備，隨時能出門。

「皮魯……」

「皮魯畢茲・阿斯卡里先生。」

「阿斯卡里先生在大學或研究所任職嗎？」

「不，他在飯店工作。」

「飯店？」

「雖說是飯店，卻是伊斯法罕最大的國營飯店。他受雇爲外國觀光客解說文物或遺跡。」

「哦，原來如此。」

阿斯卡里號稱「考古學者」，其實並非專業學者，是熟悉這方面的業餘愛好人士，但與專業學者造詣相當。

「來了一團美國的觀光團，他在下午四點前得忙著接待他們，他說，希望您五點左右到飯店一趟。這樣可以嗎？」

「可以啊。這也沒辦法，對方也有他的時間安排。」

「就是說啊。我們先在這帶的遺跡走走。看看城市外圍山丘上的拜火神殿遺址。」

「就這麼辦。」

「遺跡幾乎崩塌了，只留殘骸。我們看完再回市內，參觀四十柱宮。這是十七世紀的木造建築。」

「伊斯蘭時代嗎？」

「伊斯法罕是阿拔斯一世重建的首都，那時是薩非王朝。伊斯蘭文化的全盛時期。四十柱宮的原文Chehel Sotun，是四十柱的意思，宮殿的二十根柱子倒映在前庭的泉水裡，看起來像四十根柱子，所以得到這個稱號。」

通子心想，這和宇治的平等院一樣。鳳凰堂倒映在池子中，建築高度看起來增加一倍。

「西敏。是那個地方嗎？幾個女人的石像站在一起，撐著獅子頭，獅子口中則會噴水的那座宮殿？」

通子想起在照片上看過的石造物。

「是的。不過現在不會噴水了。」

擺在東京博物館內的飛鳥道祖神像也是站在一起的男女像，水從他們端的杯子及身體中流出來。伊朗四處是高原的旱原地帶、沙漠、沒有樹林的石灰岩山等乾燥地形，人們對水十分憧憬。人工泉池就是這種心態的表現。噴水池是最奢侈的享受。在德黑蘭的高級住宅街可以看到有噴水池庭園的宅邸。通子當時不以爲意，但從亞茲德一路行經這些乾燥地帶，她才猛然察覺此事。

十七世紀時，在伊斯法罕開創薩非王朝的阿拔斯一世於宮殿建造池子，擺設女性雕像模樣的噴水裝置，若從伊朗風土來看，可想見有多麼豪華。飛鳥出土的道祖神像，內部有噴水裝置（石田茂作氏實測），似乎可從波斯尋求它的源頭。日本古代沒出現噴水裝置，中國和朝鮮也沒有。

說話回來，四十柱宮建造於十七世紀，站在一起、作爲噴水裝置的女人雕像也是伊斯蘭時代的產物。不過沙漠國家自古便有對水的憧憬，應該老早以前就有這些宮殿庭院女人雕像的參考原型才對。

古波斯的建築是用日晒的磚頭或黃土建造而成，歷經漫長歲月後自然崩毀，或是因地震而遭破壞。也有像波斯波利斯那樣，是因希臘軍入侵而遭破壞。擁有噴水設施的古代雕刻或許蕩然無存，但如果仔細搜尋，難保不會在伊朗某處發現殘存的部分。

飛鳥出土的道祖神像內部設噴水設施，極具伊朗色彩。中亞也可能有這樣的文物。敘利亞、黎巴嫩等西亞出產的水盤也是水利設施。飛鳥文化一般來自中國大陸、朝鮮，如今這些設施展現出別於這些地區的風貌。

拜火神殿位於獨立的丘陵上。

離伊斯法罕約四公里處，是一條沿途種滿高大懸鈴木的漂亮道路。兩旁是岩壁嶙峋的岩山，突尖的丘陵從平地隆起約七十公尺高，全是石灰岩塊。通子與西敏從山下的停車場走下計程車，一旁停了兩輛觀光巴士。抬頭仰望時，可以看到山頂上廢墟一部分在蔚藍晴空的背景下，映照出黃土的顏色。

斜坡處上的觀光客隊伍化成紅白兩色的小點一路相連。登山口並未特別開闢道路，是人們踩踏後自然形成的小徑。由於是陡坡，他們在岩壁間曲折繞行。這時一名十六、七歲的少年走出來，替她們帶路。少年有立體的五官和烏黑的大眼，似乎是牧羊少年。

「因爲要攀登滿是小石子的陡坡，最好請這孩子拉著您走。」西敏提議。

通子攀登後才明白此刻的情況。站在令人心驚膽顫的陡坡上，腳下石頭從鞋下崩塌滾落，無處可供抓握，若腳下打滑恐將滾落斷崖。其他觀光客也氣喘吁吁。下山的人則蹲低身子，全神貫注確認腳下每一步，美國女子紛紛脫去鞋子。

烈日從頭頂上方照向大地，溫度達最高溫。吸入的空氣幾欲令氣管潰爛，肺部燒灼。花了好長時間，終於抵達山頂入口。到處都留有神殿外牆，眼前是一座宛如用泥巴蓋成的城堡廢墟。

「這座拜火神殿可能在薩珊朝後期、伊斯蘭時代初期建造。不知爲何，不太受考古學者注意。」西敏的說明因喘息而紛亂。

遺留在此地的外牆，有的被單獨切割，猶如海岸邊的立岩，有的完整保留，宛如望樓。她們終於來到山頂。一座用晒乾的磚塊蓋成的圓形建築座落在狹小空間的正中央，只有它沒什麼缺損。

「這座拜火神殿也許在伊斯蘭時期建造，中心神殿呈圓形。柱間窗戶上方呈拱形。阿契美尼德王朝時期或薩珊王朝時期的拜火神殿全是方形。後天去的羅斯塔姆皇陵，裡頭的拜火壇是典型樣式，不是這種圓形。」

通子等候西敏說完後戳戳她的手肘，底下聚集一群孩子。少年們聚集在數階下的外牆角落，形成一個半圓。六、七人位在通子前來的另一側，因為空間狹窄而擠在一起，似乎正望著圓圈中的某人。

從這座山丘可以遙望四方，伊斯法罕市街間遍布大片樹林與田園，一邊是綿延的山岳地帶，一邊是隔著河川、削去大塊石灰岩層的低矮連山。那裡有白煙直冒的水泥工廠煙囪。熱烈的陽光傾注一望無際的沃野，眼前景致一片白茫。這片廣大的綠洲孕育出古代首都伊斯法罕，一直延續至今。矗立於原野上，低矮陡峻的山丘是圓錐狀，和耳成山非常像。如同耳成山南麓有藤原京，拜火殿山丘也俯瞰著橫跨兩個王朝的首都。

通子照西敏的指示往下走，帶路的少年牽著她的手。他們來到孩童聚集處，通子從人牆間縫隙窺望。一名銀髮白髯的老者蹲在孩童圍成的圓圈中央。一身睡衣般的黑褐色衣服老舊骯髒。老人的白頭抬也沒抬一下，專注以石頭碎片在地面的大半圓上畫著某樣東西，底下以一直線分割。

通子從上方注視這一幕，起初完全看不懂他在畫什麼，接著不規則分散的無數小點各自連出一條短線纏繞在一起，通子終於明白老人在畫什麼。

老人雙腿張開的鄰近直線上畫了一個斜斜的天蠍座，星宿二的點特大。上方是蛇夫座、巨蛇座。右邊是處女座、牧夫座、天琴座，左邊是天鵝座、天鷹座，還有飛馬座的三點，靠近孩子腳邊的半圓形上方，相當於天頂的北冕座，右邊是北斗七星的大熊座，還有北極星。銀河從左上往斜下拉出一條銀帶。

老人沉聲低語，尖細的石頭前端抵向地上的點，向孩子講解星座。這面星圖應該已經在地上描繪不少次。站著聽講的少年全是替到這座山丘的觀光客服務的非專業導遊。老人在拜火神殿的山丘上教導星座——面對這幕，通子對「伊朗」產生強烈的感受。

這才是伊朗啊！

每個星星似乎都在不安定的位置上，但其實固定在井然有序的體系之中。

通子想到忠夫與自己的距離。

10

CHAPTER

第十章

物與人的方向

坂根要助在橿原神宮前站下車。從大阪的阿倍野橋搭電車，有五十分鐘的冷氣可吹，但一到月台又遭到熱氣反擊。此時正是下午兩點的大熱天。站前一片閑靜，排成一列的計程車不見司機。夏天到神宮參拜的客人都不見蹤影。身材高大的司機扣著短袖襯衫的扣子，走出同伴的聚集處。這是排在車隊前頭候客的計程車。

「請問您要上哪兒？」

「要去益田岩船。你知道嗎？」

「是，我知道。」

司機幫忙坂根把掛在肩上的相機器材放進車內。

「益田岩船那麼有名嗎？」

車子駛出後，坂根問。

「一般計程車司機不太知道。」

司機背對著他說。

「不過，我一說到益田岩船，你馬上就知道。你是當地的計程車司機，對吧？」

「我們社長喜愛古物。就算是觀光客不太愛去的地方，他也會多方調查，告訴底下的司機。」

「打算將益田岩船這些景點也納入日後的觀光路線中是嗎？」

「就是這樣。」

「目前很多人會去參觀嗎？」

「您說益田岩船是嗎？不，一整年下來，沒什麼人去。大多是去寺院參拜。」

「一年大概多少人去？」

「這個嘛，大概兩、三人吧。」

「兩、三人？一整年？」坂根頗感意外。

「就是說啊。之前我陪同一位來自東京的老先生去，聽說是某公司的社長。」

車子駛過平交道後來到市鎮外郊。稱不上寬敞的道路上不少卡車通行。

「你之前可載過一位來自東京的女子去益田岩船。年紀約二十七、八歲。」

「這個嘛……」司機轉動方向盤，側頭尋思。「不記得了。可能是其他計程車司機載的。」

「也對。」

「先生，您好像是攝影師，要去拍岩船是嗎？」

「不光拍岩船。」

「這麼熱的天，眞是辛苦您了。您帶了好多攝影器材呢。」

駛離道路，爬上右手邊的坡道，眼前是全新住宅街。新住宅街遍布丘陵山腳，還在開發中。登上坡頂後，一旁停放了起重機和卡車，五、六名作業員在工作。被鑿開的山地在烈陽下露出紅土。一邊可以俯瞰底下平原，一邊是丘陵山坡。

「那就是岩船。」

司機指著丘陵上方。

抬頭一看，山頂處有個方形岩石，看起來宛如小型堡壘。雖是方形，但上方小，下方開闊。不僅具分量感，也給人沉重感。岩船後方和左右是濃密的雜樹林，白色岩石特別顯眼。一眼望去，岩石寬闊的部位斜向平原。坂根回身而望。圓錐形的耳成山座落在平原對面。右手邊是香久山。目測來看，石頭的寬闊部分看起來像面向香久山，也像面向耳成山。詳細情形得到岩石邊細看才知道。

「要從哪邊上去？」

「我稍微倒個車吧。要在那裡下車，然後從斜坡處爬上去。」

車子往回開一小段，來到登山口。但沒半條像道路的小徑。司機說由他來帶路，替坂根拿了一半的攝影器材。從底下看，岩船變近不少，但走起來才發現距離遙遠。這條自然形成的小徑被夏草遮掩，隱沒在樹叢中，而且坡度甚陡。坂根請走在前頭的司機等他一下，兩度停步歇息喘氣。他對登山不太拿手。背後滿是汗，汗水甚至流入眼中。

「如果是冬天就輕鬆多了。樹葉比較少，草也都枯萎。」

司機寄予同情。

岩船的石塊座落在樹林盡頭。雖然在照片上看過，但它相當巨大。岩石位於斜坡，底下部分埋在土中，上面呈現水平，給人一種穩定感。石材是花岡片麻岩，側面泰半經過磨光，其他部分則有不規則的格子狀刻痕，形成凸面。突出部位約三公分到五公分寬。東部和北部的側面裸露出大部分，西和南側一半以上埋在山坡的泥土下。

不過東北側原本和西南側一樣，掩埋在相同高度下，但土石崩塌和下雨造成土地流失，呈現出外露狀態。他遠望潔白的岩石，走近一看才發現上方帶著歷經風吹雨淋的古色，側面微帶綠意。

坂根打算從益田岩船掩埋在土中的西南側攀登，但光這樣也有兩公尺高，而且花崗岩表面磨得相當光滑，無處可供抓握、踩踏。他還抱著沉重的攝影器材，北側高度將近五公尺。

高大的司機像青蛙般，雙手一伸躍向岩船，接著雙腳猛蹬，身子一扭就爬了上去。司機站在臺座上沿著外圍來回走五、六步，望著山腳平原。山腳下整面住宅街滿是藍紅的屋頂。

「耳成山就在正前方。」司機在上方說。那模樣與《大和名所圖會》中，站在益田岩船上的人物版畫一模一樣，不過木版畫刻意將巨石誇大化。

岩船的底部平面東西長十一公尺，南北長八公尺。底部平面與上方平面的比例為一百比三十七（天理大學副教授西谷眞治的實際測量）。由於上方狹窄，側面是上窄下寬的傾面，南側略顯渾圓平緩，不過就像溜滑梯一般滑溜得爬不上去，整體直接由整塊花崗岩的石塊加工而成。

坂根請司機把攝影器材拉上去，再把他吊上去，靠自己一個人實在上不來。上頭相當寬闊，足以充當孩子的遊樂場所。兩個近乎正方形的孔洞排在東西一條線上，孔洞目測約一公尺寬。

關於更準確的實際測量尺寸，據說是東槽（東孔）南北長一六一公分、東西寬一五五公分、深一二六公分；西槽（西孔）南北長一六四公分、東西寬一五二公分、深一三〇公分，兩個孔洞間隔一四一公分。兩個孔洞之間幾乎以相同間隔排成一條線。兩孔距離一四一公分，是岩船南北的中心軸，也是方向軸。

岩船平面算橢圓，東南面狹窄，形成怪異形狀。以兩個孔洞連成的東西線為中心，巨石的北邊與南邊幾乎同寬。不過北側有比整體略高的外緣，南側沒有，但有約六公分刻痕造成的高低落差。兩個孔洞的底部並非水平，稍微往南傾斜。

坂根從上方環視一遍，站在孔洞中間。他站在南側，視線投向南北的中心軸，朝軸線延伸的北方望一眼。耳成山圓錐形的山頂，隱隱從斜坡處茂密的樹林上露出。

「岩船上有兩個方形孔，我猜中間是方向軸。我想知道從此處往北的延長線上會是香久山還是耳成山。如果順路，可否前往益田岩船一趟，幫我看看延伸的方向究竟在何處？

寫於亞茲德，通子」

坂根要助站在岩船的南北中心軸上，想著通子寄給他的明信片。往北延長線上的確實是耳成山，香久山偏東方。

「司機先生，你怎麼看？從這裡看出去正前方是哪？」

坂根順便確認第三者的看法。

「是耳成山。就在前方盡頭處。」

司機弓著背，帶著測量的眼神說。

「謝謝您，這就夠了。」

是耳成山沒錯。耳成山孤立於大和平原。這座圓錐形的舊火山是田園之海的孤島。大和的田野正遭開發住宅地工程的侵蝕，耳成山山腳聚滿紅藍兩色的屋頂。「聳立於香久山南方的一座小山丘，高十餘丈，形狀可愛」（《大日本地名辭書》），可愛的山丘在住宅地的包圍下顯得拘束。據說古時候香久山上許多梔子樹，視野會被附近樹林阻擋，難以一窺全貌，就像蒙上一層迷霞般模模糊糊。

坂根架起請司機拿上來的三腳架，裝設相機，將岩船南北中心軸的一部分納入鏡頭，並且轉向耳成山正面。由於採遠攝鏡頭，感覺不出遠近，若當測量照片倒是無妨，但在茂密雜林與整座山模糊的情況下，實在難以拍攝。山色模糊，是因爲太陽的強烈紫外線從上方傾注，產生光暈現象。雖然可藉紅外線底片以及在鏡頭上加裝橘色濾鏡來解決，但無法處理近處的繁茂樹林，它形成網點，遮蔽山形，偏偏不能砍伐這些礙事的枝葉和樹梢。

「受您之託，但在這樣的狀況下，實在無法拍攝。」

坂根雙臂盤胸，凝視耳成山，浮現寄信給人在伊朗的高須通子時會寫的字句。

「如果被樹木阻擋，要不要上後山試試？」司機提出建言。後山是南側上方的丘陵。

坂根放棄從這裡遙望耳成山，改從其他方向仔細拍攝岩船上的設施。

「益田岩船據說是弘法大師爲了益田池而建的碑石臺座，這是眞的嗎？」

坂根拍攝時，司機坐在巨石上呑雲吐霧。

「傳說是這樣，但誰知道呢。如果用這麼巨大的岩石當臺座，那立在上面的石碑應該更巨大。這有點難以想像。」坂根一面拍照一面回答。

「我想也是。不過，這兩個方形孔洞如果看成是石碑的榫眼，倒挺合適。」

「因此有人聯想成臺座。」

「我們社長說過，這塊巨石是古墳。火葬後的夫妻骨灰放在這個孔洞，您認爲呢？」

「火葬墓？這種情形出現在古墳末期。你和你們社長知道的可眞多。」坂根說。

認爲益田岩船是墳墓的說法並非計程車公司社長的獨創，出自對石造遺物頗有研究的川勝政太郎寫下的《益田岩船考》中。概略如下：

這兩個孔洞可用來當成容器，孔洞與區隔處南邊有一段刻痕，推測原本另有蓋石，用來嵌入。這是用來存放骨骸的墳墓，有兩個孔洞，表示是夫妻合葬。可在兩個孔洞中放骨甕和陪葬品，予以安置，再蓋上石蓋。墳墓當初建造時，在山頂露出全體，可從北方仰望其雄姿，適合用來誇示入葬者的權威。建造年代推測是佛教傳入後的飛鳥時代到奈良時代前期，而人稱鬼俎、鬼雪隱的特殊古墳構造物和岩船石材相同，工法也一樣……

大致是這個意思，其他學者也提出相同看法。

坂根拍完部分照片後坐在南邊稍矮的「刻痕」處。兩個方形洞中央略高，孔洞處較低，南側底部又淺四公分，整體深淺不一。儘管如此，岩船的臺座打造得相當精細。這地區出產的花崗片麻岩就像大理石般平滑。這是造型頗爲奇特的石造物。

坂根起身爬向南側斜面，要拍攝岩船與耳成山連成一線的全體圖才行。不過很不容易爬下巨石，得借助司機幫忙。身材矮胖的坂根，如果不接受幫忙，實在無法爬下益田岩船無處立足的滑溜側面。獨自前來的高須通子當然更無法爬上岩船，只得敗興而歸。司機從岩側滑向地面，接著從臺座上的坂根手中接過攝影器材，撐住他的身體好讓他回到地面。

坂根評估，爬上南側的後山高處便可看見正下方的岩船斜面，雜樹林一併往下沉落。那座山的山脊處連往貝吹山（二一〇公尺），算高取山系向北延伸的一部分。不過岩船南側的丘陵斜面同樣坡度甚陡，費好大一番工夫爬上去，但耳成山依舊被茂密的雜樹林遮去大半。擋在中間的樹林比想像中來得高。若繼續往山上走，岩船會變得過小，看不出重要的細部。

坂根在不穩的斜坡處架設三角架，望著取景器，努力讓岩船與對面的耳成山山頂擠進同一畫面。岩船也一樣，若沒拍攝兩個孔洞的中間處，就沒任何意義。從孔洞中間穿過的南北中心軸，前方盡頭正好是耳成山山腰。不過話說回來，耳成山在明治年間被削去山頂才成爲現在的狀態，原本的高度更高。

坂根取出指南針細看。面朝北方，耳成山往東邊偏二十五度，岩船的正面也往東偏二十五度。這種情況下，岩船北側是正面，岩船的正面與耳成山相對。

「高須小姐，益田岩船的南北軸線確實是面朝耳成山。不是香久山。」

坂根按下快門，在心裡對在伊朗的通子說。

伊朗的沙漠或許炎熱，但這裡也很熱。坂根脫去上衣，只穿一件汗衫，專注調整鏡頭。他的臉、脖子、肩膀全在冒汗。儘管如此辛苦，卻沒半毛收入。交通完全自付，但這種沒報酬的工作也不壞。

《日本書紀》的〈允恭紀〉中提到，前來日本的新羅人往往對位於京城（飛鳥八釣宮）旁的耳成山和畝傍山情有獨鍾。這是耳成山這個名稱第一次出現，年代出奇得晚。香久山早在《古事記》和《日本書紀》的〈神代紀〉中就出現過。換言之，神山是香久山，並非耳成山。

不過，藤原京位在耳成山南麓。藤原京建造於耳成山南方（六九四年～七一〇年）。大極殿在現今鴨公小學附近。因挖掘出朝堂院遺址，推測出往南直線延伸的朱雀大路延長線上有天武、持統合葬陵、文武陵，及微偏的高松塚。這是有計畫的安排，還是純屬偶然，目前尚有討論空間。

藤原京位於耳成山、香久山、畝傍山這三座山中間，宮城離東邊的香久山較近，離西邊的畝傍山較遠，也是因爲西側有飛鳥川斜行的緣故。坂根要助心想，行經益田岩船兩槽（兩個孔洞）中間的南北中心軸線之所以面朝耳成山，也許是要指向藤原京。耳城山與藤原京的北域間隔約一公里，但站在岩船山上看幾乎是同一方向。也就是說，岩船、香久山的連線往東偏約二十五度。

岩船面朝不具宗教色彩的耳成山，看起來沒任何意義。高須通子最初可能因此將它與香久山聯想在一起。香久山是《古事記》、《日本書紀》、《萬葉集》裡常提到的聖山。耳成山沒帶給人這種感覺，但如果不是面向耳成山，是南麓的藤原京，岩船的方向就有意義了，可能具備某種功能。雖然不清楚岩船爲了什麼目的建造，但如果與藤原京的官員職務有關，岩船與藤原京的相對位置便可得到解釋，但仍舊不清楚功能。

查明岩船的製作目的是第一要務。

岩船上方兩個排成一列的方形孔洞，到底有何用處？北邊與南邊的「刻痕」，明顯是爲配合使用目的而設置，但用處爲何？雖然明白這像某種設施遺留的痕跡，但眞像墳墓說，是用來蓋上石蓋嗎？兩個孔洞也是用來放入骨甕嗎？

不過，若解釋爲火葬墓，就無法理解爲何岩船會朝向耳成山、藤原京，就算參考其他古墳，也不知爲何墳墓一定得面朝帝都，而且岩船的南北中心軸面朝藤原京應非偶然，而有其必然。

人在伊朗的高須通子，似乎也從明信片的往返中察覺此事。她是如何推測此事呢？坂根原本就很期待通子早日歸國，現在更引領期盼。

終於結束拍攝工作。坂根以毛巾擦拭臉、頭、脖子、胸口、雙臂的汗水。

「辛苦您了。先休息一下吧？」坐在斜坡草叢上的司機，出言慰勞坂根。

「謝謝。」

坂根與司機並肩而坐，草地滿是塵埃，散落一地的紙屑、果汁空瓶。

「連這帶都有情侶來約會。」司機望著眼前的景象，臉上泛著淺笑。

竟然有情侶到這樣的山丘上，坂根頗感意外，但他憶起先前和《文化領域》的福原一起去崇神陵時，柵欄也滿是散亂的果汁空瓶、空罐、報紙、口香糖包裝紙、紙袋、拉繩。不管有沒有鐵網、警衛，只要情侶想去，他們就會想辦法闖入。上方的茂密樹林形成樹影，像這樣靜靜坐在草地沐浴底下吹來的微風，遼望大和平原，內心說不出暢快。

「甚至有人帶便當來這裡。」司機笑著望著一旁。

「便當？」

「是的，有竹筷的包裝紙掉在這。哦，是京都來的。還是料理店的便當。」

司機拿起細長包裝紙。

坂根望向司機，定睛凝視他手上的東西。他看過這張褐色印刷的包裝紙圖案。

「請等一下。」坂根從司機手中搶下包裝紙。

「竹筷　京都南禪寺前　普茶料理　大仙洞」

沒錯。這是品嘗普茶料理時，對方提供的竹筷包裝紙。既然大仙洞的竹筷包裝紙落在此地，就如司機所說，有人帶著大仙洞的便當到這裡享用。仔細想想，這沒什麼好大驚小怪。不少人從京都到奈良或飛鳥來玩，也有人前往京都光顧大仙洞，而其他地方的人也會繞往京都再到這裡。

不過在這裡看到這東西還是有點怪。情侶倒能理解，但觀光客就教人有點納悶。

「還有同樣的包裝紙。」司機說。他又從草叢撿起兩張大仙洞的竹筷包裝紙。「一共三張。有三個人到這裡吃便當。」司機看著端詳著三張包裝紙的坂根。

「似乎是如此。」竹筷包裝紙的邊角破損，中間對折，略顯髒汙。

「如果是三個人，那就不是情侶了。應該是一家人或朋友來這觀光、吃午餐。照這樣看來，可能是京都人吧。」司機忖度。

「你說觀光，是要觀光什麼？」坂根轉開注視竹筷包裝紙的目光，抬起頭。

「不就是益田岩船嗎？這麼難爬的山，總沒人特別來這裡只爲了看風景吧？」

「司機先生，你剛才說來看岩船的人，一年只有兩、三個，對吧？」

「依我的經驗是這樣沒錯。」

坂根心想，看岩船的三人是怎樣的人呢？還帶著京都普茶料理店的便當。

「司機先生，附近沒看到便當的空盒吧？」坂根微微起身，目光掃向草叢。

「沒看到便當的空盒。」司機撿起斷折的樹枝撥動草叢。

「他們應該吃完就帶走了，還懂得善後，應該三個都是女人，或裡頭有一、兩個女人。如果全都是男人就不會收拾便當的空盒，應該會隨地丟棄。」

「有道理。」

不少女性吃完便當後不會隨地亂丟，而是放進包巾或裝進手提袋帶回家。計程車司機從事服務業，才會注意到這點。

「請借我看一下竹筷包裝紙。」司機從坂根手中接過三張包裝紙仔細端詳，比較著草叢間的紙屑。「吃這便當的人，昨天或前天才來過。」他自言自語。

「你怎麼知道？」

「紙屑又皺又髒，縮成一團。這是因爲雨淋溼後又晒乾。這竹筷包裝紙沾了泥土有點髒，但整體還算乾淨。紙也沒皺在一起，相當平整，而且全都沒沾溼的痕跡。這帶三天前才下過雨。」

因爲竹筷包裝紙沒溼痕，所以他們是在下雨的三天後才在這裡吃大仙洞便當。司機的推論頗具說服力。普茶料理的便當很特殊，不同於幕之內便當或壽司便當這類普通便當。不過，坂根懷疑大仙洞有沒有在賣普茶料理，先前光顧時看店裡展示櫃上的茶點和茶碗，沒看到有普茶便當。照這樣來看，便當是特別訂作。不是供一般顧客使用，是受老顧客委託，或爲了店主家人而訂作。

坂根在司機的推測中加上自己的想像。

大仙洞老闆村岡亥一郎很可能會來這裡看益田岩船。村岡與海津信六頗熟識。他算是海津的俳句弟子，肯定也受到海津的歷史學識熏陶。外行人涉足古代史，就算不至於沉迷，好歹也成爲一項興趣。古代史蘊藏許多謎團，稍微一窺箇中奧祕便可能迷上，成爲業餘愛好。

這麼說來，可能是村岡和海津信六昨天或前天一起爬上這座山丘。海津信六是壽險業務員，去哪都有可能。拉保險大致有區域，但如果有自己的特殊管道，保險公司也不會設限。此外，如果爲了俳句創作，去哪都有可能。大仙洞老闆趁這機會和海津信六一起到這也不足爲奇。不過根據司機，他們將便當空盒帶回，表示一行人當中有女性。女人個性講究，才會善後垃圾。

「司機先生。」坂根轉頭看向他。「底下施工的作業員有四、五個人之多吧？」

坂根想起登上這裡時，山下用來開鑿的起重機和卡車，作業員在一片紅土上走動。

「是的。」

「他們每天都會到這處工地吧？」

「應該是。因爲旁邊蓋了一座像小型組合屋的工作辦公室。」

司機起身往下窺望。儘管看不到工地，但聽得到起重機和卡車的聲音。

「我想請你代爲向他們打聽一件事。」坂根告訴司機。

走下後山時，坂根再次站在岩船旁。

面朝後山的南側石面低矮，朝平原的北側石面偏高。北側比南側幾乎高出一倍。（根據西谷眞治的實際測量，南側石面高約二五〇公分，北側石面高約四七〇公分）上部石面呈水平，北和南側出現高度落差，是因爲北側斜坡泥土處裸露出一公尺高的根部。坂根之前看過《大和名所圖會》上的「益田岩船」圖。據上頭記載，岩船底部四側平均埋在土中。也就是說，原本北側和南側都一樣高。北側底部現在露出一大塊，是因爲地處斜坡，土石受雨水沖刷，土壤鬆軟而崩塌。因爲土石崩塌，埋在土中的北側底部外露。

北側整面和東側的一部分，下半部有縱向和橫向的刻痕。刻痕不一致，如果是以磚塊隨意縱向排列，可能就有這樣的圖案。只見刻痕微微外突，這刻痕原本埋在土中，因爲土石崩塌而外露。一種說法稱，這刻痕是防止土石崩落而裝設，但現在仍埋在土中的南側與西側並沒這樣的刻痕，而先前埋在土中的北側和東側的石面，顏色與其他部位不同，略帶青綠。

「如此巨大的岩石，如何搬到這麼高的地方？」計程車司機感嘆，抬頭仰望岩船。

「這個嘛，以前的人有其智慧。在沒起重機和卡車的時代，這種重達上百公噸的巨石完全靠人力搬運。」

坂根跟著仰望。

「是啊。石舞台的天井石（註）就很巨大。」

「那比岩船小多了，所以搬運方法猜得出來。首先將土地堆高，排好圓木當軌道，把岩石往上拉，擺放在想要的位置上，再來是清除用來堆高的土地。不過，岩船這麼巨大的石塊，不知道怎麼搬上來。像仁德陵、應神陵也是，日本從五世紀起，土木工程便有很出色的發展。」

計程車司機說，「我伯父在大和郡山擔任過工匠，我小時候去過那裡看他製作石塔和石獅子。當時他要讓大面積的石面變光滑，一開始先刻出這種刻痕，再將刻痕突出的部位打掉，加工成平坦的石面。看到岩船的刻痕，我突然想起這件往事。」

「哦，你伯父是石匠啊？」坂根望向司機。

「是的，他十年前過世了。」

「這麼說來，要在巨石上弄出平面，無法一次磨平，要先留下突出的刻痕，再逐步將它削平，磨成平面是嗎？」

「是的。我小時候看到的就是這種方法。」

坂根心想，倘若有這種方法，岩船上像刻痕的突出部位或許也是同樣道理。首先，大致將巨岩打成想要的形狀，然後在石面上加上刻痕，如此一來比較容易削平，接著再磨光。而且，經這麼一提才發現，刻痕的深度並未深入石面以下。

「原來如此。」

坂根沿著岩船繞一圈，仔細察看。巨石上只有側面一半出現刻痕。這是因爲整體加工尚未完成，並在未完成的情況下埋入土中，還是打從一開始就打算當作擋土之用，因此刻意保留刻痕，目前還不得而知。不過，上面加工得很光滑，側面下半部分卻沒完工，實在有點怪。因此，一開始讓人以爲作爲「擋土」之用。

司機告訴他的石匠技法，倒提供坂根另一種參考。關於刻痕的用處，也多了另一種新看法。

坂根走下岩船山。由於地處陡坡，又沒像樣的路，鞋子一路在石頭和雜草上滑行。要是

註—蓋在橫穴式石室上頭，用來充當天花板的巨石。

失足，恐怕會從陡峭如斷崖的坡道跌落，所以坂根抓著樹枝，鞋尖抵著地面冒出的樹根，小心翼翼往下走。司機見他如此辛苦，途中幫他拿沉重的相機配件盒。坂根手上剩三腳架，輕鬆許多，三腳架還能當柺杖用。濃密的草叢中飄來一股悶熱氣味。烏鴉在樹林上啼叫。

坂根終於走下岩船山。

山下就如同上山前看到的，挖鑿用的起重機將紅土倒入卡車。五、六名頭戴黃色安全帽的作業員在工作。這是底下住宅街延伸而來的造地工程，似乎老早就有預定計畫將面向平原的岩船山北側山麓截斷，改闢成住宅街，不過岩船所在的南側山丘則保持原貌。但因爲是剷除山麓，上方的斜坡恐怕會因下方失去穩定性而崩塌。這麼一來，岩船北側土石崩塌的情況會更嚴重，側面的露出部位會愈來愈大。

此時從山下仰望岩船，也能發現斜坡樹叢遭砍伐，山麓形成紅土斷崖。岩船雖然穩穩座落原地，但恐怕不久會隨著土石崩塌而滾落山崖。

計程車司機走近作業員，一位年紀較大，看起來不太忙的男子微微鞠躬示意。司機詢問關於大仙洞竹筷包裝紙的事：至少三人於昨天或前天帶著便當到岩船山，你們可有見過？

作業員側頭尋思，不記得這回事，坂根也主動走近。

「不好意思，請問你們昨天或前天是否一早就到工地來？」

「是的，每天都是。只要沒下雨的話。」

黃色安全帽下是一張中年人的臉。

「聽說三天前下雨，後來應該有一位或兩位女子來到這個地方……」

男子叫喚其他作業員。他好像沒印象，於是向其他年輕作業員簡短詢問。裡頭似乎就屬他最大。

「哦，如果是那三個人，我昨天下午一點左右看到他們爬上岩船。」

一名年輕人脫下安全帽，擦拭著頭上的汗珠。

「可以請您說清楚一點嗎？」

年輕作業員望向坂根。

「是一名男子，和兩名女子。男子約五十多歲，個子不高。」

「是不是頭髮稀鬆，略胖，臉色紅潤？」

「沒錯。就是這種感覺。」

作業員眼中泛著笑意，點頭附和。是大仙洞的村岡。坂根的預感沒錯。不過，其他兩名女子就不知道是誰了。

「一位是年約十九、二十歲的女孩。長得很可愛。對吧？」

他向身後另一名同事尋求認同。頭戴黃色安全帽的兩名同事走近年輕作業員，兩人昨天也看到攀登岩船的三人，點頭同意他的話。

「另一名有點年紀的女子，好像是那名矮個子男人的妻子，她是那女孩的母親。女孩很可愛，母親也是大美人。」後面一人說道。

大仙洞的村岡和妻子一同來，是嗎？坂根沒見過他妻子，不清楚她是否眞像作業員說的一樣是個大美人。不過，關於他們說的可愛女孩，他倒是猜出幾分。肯定是之前要離開大仙洞時從一旁庭院木門走出、差點撞上他的二十歲出頭女孩。她一身白洋裝隨風翻飛的模樣鮮明出現在面前。村岡站在店門前，叫喚那名女孩……

坂根腦中突然興起一種想像。

「那位太太多大年紀？」

「不知道。人長得漂亮，看起來很年輕，不過應該是四十七、八歲。母女感情很好，一直都手牽著手爬坡。那位先生拎著一個包袱走在前頭。」

一開始的那位作業員說道。坂根心想，包袱裝的一定是三人份大仙洞便當。

「那位太太是不是長這樣？」

他開始描述鷲見大師妻子的長相。坂根像在重現眼前的肖像畫般具體掌握特徵，加以描述。

「沒錯沒錯。雖然沒就近細看，但就像你說的那樣。」

三名作業員不約而同點頭。坂根準確的描述令他們記憶更加鮮明。不過，坂根在描述時，發現一件怪事。原本是在談鷲見夫人，但不知從何時起，變成在描述當時遇見的年輕女孩長相。兩人的特徵相同。當時他便覺得女孩似曾相識。他因為工作，拍過不少年輕藝人或模特兒，本以為是長得像她們其中一人，當時始終想不出到底像誰。現在他想到了。那臉蛋與鷲見夫人如出一轍。夫人如果再年輕幾歲，就和女孩一模一樣。

「他們坐著一輛氣派的進口車來這裡。」其中一名作業員抬起安全帽下的臉說。

「進口車？」

「車子一路開到底下住宅區。他們吩咐司機在那停車，我看那是京都的白色車牌。」

11

CHAPTER 第十一章

死者之谷

坂根要助搭乘同一名司機的計程車從橿原前往櫻井市。這條由西往東，距離不長的道路上，可以望見北邊的耳成山及南邊的香久山。這是自古便有的路，若從河內往南行，會從羽曳野丘陵進入有不少古墳的太子町，然後越過二上山南麓、竹內嶺，到當麻寺旁，橫越曾我川、飛鳥川。順路東行，會到一條從三輪山南麓和隱國泊瀨通往伊勢的峽谷道路。

往北可看到耳成山一帶，正好是藤原京的北域。如今是木材的集散地，不少木材工廠和木材貯放場。耳成山四周正如從岩船上遠望一般，滿是住宅街，大熱天下，每戶人家都在屋簷下和窗外晒白床單或襯衫。

「古和歌提到『神衣晾晒場，神界香久山』，現在倒成了耳成山的山麓。」司機轉頭而笑。他從車窗仰望天空。「咦，有烏雲哦。也許會來一場雷陣雨。」司機低語。太陽逐漸爲浮雲遮蔽。

——在大仙洞遇見那位年約二十歲的女孩，長相酷似鷲見大師的夫人。夫人年輕時應該就是那副模樣。坂根要助在計程車內持續思索此事。女孩不是從大仙洞店內走出，是打開店面玄關旁的一扇小門走出。內門盡頭，是老闆村岡亥一郎的私人住宅。這麼說來，她是村岡的女兒嘍？

坂根不這麼認爲。他直覺村岡沒這麼漂亮的女兒。對村岡的壞印象仍在腦中揮之不去。他比較確定的是，女孩容貌酷似鷲見大師的夫人嶺子，將她想成是夫人的女兒或外甥女是很自然的反應。

這麼看來，鷲見夫人與大仙洞的村岡交誼匪淺。夫人常帶她女兒或外甥女到村岡家玩（因爲在主屋的出入口遇見那名女孩），這對母女昨天和村岡一起從京都到岩船山登山健行。從大仙洞的便當一事，瞧出一些端倪。

村岡算是海津信六的俳句弟子，應該是在海津談古代史時受到影響，對益田岩船產生興趣。就算帶著鷲見夫人和她女兒（或外甥女）去看岩船也不足爲奇。不過，岩船山的作業員看到的人是否眞是鷲見嶺子？不，這是自己的揣測，就算對象是她姐姐增田卯一郎的夫人亮子，從她們酷似的長相來看，也不會顯得不自然。倒不如說是增田亮子還比較合理。

坂根要助在車內不斷思考。

原本猜測年輕女孩是鷲見嶺子的女兒或外甥女，但考量到長相，如果是增田亮子的女兒或外甥女也很自然，這樣準沒錯。若是如此，增田亮子與村岡是什麼關係？她們一起搭車前往岩船山，顯見兩人素有交誼。名人和富豪常光顧這種料理店。大仙洞也算這種料理店的其中之一。

顧客與料理店老闆往來密切，發展成私人交情，大多是基於相同嗜好。將這樣的情況套用在大仙洞身上，研判是增田卯一郎夫婦常到店內光顧，因而與村岡建立情誼。夫妻倆應該都會帶女兒一起前去。如果是與雙方家人有交情，增田家的女兒也可能獨自到村岡家玩。就是這樣，當時才與女孩不期而遇。

明明是要攀登岩船山，但三人卻坐「氣派的進口車」。據說那輛車在山下住宅區等候。

作業員說，進口車掛的是京都車牌。一定是增田卯一郎的車。北白川那棟設有冠木門的豪宅景致至今清楚映在坂根腦中。增田家與大仙洞的雙方家人都有交誼。

想到這裡，謎團順利化解。但接下來，他的推論陷入死胡同。

關於大仙洞找不到報紙的事，京都「某戶人家」珍藏的古美術品摻有贗品，這篇報導卻在大仙洞遍尋不著，店員改拿體育報給他。或許是湊巧找不到那份報紙，但如果不是這樣……坂根先前在開往鳥取的列車中思考過此事，現在一路朝負面方向推理。

「先生，天氣變悶熱了，對吧？」

車子在櫻井十字路口左轉時，司機擦拭額頭的汗珠。

「嗯，變陰天了。」

路上出現道路標幟，顯示離天理市十二．五公里，離奈良二十二公里。這條路的去行是上道。右手邊三輪山隆起的山頂呈現出一片緊密繁茂的杉樹林。烏雲從西邊一路擴散而來。到崇神陵前方兩百公尺處，坂根請司機暫時停車。崇神陵外堤與民宅中間有一條勉強供一輛車通行的小路朝山延伸而去。之前與福原一起前往拍攝崇神陵，走的就是這條路。

「嘩，好小的路啊。」

計程車在那宛如田間小路的窄路上緩慢行駛。天空烏雲愈來愈濃。

左側看見崇神陵的細窄部與後圓部。今年早春，和他到這座護濠外堤的福原很在意在酒船石前遇到的女子去處。高須通子非但走過飛鳥之路，如今甚至走在遙遠的伊朗街道。短短五個月，人事變遷飛快。

坂根完全沒想到自己會和高須通子往來。

他還是一樣扛著相機四處奔忙。他想到先前在崇神陵河堤上偶然拍到的山腹畫面，因此順道來此。照片裡拍到的人物，似乎在那天傍晚前往古董店寧樂堂販售盜墓品。

山腹的斜坡和山谷有成群橫穴古墳，像柳本橫穴古墳群，或龍王山橫穴古墳群。坂根因攝影工作認識一些考古學者，他們說，橫穴古墳群約五、六百處，有一半都沒對外開口。從有開口的古墳發現的陪葬品，有鐵刀、馬具、鐵箭、石手環、石製仿造品、玻璃球等。據說也有圭頭大刀（註）。但這些出土品都是盜墓者遺漏的古物，遠不及被盜墓者帶走的古物數量多。

報上京都某戶人家珍藏的古美術品傳聞，及福原告訴他的「茨城縣神愛教收購的古美術品疑雲」都在腦中縈繞。京都人家被提及的是環頭大刀，神愛教則是眉庇付冑和杏葉。兩者都「令人質疑」。

有人說那是贗品。

拍攝山的機緣及贗品疑雲，令他想到發掘古墳時代後期出土物的古市橫穴古墳群一看究竟。這是他先前爬上益田岩船時沒想到的事。

左手邊通過崇神陵的後圓部後，正面高高隆起的櫛山古墳低矮的墳丘橫陳眼前。一旁立

註──主要爲古墳時代後期所用的大刀。刀柄前端有類似「圭」的山形設計。圭爲一種玉器，呈長方形板狀。

著導引看板。哦，這就是雙方中圓墳啊。坂根想。從側面看，它呈瓢形，與前方後圓墳無異。雙方中圓墳在全國只有三個實例，當中兩例是積石塚（香川縣高松市石清尾山古墳群中的貓塚、鏡塚），就土墳來說，這是唯一的例子。

勉強可供一台中型車通行的路彎向櫛山古墳南側，往山的方向去。烏雲逐漸往天空擴散。山腳處一大片順著南北方向延伸的旱田以及農家村落，但一來到山麓入口，道路轉爲又窄又陡的坡道。

車子停下。右側爲山谷，道路底下的台地只看得到一戶農家屋頂。

「再下去，車子好像沒辦法開了。」

坂根遙望道路前方。

「好像是。」司機定睛細看道路狀況。

「沒法子了，就在這裡下車吧。我用走的。」

坂根將身旁的相機配件盒拉過來。

「既然這樣，我在這裡等您吧？」

「可能會花不少時間。我看你就先回去吧。」

「可是天色逐漸變暗了。也許會下雨。」

司機隔著玻璃窗仰望天色。氣候愈來愈悶。

「就算下雨，可能只是雷陣雨。沒什麼關係。這裡到處是樹木，多得是地方躲雨。要是從上面跑回車內，反而比較會淋溼。」

「這樣啊。」

坂根除了車資，還加一千圓小費。爲司機在益田岩船的大力幫忙聊表心意。

「讓您破費了，非常謝謝。」司機很開心。坂根下車時，他幫忙搬運行李。「您路上小心。」

「謝謝。請代爲向您那位熱愛古蹟的社長問候一聲。」

高個子的司機坐回駕駛座，吃力地在窄路上迴轉，沿著來時路離去。雖然與這位司機只相處兩個多小時，但坂根目送他離去時略感寂寞。他肩上扛著沉重的硬鋁盒，手握三腳架，往坡道上走。由於天空烏雲密布，走進林中後，道路和樹林深處昏暗如日暮。低頭看手表一眼，剛過四點。

他發現自己忘了吃午餐，頓感飢腸轆轆。想到此處，先前在益田岩船撿到大仙洞的竹筷包裝紙後展開的一連串推測，後來也中斷。氣質不凡、可能是增田亮子的婦人、年輕女孩，及大仙洞老闆村岡，要猜測他們的關係並不簡單。

坂根決定日後再來細想。

頭上樹葉層層疊疊，漫漫荒草從兩側遮蔽道路。密林中草木蓊鬱，道路窄如獸徑。有條蛇匆匆從腳下橫越。橫穴古墳位於斜坡。距離計程車離去的地點不到一百公尺處便開始進入橫穴古墳的範圍。

三個橫穴古墳全都對外開口。有的穿崖而造，有的將橫穴入口設在緩坡隆起的土堆。入口狹窄，僅容一人爬行進入，宛如狸貓洞穴。不同的地方在於入口上方有一塊巨石，如同屋簷。應該是羨道（註）的天井石外露。斜坡的樹葉和夏草從四面掩蔽，入口半掩，難以看清古墳內部。坂根停步，以三十五毫米鏡頭相機拍攝。四周略顯昏暗，洞穴更漆黑一片，他裝上鎂光燈。

鎂光燈一亮，如一道閃電劃過。當時天空烏雲就是這般濃密。

一旦動手攝影，專業意識逐漸抬頭。慾望愈來愈強，一步步往前走。橫穴古墳陸續出現。有些有楣石，有些沒有。沒有楣石的古墳，由露出斜坡上的岩石穿鑿而建，但岩質風化而顯得脆弱，有的因塌陷而堵住洞口，有的則因塌陷而形成地面凹陷。這情形出奇得多。

橫穴群往東西南北延伸。坂根追循橫穴古墳而行。他漸行漸遠，發現許多未開口的橫穴入口。入口外面不是以平坦的岩石遮蔽，就是疊起土堆、長著茂密的雜草，看起來與自然形成的斜坡沒兩樣。坂根要助此時還不知道，入口的平坦岩石名爲松香石，是這帶常見的凝灰岩板石。

二上山屬凝灰岩質。入口疊起的土堆是以黏土作成磚塊，堆疊後再抹一層黏土。因此會長出雜草和灌木。此地有橫穴墳與橫穴式石室墳。第一次在《考古學雜誌》（第十八卷第八頁）上發表柳本橫穴古墳群調查報告的是菀口清之，時間是一九二八年，當時期刊上介紹十多座橫穴。最近在清水眞一的〈龍王山古墳群之問題〉（《古代學研究》62・63。一九七一年十二月、一九七二年十一月）中，有實地調查報告。

「筆者等人實地調查的古墳總數（其分布範圍爲東西寬一公里半，南北長一公里）爲橫穴式石室墳及古墳二七九座；至今完好、或雖遭破壞但仍可辨識的橫穴及尚未開口的橫穴（存在於山腰斜坡的已開口橫穴旁，地面凹陷者），共二九二座；總數五七一座。此外，加上遺漏的橫穴，推算總約六百座。不論是數量還是地理條件，這處的古墳群堪稱是『死者之谷』。」

這裡是「死者之谷」。

坂根要助在斜坡上往西尋求樹林稀疏的場所。他以遠攝鏡頭拍攝到的男子身影深深烙印在他腦中。他朝推測的方向走去，到西側斜坡的樹叢外。這帶除了杉樹、松樹，還有麻櫟、橡樹、華南錐等雜樹林。往下俯視，遼闊的崇神陵與櫛山古墳宛如一幅鳥瞰圖。雖然無法直接往下走，但可以望見斜下方。從此遠眺，可看出櫛山古墳中央呈圓形，兩邊呈方形，但靠山的一側較短，另一側較長，看起來就像一條沒打好的短蝴蝶結，打結處呈圓形。坂根心想，雙方中圓墳模樣實在很特別。

從底下朝視野壓迫而來的是緊連櫛山古墳的崇神陵。隆起的松樹、杉樹密林構成的後圓部往山挺出，而滿是綠林的前部則往平地挺出，展現堂堂的「山陵」之姿。它就位於山坡處。

註—橫穴式古墳通往納棺室的通道。

雖說是利用斜坡的山腳建造崇神陵的後圓部，但從山上俯瞰便一清二楚。只要看過這幕便不難理解丘尾截斷的說法。不過，坂根要助追求的視點另有他處。包圍崇神陵的水濠在暗雲下閃動著晶亮水光。從兩側的外堤架往後圓部中央的堰堤，宛如一座細橋。似乎是一座小型水壩的堰堤。北側還有另一座堰堤，連往窄細部。

沒錯，我就是站在那，用遠攝鏡頭拍這個方向。

坂根注視著南側像細橋般的堰堤思忖。

福原先前望著二上山，提到在酒船石遇見的女子現在不知在何方，當時他好像人在堰堤的後圓部附近。我就是在他身旁，手持相機朝這裡拍攝。不論是畫面角度、距離，還是當時仰望看到的斜坡形狀，都很像這裡。

不會有錯。那名背著背包的男子，確實站在我此刻佇足的地方。

當時仍是早春，落葉樹一片光禿，也無濃密雜草。男子的身影會比現在更清楚。坂根返回林中，睜大眼睛搜尋。走了好大一段路，發現斜坡山崖處有個狸貓洞，但沒看到羨道入口的天井石。到那座橫穴上方時，只有一處地方沒長出茂密青草，上頭堆積枯草和落葉。坂根以三腳架往裡頭戳刺。沙一聲，枯草和落葉掉落，開出一個大洞。這是盜墓者從上方進入橫穴留下的痕跡，堆放的枯草和落葉是僞裝。這座墓穴大約半年前被盜挖，裡頭還很新。

出現在攝遠鏡頭中的男子是盜墓者嗎？坂根望著橫穴古墳上開口的洞穴，如此思忖。

不論是圓墳還是前方後圓墳，盜墓者都會在存放入斂者的石室正上方挖掘，這是通例。

以橫穴式石室的情況來說，他們會在巨大的天井石上鑿孔穿洞。有的則在羨道入口的天井石開一個供人鑽入的小洞；至於穿鑿岩石造成的普通橫穴，則在入口的板石或上方的岩盤開一個盜墓小洞；如果是橫穴古墳，是直接在凝灰岩上鑿洞。凝灰岩會因風化而變得脆弱，很容易從上方鑿洞開口。

坂根從洞口往底下窺望，但黑漆漆一片，什麼也看不見。隱隱有白色的東西映在眼中。他從上面以鎂光燈拍幾張照。

按下快門瞬間所發出的白光下，底下似乎鋪滿小石子。

要立刻將這個盜墓洞穴與先前拍到的男子連結在一起，似乎過於急躁。但是，就算不能斷言這裡的盜墓就是那名男子所爲，但坂根直覺與他脫不了關係。出現在奈良市高畑寧樂堂的男子，與坂根拍遠距照片看到的男子是同一人。

男子在店裡時的怪異舉止可用形跡可疑來形容，而與他應對的寧樂堂老闆和老闆兒子同樣神情古怪。老闆一副嫌麻煩的表情，不發一語朝他使眼色，要他待會再來。老闆兒子也明白父親的意思，走向男子，向他低語。

這家店的父子都很可疑。

福原曾說出心中的猜測，認爲男子是盜墓者，帶著古物來寧樂堂販售。這與坂根目睹的畫面一致，他認定男子是盜墓者，直覺將男子與他發現的盜墓洞穴連結在一起。不過，據說古董店不會收購當地或附近盜墓品。關西的古物會在關東等地區販售，關東的古物則在關西或更遠的地方交易。但終究只是「原則」，應該有不少例外。不，或許就是打破「原則」才造成盲點。

京都人家珍藏的金銅製環頭大刀，以及茨城縣神愛教收藏的金銅製眉庇付冑的相關疑雲，再度浮現腦中。關於神愛教，東京美術館的特別研究委員佐田還成為眾人私下議論的對象。

——遠處雷聲隆隆，飄起細雨。坂根猛然回神，發現底下發出土石崩落聲。自己突然單腳踩空。他馬上往後躍離。因勁道過猛，在後一公尺栽了個跟斗。這時，地面發出一聲巨響，盜墓洞穴四周陷落。高高升起一陣土煙。濃濃土煙久久不散。帶紅藍的混濁濃煙不斷從塌陷的坑洞往上冒。

周邊土石在崩塌的帶動下紛紛往下掉落。

坂根往後躍開而跌倒時，硬鋁製的配件盒從他肩上滑脫，拋向地面，但相機始終沒離手，委實不容易。不過三腳架倒向地面。坂根等這陣土煙散去才緩緩走近崩塌的盜墓洞穴。洞穴比之前更大，底下橫穴被土沙埋去一半以上的深度。

眨眼間的事，令他大為錯愕。事後細想，崩塌的原因有二。

一是因為他太靠近盜墓洞穴的外緣。脆弱的岩盤上承受他六十公斤的體重，以及他肩上相機配件盒的重量，全加諸在洞穴外緣。他腳下脆弱的岩層才會因為這樣而龜裂崩塌。他因驚嚇而猛力往後躍離，跌了一跤。沉甸甸的配件盒砸向地面。這對脆弱的岩盤造成衝擊，而那劇烈的衝擊造成了崩塌。

岩質是凝灰岩，似乎是硬質沙礫層，同時也像軟質黏板岩。不管怎樣，由於風化嚴重，一點小小的衝擊就會造成崩塌。這處石室所在的橫穴古墳群，據說建造於七世紀後半。建造時相當堅固的岩盤歷經一千三百年的風吹雨打變得老朽不堪。有些古墳會在橫穴群內自然崩毀，許多地面上都凹一個圓形大洞。

盜墓者同樣冒著危險，畢竟石室所在的橫穴也因爲積石脆弱而容易崩塌。

不過，熟悉盜墓的人應該很了解這種情況。他們以追求利益爲第一要務。理應會找尋尚未開口的橫穴古墳，避開有崩塌風險的古墳，只對放心的古墳進行盜挖。不過利字當前也容不得他們猶豫。如果一再避開有風險的古墳又覺得可惜。他們或許有什麼特別的方法或本事，一面防範岩盤崩塌，一面挖掘盜墓洞穴。

總之，過去從柳本橫穴古墳群出土的古物，有鐵製大刀、銜轡、杏葉等。甚至有圭頭大刀。橫穴古墳總數約六百座，開口者不到四分之一。其他連同陪葬品一起封閉在黑暗中。不過，不管監視得再嚴密，盜墓者肯定還是會躲過查緝，不折不撓地全力盜取古物……

豆大的水滴落在坂根頭上，接著突然轉爲傾盆大雨。

坂根急忙將相機塞進配件盒，緊緊蓋上。不久雨勢滂沱，硬鋁盒上冒起水花，雨水拍打頭部和背後。他扛著配件盒，逃進枝葉繁茂的大樹下躲雨。四周昏暗，飄泛著點點白物。宛如雲端隨雨降至地面，像漂浮在墨汁上的白灰之物占滿視野。整座山的樹葉在大雨的肆虐下沙沙作響，在頭頂和四周發出震耳的鳴奏。

地面的草被雨水打亂。

坂根在樹下佇立，怔怔望著眼前這場驚人大雨。一陣風吹來，雨勢斜傾，交疊的樹葉劇烈搖晃，摩擦聲摻雜在雨聲中，變得更加喧鬧。襲向地面的大雨儘管夾帶陣陣強風，空氣悶熱依舊沒變。繁茂的厚葉目前仍擋著不讓雨水落下，但撐多久是時間早晚的問題。在滂沱大雨下，各種大自然的傘具都不管用。

驀地，四周出現亮如白晝的白光，旋即消失。間隔五秒後，雷聲大作。雨勢忽又轉急。宛如開端般，雷聲接連響個不停。閃光與雷聲的間隔逐漸變短。亮光強得刺眼，沉重聲響在腹中迴蕩。雷聲拖著長長尾音像砲聲般相互回響，緊接著下個爆炸聲再度襲來。

坂根考慮到雷擊的危險，又想到這棵樹的高度。決定找尋其他矮樹。這時，頭上葉子累積的雨水像水槽放水似一次全落下來，他全力往前衝，鑽進低矮的樹叢。這裡也會滴水，但比站在毫無遮蔽的地方來得強。

雷聲依舊在頭上鳴響。亮光明滅不曾間斷。坂根這時發現另一個全新危險，那就是自己拿的東西全是容易觸電的金屬物品。裝相機的硬鋁盒是金屬物，三腳架也是鋁製的輕金屬。衣服金屬紐扣和手表，也會使人觸電，如同刻意招來雷擊。坂根想放開這些金屬物品，偏偏在大雨中又不能將這些重要物品拋下不管，於是他環視四周。這時，正前方有兩個並排的橫穴。形狀如同狸貓的洞穴，斜坡下方有個漆黑的開口。

一處絕佳的避難所，可以擺脫這場雷雨。

坂根奔出林中，往洞穴前衝去。彎著腰在雨中飛奔的坂根到橫穴入口前時突然停下腳步。由於衝勢過猛，他墊了三、四步，差點往前撲倒。兩個橫穴當中的一個在入口上方有個巨大的羨道天井石。這是小型橫穴式石室。另一個橫穴沒有岩石，斜坡崖面上有個半月形的洞口。

這兩個洞，坂根都不想進去。到這裡才發現多危險。剛才目睹崩毀的瞬間仍歷歷在目。本以爲是用來躲雷避雨的理想避難所，什麼也沒想就飛奔而來，但這處避難所會替他帶來生命危險。他離開此處後在大雨中東奔西跑，找尋新的去處。全身淋成落湯雞。好不容易看到低矮的斜坡有一叢灌木群，他鑽進樹叢底下。這裡也不斷滴下雨水，但好歹比在雨中淋雨好多了。

當他蹲在新的躲雨處時，眼前出現別的橫穴。

「死者之谷」的橫穴有六百座之多。這個橫穴在入口上也有一塊巨大的天井石撐住上頭，不必擔心天花板的土掉落。作爲一處躲雨的場所，很吸引坂根。一道閃電劃過。亮如白晝的閃光在烏雲中曲折行進，接連出現兩、三次。在空中發出震天價響的爆炸聲，整座山林頻頻傳來回音。積雨雲一直在坂根頭頂逗留。坂根多次望向那座橫穴，每次都感受到它的誘惑。用不著那麼害怕，很少發生崩毀或岩盤崩塌的情形。坂根鼓起勇氣，但他總覺得鮮少發生的情形偏偏就會發生在身上。

坂根相信那場橫穴崩塌是因爲自己跌落地面的衝擊造成。橫穴的岩盤就是這般老朽、風化。鑽進洞內就會對脆弱的土石帶來衝擊，引起崩塌。就算不是這樣，宛如刺進地底的滂沱大雨也令岩盤鬆動。在地面滾動的雷聲，恐怕會造成衝擊導致岩盤崩塌。向他招手的橫穴，看起來如死魔的洞窟。

硬鋁盒和輕金屬製的三腳架，坂根早放得老遠。橫穴很危險，雷擊很可怕。將自己的謀生道具擺離自己身邊，雖然心裡很苦，但性命重於一切。正當他覺得太陽怎麼出現眼前時，一陣幾欲讓身體分解的轟隆巨響落下，震裂地面。趴在地上的坂根嚇得久久不敢起身。他以爲自己被雷劈中，但腦中還有思緒就證明自己還有意識，平安無事。他趴在地上，耳聽雷聲的殘響劃過空中，傳遍山頂和山麓。

這時，無關的念頭在腦中運作。他就像在等候命運的安排一般等候下一次空中發電，這段時間，忘我般沒任何雜念，也可能是電擊對他的腦部帶來異常刺激，讓先前一度中斷的思緒重心敏銳啓動。

——那名年輕女孩會不會是增田亮子與海津信六生的女兒？

坂根直覺這推測不會錯，匯集所有線索來思考。

——那女孩的長相與鷲見夫人嶺子非常相似。

她與嶺子的姐姐——增田卯一郎的妻子亮子也非常相似。坂根猜想她是嶺子的外甥女，不過，想成是亮子的女兒就對了。

海津信六當初像遭到放逐般退出學界，此事是福原從東京美術館的佐田久男那裡聽聞。據福原，佐田原本不想談這事，福原出於好奇一再追問，他才透露此事。歸納一切可得知，那位有力人士便是京都的增田謙治郎、卯一郎父子。坂根後來翻閱徵信社發行的名人錄，得知卯一郎與亮子結婚的時間，是海津信六辭去T大助教的職務，行蹤成謎的五年前。在大仙洞偶遇的那名年輕女孩如果二十歲左右，她出生時間應該就是卯一郎與亮子結婚五年後。這也相符海津信六被逐出學界的時間。佐田似乎很清楚海津被放逐的內情，他在福原的央求下透露一段話。

「海津信六年紀輕輕便辭去大學助教的工作，銷聲匿跡。是因為感情問題。」

話多又愛挖苦人的佐田，難得用如此謹慎的態度說話。被大學放逐的海津最後也沒成為「在野」學者，當然也沒在學問上對學院派展開反對或對抗，一直到發現他人在大阪，擔任壽險業務員之前，一直隱姓埋名，再再說明那件「女人的問題」，對他本人以及周遭人來說都不尋常。若把這名女人想成先前在奈良醫院見過的增田亮子，一切謎團都可解開。

閃電接連發出閃光，雷聲震天撼地。坂根躲在樹叢下不敢動彈。雨水打向他溼透的全身。

——海津信六年輕時的戀愛對象如果是增田亮子，便可能引來增田卯一郎的震怒，被逐出學界。增田家從上代便是古美術界的重要贊助者，對許多有力的學者具影響力。這些有力的學者是學界的重要人物。「竟敢染指增田先生的夫人，好個不知檢點的傢伙」，就像這樣，海津斷送自己在學界的前途。由於是嚴厲要求儒家潔癖個性的學界，海津的行爲堪稱是寡廉鮮恥的罪行。再加上多位有力學者對贊助者有顧忌，自然不敢有意見。可以想見那些老學者誠惶誠恐的模樣。

然而，一切都沉入祕密的深淵。

因爲增田卯一郎不想和亮子離婚。得知內幕的少數學界關係人士非得守護這對資助者夫婦的名聲。這是見不得光的祕密。面對別人的追問，他們不是三緘其口，就是講得模糊抽象。爲什麼增田卯一郎肯原諒妻子的背叛？他對妻子意篤情深。但亮子爲什麼不離開增田家？之後二十多年來，海津信六一直孤家寡人……

閃電打向不遠處，破地而出的爆炸和閃光之後，山林上頭升起一道幾乎可以灼燒瞳孔的烈焰白虹。

——增田亮子與海津信六之間還有往來，由大仙洞的村岡居中聯絡。

——那個女孩是增田亮子與海津信六二十年前愛的結晶。

——名人錄提到，增田卯一郎只有一個二十七歲的獨生子，應該是他與前妻的孩子。女孩一定是亮子所生。

——村岡帶著亮子和他女兒從京都搭車到岩船山野餐，是因爲村岡是海津與亮子間的聯絡人。女孩前往大仙洞的事，以及海津遇刺時、趕往奈良醫院的亮子與村岡的互動，正是因爲這個原因。

大雨使得襯衫、長褲、內衣，全都緊貼皮膚，連手臂、腹部、大腿也一樣，衣服像水膜般緊黏著身體不放。坂根專注思索此事，完全沒意識到雨水打在身上。全身溼透，反而涼快許多。

——原來如此，那女孩是亮子和海津的私生女嗎？

雨勢又更強，山林爲之呼號。

這時，鷲見夫人嶺子的聲音突然在耳畔響起——我姐姐昨天前往伊斯坦堡了。

12 CHAPTER — 第十二章

同一家醫院

待雨勢轉微，坂根扛著相機配件盒下山。他在崇神陵前的馬路等候，始終不見計程車，好不容易車經過，卻不是空車，面對突如其來的大雨，每輛計程車上都坐滿人。他站在「柳本」公車站牌候車，公車上同樣擠滿人。就算不是這樣，見他一副從河裡爬上岸的狼狽樣，司機都拒載，考慮到會給其他乘客添麻煩，坂根也無話可說。

崇神陵前的公車馬路對面有一座四周林木蓊鬱的小神社。它是伊射奈岐神社，原本叫天神山古墳，是前期的前方後圓墳。因爲石室沒有埋葬遺骸的痕跡，還有約四十公斤重的朱砂、二十三面鏡子，及許多其他陪葬品，甚至有人懷疑它是崇神陵的陪塚。

坂根站在古墳前的拜殿屋簷下，將襯衫、長褲、內衣擰乾。烏雲仍舊厚實，太陽早下山，他一身半乾的衣服，終於坐上公車，冰涼的空氣感覺猶如晚秋時節。他住的小旅館位於西大寺的街道。不必管電車聲，屋裡也沒吵鬧的團體客人，住宿費比奈良市便宜許多。坂根以前都在這裡住宿。大部分的攝影師都懂得挑便宜的旅館住。

走進這家旅館已是九點左右，他全身發冷，直打哆嗦，飯也沒吃，直接躺床，甚至發燒。旅館的人大爲吃驚，急忙找醫生。醫生替他打一針，但整晚還是高燒至四十度，久久不退。鼻中呼出的熱氣令他覺得自己的肺就像火爐。他滿臉通紅，把女服務生給的冰塊放入口中嚼。夜裡，旅館經理替他更換冰袋。作不完的夢讓他彷如置身雲端，全身飄飄然。

隔天一早，燒未退。他胸口悶痛，無法緩慢呼吸。前來看診的醫生替他撕下昨晚的貼布，仔細檢查他的胸和背，從上方注視他的臉色。坂根心想，醫生也許會建議他住院。他雖是這裡的常客，但還是擔心這樣會打擾店家生意。可是病情過於嚴重，不得不在這裡住院。事實果眞如他所料。醫生當場用旅館的電話替他辦好住院手續，叫救護車前來。旅館全員出動，將他搬進救護車。坂根有生以來第一次被綁在擔架上，全身隨著疾馳的救護車而搖晃。

「請問要去哪裡的醫院？」

坂根向握住他手腕的白衣救護員詢問。

「A綜合醫院。」

奈良的A綜合醫院就是海津信六受傷住的醫院。坂根認爲這也算因緣際會。他打算找東京的助手上村過來。坂根被送往內科病房，得知是住七號房，所幸是單人房。醫護人員馬上替他在鼻處戴上氧氣罩，這樣呼吸就順暢多了，但還是持續發燒。主治醫師在兩名護士的幫忙下看完診。

「可能是罹患急性肺炎，好在很早就送你來，不會有事的。」

爲了讓他心安，醫生的語氣特別輕鬆。坂根心想，盛夏時節因感冒染上急性肺炎還眞是倒楣。接著，另一名護士帶來一份用來塡寫患者的姓名、年齡、地址等資料的表格，但患者沒人陪同，只好直接向他詢問。護士在紙上寫下坂根要助，接著像發現什麼似地來回打量名字和坂根的側臉。

「哎呀，坂根先生，您之前到醫院來捐過血吧？」她瞪大眼睛。

「咦。」坂根維持仰躺，望向護士。是個二十三、四歲，有個長下巴的女子。

「我還記得您哦。今年三月左右，海津先生被一名吸食稀釋劑的年輕人刺傷而住院，您隔天到院裡捐血。我正好在病理室值勤。我寫到坂根這個罕見的姓氏才突然想起這件事。」

「哦，這樣啊……哎呀，當時眞是謝謝您了。」

坂根相當驚訝。不過他不記得了。白衣護士每個看起來都一個樣，沒什麼印象。

「海津先生那件事，您是第一位捐血者。對了，還有另一位女性和您同行對吧？」

她指的是高須通子。坂根頷首。護士說著標準語，但有這裡的口音。

「打擾您了。那我就幫您塡了。依規定得請教您，您的住院費保證人是誰呢？」

坂根說出一名前輩的名字，是他的恩師。

「哦，是這位啊。」護士知道這位知名攝影師的名字。他絕對夠資格當保證人。

坂根向護士請託。

「貴院可能是採二十四小時看護制，但我想找人幫忙，可以打電報給東京嗎？」

「我知道了。」基於捐血的情誼，護士對他相當友善。坂根告訴她助手上村治八的名字和地址。護士記下後沉思片刻，接著低頭望著坂根問：「坂根先生，您住院的事，要不要打電話通知海津先生一聲？」

坂根嚇一跳。「通知海津先生？不，這不好吧。」

「咦，爲什麼不好？」因爲坂根有點強硬，護士重新打量他。

「不，沒什麼……」由於護士露出好奇的眼神，坂根只好說出自己的想法。「不過是幫了他一點小忙，這樣就要請海津先生千里迢迢從大阪來，怎麼好意思。」

「不過，當時海津先生的情況很嚴重呢。你們的捐血幫了醫院很大的忙。要是跟海津先生說，坂根先生也住同家醫院，他應該會很高興。」

護士認爲坂根太客氣，提出自己的建議。先前坂根收到海津寄來的信，信中提到日後將前往東京爲他捐血一事當面道謝。就像護士說的，如果在這家醫院見面，海津就不必專程到東京，對方探望他之後就能了一樁心願。雖然心裡這麼想，但坂根還是不想馬上找他來。

「謝謝您的好意。不過，還是過一陣子再說……」

光憑高須通子和他的捐血量，應該對海津輸血一事幫不了多大的忙，想必是護士的客套話。但他猛然發覺一件事。護士提到捐血者時，用的是複數「你們」。乍聽之下，指的是他和高須通子，但眞的只有這樣嗎？

「護士小姐，請問一下，捐血給海津先生的人，除了我和當時同行的高須小姐，還有別人嗎？」

「有。陪同在海津先生身旁照顧他的村岡先生，以及一名中年女子。名字我忘了，不過長得很美。」

坂根直覺是增田亮子。亮子當時在醫院與村岡會面後也爲海津捐血。增田亮子與海津信六的關聯，從護士的話語中可準確推測。大仙洞老闆擔任兩人之間的聯絡角色也是顯而易見。坂根之前在這家醫院的候診室裡看到的亮子，她得知海津負傷後急忙從京都趕來，肯定後來也申請捐血。

當時坂根曾和高須通子談論此事，他猜測亮子在隔天早報上看到奈良事件，來到A醫院。由於從東京趕到這裡，時間未免太早，所以他推測對方是大阪或京都人。現在一切再明瞭不過。增田亮子從京都的北白川趕來奈良。她也許看過早報，但應該是由大仙洞老闆打電話向她通報。二十年前被逐出學界的海津信六，現在仍與亮子往來，長期以來一直持續這種不為人知的關係。

這到底怎麼回事呢？

坂根在醫院裡見到亮子的印象實在過於鮮明。雖然只有短暫的接觸，但她氣質出眾，充滿魅力。這個年紀的她散發出極致之美，且非靠化妝或裝扮呈現出來，是從皮膚內透出的美。她的長相與後來細看過的鷲見大師夫人嶺子長得頗為相似，但還是哪裡不一樣。人臉雖然只有細微差異，但整體感覺卻是天差地遠。儘管在別人眼中難以分辨亮子、嶺子這對姐妹，但就魅力來說，嶺子遠不及姐姐亮子。

坂根對亮子，確實只有在醫院候診室的驚鴻一瞥，面對嶺子時，是在大師的接待室裡仔細凝視一番。也該將這樣的條件差異納入考量。亮子展現的是動態的一面。女人認眞的表情最美，而嶺子替客人分水果，展現的是平靜的日常性。不論什麼情況，日常性都會讓女人呈現出平常水準以下的平凡樣貌——不過，就算將這樣的差異納入考量，亮子的魅力還是遠勝妹妹嶺子。

因此，坂根很難相信二十年間，亮子一直瞞著丈夫與海津往來。根據福原轉述佐田的話，海津信六在學識上擁有罕見才能，又刻苦勤勉。原是岡山縣舊制中學的老師，後來受歷史學界大老山崎嚴明教授賞識，提拔他當東京T大的助教。他與人妻的不倫戀，與他的形象不太相符。

——躺在病床上吸著氧氣的坂根，腦中一直想著這件事。他仰躺吸著氧氣，闔眼張嘴，在發燒的腦袋裡思索後續發展。

他目睹的種種情況，都與增田亮子和海津信六的形象大相逕庭。

——另一名核心人物，是大仙洞老闆村岡。

今年春天他在醫院看到村岡與亮子，而一個月前，在南禪寺的大仙洞看到可能是亮子女兒的年輕女孩。昨天在益田岩船所在的山坡，他撿到印有大仙洞三字的竹筷包裝紙，聽聞作業員提及他們親眼目睹的情況。村岡正是亮子與海津間的聯絡人。二十年來，兩人一直暗通款曲，也是村岡居中安排。

「真是討人厭的傢伙。」他自言自語，深呼吸一口氧氣，感受肺部宛如在冒泡，發出細微聲響。

在大仙洞和村岡亥一郎的對談令他很不愉快。當時的印象一直揮之不去。簡言之，他是個生意人，不過他的個性讓人反感。似乎是個狡滑、貪財的利己主義者。一旦討厭起這個人，怎麼看他都不順眼，連他的矮個子看來也很卑賤，起初坂根對村岡的印象倒沒那麼深，自從將村岡擺在增田亮子和海津信六中間後，自己突然情緒化起來。

亮子與海津之間見不得光的一面，全是村岡一手造成。

坂根就此逐漸入睡，進入夢鄉。

……他攀登益田岩船後山。計程車司機走在前方，不時回頭等坂根跟上。到接近山頂處時，司機指向斜坡。那裡排滿無數橫穴。喲，原來這裡也有和柳本一樣的橫穴古墳。司機笑著說，這帶到處都有橫穴古墳。

坂根環視橫穴古墳群。入口上方有的壓著岩石，有的沒有。司機指著其中一個。有人走進那座橫穴。他往洞內窺望。洞內黑暗深處，坐著一男一女。女子是增田亮子，男子是海津信六。男子的臉看起來很模糊，但看得出輪廓。雖然坂根還沒見過海津信六，但他猜想，海津應該長這副模樣。兩人在橫穴裡迎面而坐，正在交談。坂根對司機說，那個橫穴很危險，天花板會崩塌，你快通知他們有危險。司機卻對他說，不會有問題，那和東北地區的雪洞一樣，不太會崩塌。坂根心想，橫穴確實和秋田的雪洞形狀相似，相當佩服。

……橫穴的形狀與秋田縣內舉行的雪洞很相似，所以就算增田亮子與海津兩人坐在裡頭也不足為奇。坂根在夢中如此思索。不久，亮子請海津喝茶。亮子的五官很清楚，但海津的臉則因洞穴的陰影而昏暗難辨，只有模糊的輪廓。

坂根以前拍過橫手的雪洞，望著此景，兩者極為相似。小孩子會待在雪洞裡，他也受邀進去過，他望著亮子與海津，心想他們或許會邀他，但他們沒這個意思。裡頭的兩人不發一語地規矩喝茶。

這時，林中出現一名矮個子的男人。是大仙洞的村岡。他的衣服前掛著圍裙。坂根心想，討厭的傢伙來了，村岡連看也沒看他一眼，逕自往雪洞前走。山崖的橫穴不知何時變成雪洞，但他並未感到不可思議。

村岡到洞穴前，亮子朝他揮手，示意要他別來。但村岡不予理會，彎腰想走進，於是坂根走向他加以阻止。

坂根對他說，這樣會給裡頭的人添麻煩，你待會再來吧，村岡聞言，凶惡地轉頭望他，回他一句「你說什麼」，又朝他怒吼「用不著你多嘴」。坂根也出言反駁。村岡接著說「裡頭這兩人都是我在照顧，你不過是拍照的，退一邊去」。坂根回他「你自己才是個靠人維生的傢伙」。兩人扭打在一起。村岡臂力驚人。坂根眼看要落敗，正想叫司機來幫忙時，司機卻不知跑哪兒去。在雪洞裡的亮子對他們說「在這裡打架，雪洞的天花板會崩塌的」，那是鷲見夫人的聲音。

這時，掛著圍裙的村岡跨坐在他胸口上，伸手朝他壓來……

醒來一看，年輕的護士輕拍他的肩膀。醫生站在床邊。

「看您好像睡得很沉呢。」巡診的醫生笑道。

護士以紗布替他擦去臉上的汗。他的高燒已退。坂根也感覺得出來。醫生仔細檢查他的前胸和後背，撤去臉上的氧氣罩。

「沒惡化成肺炎。太好了。」醫生讓他心安。

「謝謝，託您的福。這麼說來，我很快就可以出院吧？」坂根開心問道。

「不，得再住一個禮拜才行，接下來才是關鍵。」

醫生離開後，年輕護士替他注射靜脈和肌肉。

「護士小姐，今早拿資料來的那位護士，是之前在病理室執勤的那位，她叫什麼名字啊？」

「哦，那位啊，她姓笠原。」

爲什麼會做那樣的夢呢？坂根暗忖。

亮子與海津成了一對善良男女，村岡成了壞人。夢裡的村岡說這兩人都是他在照顧，那是坂根自己的推測反映在夢裡。亮子與海津化身成雪洞裡的少女和少年，或許是他潛意識將兩人美化，但也是因爲村岡變得太過邪惡。

坂根滿腦子想的都是這三人的事，猛然發現他都沒考慮亮子的丈夫增田卯一郎。她丈夫眞的完全不知道妻子二十年來的出軌嗎？只要村岡巧妙安排，應該也能和卯一郎保有良好關係，否則他也沒辦法打電話到增田家與亮子聯絡。

村岡何時開始擔任海津信六與亮子間的聯絡人？他是海津的俳句弟子。生意上與增田家也相當熟識。若光是這樣，不至於替海津和亮子居中牽線。村岡成爲俳句師傅和顧客夫人間的聯絡人，應該源於某個契機，是海津或亮子其中一方知道村岡認識對方，委託他這麼做嗎？不，不可能，海津信六被逐出東京大學、移居大阪，原因和住在京都的亮子有關。京都與和泉市說近不近，說遠不遠，以情人交流來說，是遠近適宜的距離。二十年前，海津移居和泉市，早已有其必然性。

兩人生的女兒就在增田家，但卯一郎應該知道那不是自己的親生女兒。海津會被逐出學界，就是這個原因。明知如此，卯一郎仍將她當自己女兒，這是對妻子的愛情與寬容嗎？不過，卯一郎以爲妻子二十年前犯的錯已經結束，才會原諒她吧？要是知道他們現在仍藕斷絲連，卯一郎恐怕不會那麼寬宏大量。他既沒和妻子離婚，也沒分居，就是因爲他還不知道妻子現在的秘密。

在護士的引領下，上村治八郎走進病房。這名助手今年二十四歲，卻像個老頭兒似駝著背，舉止也死氣沉沉。

「老師，您、您現在情況怎樣？」

上村朝坂根探出他那髒兮兮的臉。他個性急躁又有口吃的毛病。口才不好，不會說好聽話。他自己也很明白這點，一遇到這種非比尋常的場面，他連適當的問候也不會說，有些慌亂。

「嗯，謝謝你，好多了。」

雖然是自己打電報叫他來，但想到他專程從東京趕來，坂根還是很高興。上村自攝影學校畢業後便一直擔任坂根的助手，目前還看不出他有什麼才幹。這牽涉到個人資質問題，坂根也束手無策，不過上村對坂根忠心耿耿。

「太好了。」

接下來上村就不知該怎麼說了。他慌亂地頻頻眨眼。

「我的電報什麼時候送到的？」

「今天早上十點。」

這男人連說「我大吃一驚，急忙趕來」也不會。現在剛過三點，表示他是在東京搭十一點左右的新幹線。上村拿到電報後的一個小時內肯定做一番準備。角落擺著他帶來的行李箱和相機配件盒，與坂根放在病房櫥櫃裡的硬鋁盒同款。

「這裡是二十四小時看護。你沒必要住在病房，不過希望你白天盡可能待在這。因爲有些跑腿的雜務。旅館就住我們常去的那家西大寺旅館。」

「我明白了。」

「我不在的這段時間，有什麼事嗎？」

「沒有。啊，對了，收到您的電報後，文化領域社的福原先生打電話來，我告訴他您住院的事。」

「你告訴了福原先生？他怎麼說？」

「是，他聽起來很驚訝。他說今天傍晚會來看您。」

「福原先生要來？」

「他好像正好有事到京都一趟。」

坂根大爲吃驚。他沒想到福原這麼重情義。雖然兩人熟識，但畢竟對方是發包者，我方是承包者，只算生意上的往來。

「電報是我請醫院打給你的，電報上怎麼寫？」

「上面寫著，坂根要助先生疑似急性肺炎而住院，請趕快來。我也這樣對福原先生說。」

乍聽急性肺炎住院，都以爲當事者病得不輕。坂根當下明白福原來的原因，他也許以爲坂根命在旦夕。

「老師，我把昨天和今天早上的郵件都帶來了。」

上村把行李箱擺在椅子上打開來。上村動作慢，但做事算細心，匆忙之間還不忘把這兩天的郵件帶來，這就是他的細心之處。

「有信和明信片七封，雜誌五封。傳單之類的，我全丟了。」

上村替郵件做了分類。雜誌稍後再看，坂根取出信件和明信片。當中有個外緣爲紅藍相間圖案的航空用信封，坂根將它抽出，其餘擺在枕邊。

航空信件的文字全是打字而成，郵票是英國女王的肖像。坂根感到納悶，翻來一看，發現是一家英國產品公司的傳單。近來連廣告DM都捨得花錢巧妙包裝。坂根爲之光火。他以爲是高須通子的信，這股興奮感從他手中溜走。其他都不是重要信件。一封工作的委託信、一份問卷調查、一封朋友開攝影展的通知信，雜誌則是有相機雜誌、藝文雜誌、以照片居多的宣傳雜誌等。期待落空的此刻，一切都像變成沙粒般索然無趣。

說到沙——坂根想，高須通子現在可能還走在伊朗的沙漠中。他收到通子從亞茲德寄來的明信片是五天前的事，坂根受她信中所託，到奈良縣拍攝益田岩船的照片，然後生病住院。人在伊朗的通子一定作夢也想不到吧。

通子在明信片中寫，她將從亞茲德前往伊斯法罕，現在又過十幾天，她一定離開伊斯法罕了。現在前往何處，走在哪塊土地上呢？她獲得原本期望的收穫了嗎？坂根對伊朗一無所悉。亞茲德位於哪一帶，那裡的沙漠何等遼闊，伊斯法罕又是什麼樣的地方，他一概不知。

「上村。你去書店幫我買一本伊朗的旅遊導覽書來。」

「是。我知道了。哪一帶有書店呢？」

坂根眼中浮現高須通子走進的那家書店。

「靠近近鐵車站的商店街裡，有家略具規模的書店。從猿澤池的方向過去的話，就在右側轉角處的第二棟房子。」

他在那家書店前與高須通子道別。上村見他如此詳細指出書店路線，露出意外的眼神。上村的駝背消失在門外二十分鐘後，走進那位有張長臉的護士。

「您終於燒退了，太好了。」護士笠原向他寒暄。「我知道那位捐血給海津先生的女士叫什麼名字了。」

同天兩位女性捐血給海津信六。一位是高須通子，另一位中年女子，坂根也猜出是誰。但為了進一步確認，他還是請護士笠原幫忙查看捐血卡的姓名。

「卡上寫的是增田亮子小姐。」

笠原認為坂根同樣是捐血人，對他沒必要隱瞞。坂根躺在床上地點點頭。

「她的住址是哪裡？」

「京都市左京區南禪寺町╳╳番地，村岡亥一郎先生的家。」

果然不出所料，增田亮子寫的不是自己位於北白川的住宅，而是大仙洞的地址。

「她是在我和高須通子小姐捐完血後才捐的嗎？」

「是的。以時間來說，是您捐完血的一小時後。」

「謝謝您。」

「這樣就可以了嗎？」

「真不好意思，百忙之中還這樣麻煩您。」

笠原護士步出病房。

坂根心想，增田亮子晚我們一小時才捐血，正好吻合當時的場面。她上氣不接下氣地趕來醫院，在候診室發現村岡，愁容滿面向他詢問。她問的當然是海津信六的病情。不知村岡有沒有讓她進海津的病房。總之，亮子一聽說要捐血，應該是當場到地下室的輸血部辦理捐血手續。動作只比他們晚一小時，這樣的速度充分展現出她的焦急，但她還是記得要隱瞞自己的地址，改填大仙洞老闆村岡家的住址，因爲不能讓丈夫知情。這也是村岡出的主意吧，村岡多麼善於安排亮子和海津信六之間的事。村岡一肩攬下這項差事究竟爲了什麼？是受俳句老師海津所託嗎？還是同情他們的遭遇？

不過，就坂根個人的感覺，他不認爲村岡只因爲這種動機而扮演這個角色，總覺得存在著更功利的企圖和盤算。在他心中，村岡已經烙印下這種印象，揮之不去，他將村岡塑造成一個極不單純的人物。增田卯一郎完全不知道這事嗎？他帶妻子前往土耳其，目的眞的只是採購古美術品嗎？

上村治八腋下夾著書，縮著雙肩，走進病房。

「老師，書店沒伊朗的書。也沒旅遊導覽書。」他吞吞吐吐說道。「我改到舊書店逛，結果發現這本書就買了回來。書本很老舊，不知道您覺得行不行？」

他把書遞向坂根。菊八開大小，厚厚一本書。髒汙的封面隱隱浮現斑剝的銀箔書名《和田新著　伊朗．藝術遺跡》。在床上拿這本書略重。不過裡頭不少照片和圖片。

「這個就行了。」

「是一九四五年出版的。」上村望著版權頁。

「哦，是三十年前的書啊。」

「因爲很老舊，我本來還很擔心您不滿意，但也沒其他書可選了。」

「不，這樣就行了。遺跡都大同小異。」

坂根從紙張邊緣泛黃的第一頁翻起。

「古都剌吉思——現代首都德黑蘭近郊，東南方八公里處，雷城的廢墟落寞地長眠其中。雷城是中世以後的名稱，它是古代米底王國的大都市剌吉思的遺址。這座都市的重要性從地理位置來看應該不難理解。往厄爾布爾士山東南方延伸的卡維爾鹽漠，古往今來一直是交通一大阻礙。今日從德黑蘭行經馬什哈德通往阿富汗的道路，主要是避開沙漠，緊貼厄爾布爾士山南麓而行。這也是昔日古代米底王國與帕提亞、巴克特里亞相連的通道。」

似乎很有意思。不過目前看起印刷字，每個字刺眼又會晃動。雖然高燒已退，但腦中一片眞空，好像浮在半空。卡維爾鹽漠就是高須通子走過的沙漠吧？坂根往回翻，看著目錄。

第一章　雷城遺跡　(1)古都剌吉思(2)遺跡的現狀(3)菲魯扎巴德的遺址。

第二章　埃克巴坦那遺址　(1)米底王國的都城(2)哈馬丹遺物(3)岡吉納美碑文。

第三章　貝希斯敦磨崖　(1)大流士的紀念碑(2)浮雕(3)碑文(4)帕提亞時代的浮雕

第四章　塔奇布斯坦的雕刻　(1)薩珊王朝的樂園(2)大窟(3)小窟(4)岩面浮雕(5)柱頭與圓雕像。

……

第六章　帕薩爾加德遺址　(1)居魯士的首都(2)土庫曼斯坦平原遺物(3)浮雕(4)居魯士之墓。

第七章　羅斯塔姆皇陵與其附近　(1)伊斯塔克爾遺址(2)阿契美尼德王朝的皇墓(3)薩珊王

朝(4)方形建築(5)拜火壇……」

坂根心不在焉看著目錄，〈第七章　羅斯塔姆皇陵與其附近〉裡的〈方形建築・拜火壇〉似乎很有意思，他直接翻開一四三頁。

「方形建築——羅斯塔姆皇陵的磨崖中央，第四號墓的前方處，有一座石材疊成的方形建築，與磨崖相隔約四十公尺遠。以面向磨崖的北側爲正面，此處建造入口，但和其他三面完全展現同樣外觀，各有三層窗户，保存得極好，甚至讓人以爲是現代的鋼筋水泥倉庫。不過這是如假包換的阿契美尼德王朝建築，而且可能是羅斯塔姆皇陵最古老的遺跡，早在大流士的皇墓前便建造在此。此外，還有一座構造幾乎完全相同的建築，雖然不幸嚴重破損，但殘存於帕薩爾加德遺跡內。

比較殘存的部分和該建築，發現兩者細部一模一樣，藉由觀察保存完善的建築得以了解另一座建築，但這引出了耐人尋味的疑問，建築的用處是什麼。關於這棟建築的用途，自古人們便嘗試給予各種解釋。有人當它是墳墓，有人說它不是永久的墳墓，而是短暫放置遺骸的暫時墳墓，有人當它是拜火神殿，也有人當它是藏寶庫。在帕薩爾加德還有另一座形狀完全相同的建築，這使得問題更加複雜。

不少學者認爲它是拜火神殿。關於古代的拜火神殿，從若干遺物、浮雕、貨幣中的呈現來看，推斷一般設置在户外或寬廣的室內，但從它被看作是拜火神殿的幾個特點來往下探討，很難以想像要在如此密閉的窄小室內舉行拜火儀式。不過，即使是傑克森這樣的拜火教

圖：羅斯塔姆皇陵《拜火壇》（奇爾休曼《古代伊朗的美術》新潮社出版）

羅斯塔姆皇陵拜火壇細部（和田新《伊朗．藝術遺跡》）　　　同平面圖

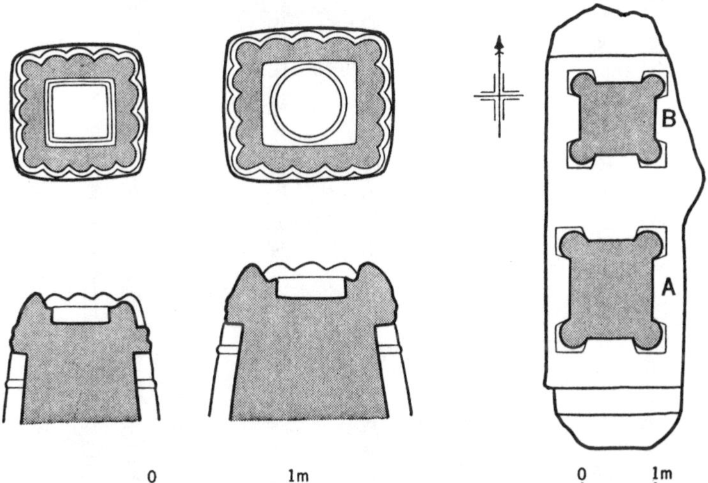

專家，同樣身爲研究調查許多遺跡和今日的拜火教徒儀式的學者，他也無法完全避而不談人們視此爲拜火神殿的主張。

提出墳墓說的人們，主要論點在於帕薩爾加德建築的特色是雙色石材併用，和這座建築擁有共通點，而且入口上方的形狀看不出波斯波利斯之後的建築特色，反而和居魯士的墳墓很類似，尺規也與大流士或薛西斯的建築不同，因此他們主張這是採用古制尺規的永久墳墓。」

是拜火壇，還是墳墓呢——關於奈良縣益田岩船的用途，有墳墓說、天文臺說，以及其他不同說法。坂根翻閱和田新的《伊朗．藝術遺跡》，翻到「拜火壇」這一頁。

「往夫塞因庫西邊延伸的山崖邊角，北方一四〇公尺處，有兩座由天然岩石掘成的拜火壇，讓人聯想到遠古時代的建築。這是古代拜火教進行禮拜的場所，也是極爲珍貴的拜火壇遺跡。從這裡往西邊望去是一大片開闊的馬夫達什特平原，這座遺跡就建造在岩山低矮突出的前端，離地約兩公尺高的地方。爲了建造兩座拜火壇，岩石基座上雕刻極爲狹窄、形狀不整的矩形，寬兩公尺、長四．六公尺。

爲了從地面爬上此處，這裡利用右側的岩山緩坡與底座連接，造出兩段石階。兩座拜火壇的底端有〇．八公尺的間隔，形狀大致相同，但大小多少有些差異，而不論平面還是高度，都是右方大上些許。根據柯斯特實際測量，右邊建築高一．七六公尺，底端寬一．七公尺，內部深一．五公尺，上部雙重平板間寬一．二公尺；右邊建築高一．五五公尺，底端寬

一．三公尺，內部深一．三五公尺，上部雙重平板間寬〇．九五公尺。

這些建築形狀都有近乎方形的平面，四個角落豎起圓柱，各個側面兩端的圓柱上架設了近乎半圓的弧形拱頂，上方各打造出五個圓形突起物（不過，只有左邊拜火壇的右側面爲四個），呈胸牆狀。

磨崖和貨幣裡看到的拜火壇常只有一座，沒看過這種成對並列的例子，也看不出它用在何種儀式上。不過，這裡確實有一對建築，而且都用在儀式上。對此，我想到帕薩爾加德的拜火壇底座，它也是兩座成對，形狀略有不同。關於形狀，這兩座成對的拜火壇形狀特異。獨特的形狀反而展現出歷史久遠的樣態，如同佩洛所指稱，它讓人聯想到美索不達米亞建築的構造。」

——這本書裡提到剌吉思（雷城）、埃克巴坦那、貝希斯敦、塔奇布斯坦、塔奇奇拉、帕薩爾加德、羅斯塔姆皇陵、波斯波利斯、沙普爾等遺跡地名。躺在病床上隨意翻閱的坂根，完全猜不出這在伊朗何處，又是何種情景。

但在他想像中的每一處風景，都有高須通子的身影。

13 CHAPTER

第十三章

疑惑的擴張

福原庄三單手拎著手提包，另一隻手捧著水果籃地從護士的身後現身。

時間是下午五點。

福原筆直走近病床上的坂根，出聲喚道：「嗨，小要，你怎麼啦？」坐在角落椅子上打瞌睡的助手上村治八急忙從福原手中接過他禮物。「辛苦你了。」福原向上村說道，低頭望著坂根。

「眞是嚇了我一大跳。昨天早上你才從東京出發，怎麼今天就住進奈良的醫院了。」

「讓您擔心了，眞不好意思。所幸燒退了。」坂根轉動眼珠。

「是啊，我在走廊時已經向護士問過，眞是太好了。你這麼健壯的人怎麼會病成這樣，到底是怎麼了？」

福原在上村的恭請下坐向床邊的椅子。

「我在崇神陵東邊的山上遇上大雷雨，淋成落湯雞。爲了讓衣服晾乾，我晚上將近一個小時都光著身子，因此才會這樣。晚上氣候驟降。」

坂根說明始末。

「你怎麼會突然想爬那座山？」

「您也知道那帶許多橫穴古墳群。喏，今年春天，我和您一起去拍攝崇神陵時，不是湊巧用遠攝鏡頭拍到那名在山裡的男子，然後從那名男子聊到那座山的橫穴古墳嗎？」

「有。當時我說照片裡的男子也許是橫穴的盜墓者。不過這是個人推測，還把他和高畑寧樂堂出現的男子聯想在一起。」

「沒錯，我這次也經過崇神陵，突然很想到那座山上看看橫穴古墳群。結果遇上滂沱大雨。爲了避雨，我不小心走向橫穴，結果天花板差點崩塌，險象環生。實在太誇張。」

「橫穴古墳那麼容易崩塌嗎？」

「其他地方我不知道，但那裡的岩層風化嚴重，殘破不堪。」

「你可眞倒楣。不過看你比想像中來得健康，我安心多了。上村從電話裡告訴我電報內容時，我還以爲你病危了。」

「驚擾您了。」

坂根仰躺在床上，縮起脖子。

「不，剛好有事到京都一趟，正好來看你。」福原視線落向枕邊那本《伊朗・藝術遺跡》。「哦，你已經在看這種書啦？」

福原念出《伊朗・藝術遺跡》的書名，視線移往坂根臉上。

「因爲無聊啊。」

坂根露出難爲情之色。

「如果是無聊的話倒還好，不過你最好多多保重身體。你現在看書還太早。你才退燒，應該還昏沉沉吧？」

「總覺得四肢無力。不過這本書很多照片，我都挑照片看。」坂根扯謊。

「這樣就沒關係，不過你比較容易累，最好多休息。不能太大意。要是病情惡化可是很可怕。」

「嗯，我會注意的。」

福原一直緊盯著舊書書名。「伊朗啊……那位名叫高須通子的新銳學者，不知道是不是還在伊朗？」

坂根先前和福原閒聊時透露過這件事。

「沒聽說她回國。」坂根不想讓福原知道他深爲高須通子著迷，對方看到枕邊這本《伊朗．藝術遺跡》實在不妙。

「嗯。」福原微帶笑意。坂根明白他笑中的含意，眼皮逐漸泛紅，不知如何是好。要是福原知道坂根這次來奈良是有人遠從伊朗委託，不知道會說些什麼。目前福原似乎認爲他是以自由攝影師的身分接受其他公司的委託。之前和高須通子在這家醫院捐血給海津信六的事，他對福原隻字未提。要是告訴他，福原一定會馬上挖苦他一句「哦，沒想到小要你進了同家醫院啊。」

「不過，眞是人不可貌相。」

福原抒發感想似地說。

「你指的是什麼？」

「和那名女子在酒船石相遇時，她不像是新進學者。本以爲是最近常見的那種打扮怪異的女孩，跟人趕流行，到飛鳥參觀，因此我才一直很想叫她站在酒船石旁當模特兒拍照。後來在寧樂堂遇見她，聽佐田先生說才知道她的身分，完全沒料到她是那樣的人。」福原說完後，突然轉移話題。「對了，說到佐田先生，你……」

話說一半，福原朝坐在角落椅子上的助手上村瞄了一眼，閉口不語。他似乎不想讓上村知道此事。坂根也看出福原想談關於東京美術館特別研究委員佐田的事，正好他有事想向福原打聽。

「上村，你先去外面吃晚餐吧。」

坂根在枕頭上轉頭說道。

「病患的膳食就快送來了。你不用留下來幫忙。我和福原先生要談點事。」

「是。那老師您呢？」

「這樣啊。那就辛苦兩位了。」

上村向福原低頭行禮，溫吞地開門離去。

「好在你找上村來幫忙。」

福原轉頭看了一眼上村。

「他幫了我不少忙。畢竟我在外地住院。不過上村也眞可憐。他沒辦法在這裡久待。」

「爲什麼？」

「別看他那樣，他有近乎神經質的潔癖。不論是蘋果還是檸檬，只要是買回來的東西都得用熱水燙過才吃。他很怕霉菌，他住在醫院，想必很痛苦。我打算在出院前就先讓他回東京。」

「那接下來你怎麼辦？」

「這裡是二十四小時看護，一個人住院也沒問題。」

「可是，最近每家醫院都鬧護士荒。雖說是二十四小時看護，但沒辦法像以前那樣。」

「真沒辦法，就請鄉下老家派個人來幫忙了。」

「你還沒跟家裡的人說這件事嗎？」

「我覺得沒那麼嚴重。」

「你老家在哪裡？」

「福岡縣的鐘崎。面向玄界灘的漁村。那裡的漁獲豐富，可以吃到東京嚐不到的生猛海鮮。之前我也跟您提過，很歡迎您去。」

「對對對。你提到玄界灘，我就想起來了。改天我會去，不過，你要不要叫你母親到醫院一趟啊？她一定會很用心照顧你。」

「目前沒那個必要，眞有那個需要，我會請她來。」

「那就好。」

護士送來病患的膳食，主食是清粥。護士告訴他，還要再一個小時才會巡診，然後就逕自離去。

「小要，你要不要吃飯?我來幫你。」

「不，待會再吃。您先跟我說佐田先生的事。」

「佐田先生是吧?」

福原剛剛提過這個名字，坂根現在又問，他突然臉色凝重，本想抽根菸，但這是病房，加上考量坂根差點變成肺炎的病情，他手伸進口袋，摸了一下香菸盒便作罷。

「佐田先生現在的情況非常糟糕。」明明四下無人，福原卻刻意壓低聲音。

「是上次神愛教收藏品的眉庇付冑和杏葉嗎?」坂根躺在枕頭上注視福原。

「那也是其中之一。」

「咦，還有其他贋品和佐田先生有關嗎?」

「神愛教那兩件古董是開端。既然佐田先生涉及那樣的可疑品，應該會有其他類似的情況。因此有人暗中調查。雖然這是我個人的猜測，不過似乎是對佐田先生懷有敵意的人所爲。」

「然後呢，出什麼問題嗎?」

「事情出在環頭大刀和殘缺的金銅馬鞍上，那個馬鞍只留下附在木製馬鞍邊緣的金屬配件。」

「環、環頭大刀?」坂根想起在京都車站買的那份報紙上的報導。「是京都某戶人家收藏的古物嗎?」

「京都某戶人家？」福原露出詫異之色。「不，不是個人的收藏品。」福原不知是不知道這件事，還是急著談佐田的問題，直接略過此事不提。「這兩樣古物是佐田先生任職國立東京美術館的三年前買的。」

「咦，東京美術館？那是贋品嗎？」坂根瞠目結舌。

「目前還無法斷言，但很可疑。據傳這兩樣古物日後會被指定爲重要文化財，要是贋品傳聞說得繪聲繪影，那可就麻煩了。這兩樣古物都是佐田先生建議美術館向某家古董店買下的。」

「之前聽說神愛教的眉庇付冑和杏葉出問題，這次卻是佐田先生的地盤上出狀況，眞教人驚訝。這把火延燒得太快了吧？」

「這次可就不是眾人私下竊竊私語，而是搬上國會檯面。」

「國會？」

坂根不禁從枕頭上抬起頭。福原沒理會坂根驚訝的表情，他站起身從擱在遠處的手提包取出一份折好的報紙。

「這是今天的早報。」福原攤開報紙。「你現在沒辦法讀，我來念吧。」

「那就有勞您了。」

「標題寫著，國立東京美術館館藏古美術品疑雲，參議院文教委員會原澤委員發出震撼質詢。」

「原澤？」

「原澤整爾。在野黨的議員。」

「嗯。」

「我念給你聽……參議院文教委員會，於十六日，也就是昨天上午十點半召開會議，原澤議員針對三年前二月國立東京美術館採購的環頭大刀和殘缺的金銅馬鞍金屬配件（兩者都是五世紀的文物）提出質詢，說部分人士懷疑古物眞假，不知當局是否確定上述古物是眞品？東京美術館館長安田回答，此事先經由採購委員會（由同館的技術考查員和相關學者所組成）審議是否可以採購、價格是否公道，才決定收購，相信是眞品。同館的考古美術課課長三浦則擺出高姿態答辯，他不清楚部分人士提出質疑的說法爲何，但此事經過各專業領域的權威鑑定，無從懷疑。

接著原澤委員質詢採購價格，課長回答環頭大刀八百五十萬日圓、金銅馬鞍金屬配件七百九十萬日圓，並針對兩者品質做詳盡說明，宣稱這樣的價格很合理。

原澤委員並進一步質詢採購管道。對此，三浦課長回答，上述兩項古物是向京都文京區的古美術品商H堂購得，H堂自從上代店主於十二年前買進這兩項古物後一直沒向顧客開價，收藏在倉庫，不過他們收購的對象並未寫在帳冊中，現在上代店主已經過世，無從查明。

原澤委員質問，古物存放於古董店，又來路不明，這樣不會影響古物的眞假鑑定嗎？

三浦課長回答，上述古物是上代店主十二年前收購，雖然來路不明，但H堂是有信用的店家，這類古墳出土物除了學術調查的挖掘品，出處複雜，無法追究來源，此乃通例，暗示是古墳的盜墓品，但就算來路不明，對眞假鑑定也毫無影響，物品本身說明一切。原澤委員聽完他的答辯又提出質詢……你會不會太累？」

福原從報上移開目光，望向病床上的坂根。

「不，一點都不會。請接著念。」頭靠在枕頭上的坂根眼中閃著光輝。

福原視線移回新聞報導上，出聲念道：

「原澤委員質詢……除了正規學術調查發掘的古墳出土物，其他大多都是被各家博物館或民間收藏家取得。這些古物都號稱是某古墳出土、某遺跡出土，但都出處不明。有些雖然過了法律追訴期，但是觸犯當時法律的盜墓品，似乎也有不少這類古物在古董業者間流傳，或存放在業者的倉庫。甚至聽說有人利用這樣的常例，將贗品混在其中。而這次引發爭議的環頭大刀和金銅馬鞍金屬配件，也有不少人心存質疑。所幸在購買古物時，會先通過權威專家組成的採購委員會審查，而館長和考古美術課長也明白說明這絕對是眞品，但過去也出現將現代仿造的陶藝品當作重要文化財的先例，遑論那些文物也經過權威學術家的委員會審查。此次的事件，並非質疑採購委員會諸位成員的鑑識眼光，但正因爲靠人眼判斷，難保不會有誤。」

坂根豎耳聆聽。

「原澤委員接著質詢……這裡有篇刊在歷史專業雜誌上的論文，叫〈古物僞造考〉。筆者是考古學的蕪口清之教授，他爲了杜絕贋品，用這篇論文介紹各種僞造古物的惡質手法。裡頭一些値得參考的地方，各位聽仔細了。原澤委員翻開那本雜誌，朗讀如下：

在金銅製品、銀製品上，人們會利用美術價値，仿照（有時是全新製作）出許多金銀環、手鐲、鈴、馬具（杏葉、雲珠（註一）、辻金具（註二））。

鐵製的直刀身仿照起來也極爲簡單，只要將鐵棒打成直刀形，作出刀背和刃部，再加上刀尖和莖（註三），再費一番工夫讓它生銹，關鍵是要銹得像腐蝕一般，不過快速腐蝕是極爲困難的一件事。以前用鐵鎚將用材表面打得四處凹凸，再埋進溼氣重的土中，或浸泡在田裡的水肥桶底部，但效果不好，尤其是鐵鎚敲打部位的銹化比其他部位還慢，因此近來是以濃鹽酸三，濃硝酸一的比例混合成王水，先大致上腐蝕仿造物，讓表面凹凸，最後再全面腐蝕、埋進土中，經一年或三年的時間取出來……」

福原歇口氣後，接著念道：

「……銅製品的僞造物常常不是青銅，是純銅。例如銅箭這類古物，輪廓是請專業的鑄匠製作，然後以銼刀磨擦，修整形狀，以王水腐蝕，再用酸或鹽水讓它生銹，並以膠水溶解

註一—橫裝設在辻金具上頭，形狀如同如意寶珠，因而得名。
註二—馬具的一種，呈十字造型，裝設在馬具皮帶交叉處。
註三—爲了讓刀身插入刀柄所留的部位。

銅銹粉末，再滿滿塗在銅箭上，讓它看起來煞有其事，一部分則鍍上水銀，用硫黃氣熏噴到散發黑光；沒鍍上水銀的部分則用王水侵蝕，大多時候讓綠銹粉末附著上方，偶爾則用從古墳出土的朱砂。只要仿造流程做得夠講究，一般人都不會懷疑自己受騙上當。」

坂根眼中滿是好奇之色，仔細聆聽。

「……近來，一般的青銅器全請專家鑄造，僞造者只負責添加古色。但比起用這種方法讓銅器生銹，還是經年累月自然生銹比較自然，所以不時會灑鹽水，或埋進土中、肥料桶裡，有時放上五、六年才取出，再經過加工後賣出。金銅製品也會請相關專家製作大致外貌，僞造者則負責腐蝕和添加古色。金銀的手環、手鐲、馬具等，大多會使用王水，或用銼刀挫去多處鍍金，露出底下銅質，然後浸泡梅醋，等待生銹。每項金銀製品都只有薄薄一層鍍金，金銀色也和眞品不同，假使銀因硫黃氣而變黑，只要仔細摩擦，還是會現出銀色，可藉此判別眞僞。但聽說最近這些僞造者也研發出新技術，不會那麼輕易讓人藉由鑑別方法識破。換言之，識破僞造的方法愈進步，僞造的技巧也變得更巧妙，他們也引進化學處理方式，技術出現大幅進步……原澤委員朗讀完〈古物僞造考〉的長篇論文後，說下次會針對受人質疑的東京美術館館藏的環頭大刀和殘缺的金銅馬鞍金屬備件展開質詢，山內參議院文教委員長也同意。下次是二十五日——大致就這麼回事。」

「哦。」

「不過，報上登出原澤委員的談話內容：關於那兩項號稱出土物的採購，我認爲美術館相關人員思慮欠周。如果是贗品，東京美術館便是浪費高額公費買下贗品，我今後會收集資料加以調查。尤其，外行人在這種事情上很容易被專家蒙騙，我會徹底調查……」福原念完後折好報紙。「小要，你明天如果想好好看這份報紙，我就留在這了。」他把報紙放在床邊的邊桌上。

「謝謝。」

「聽說……」福原歇了口氣，瞇起眼睛。「提出這項質詢的在野黨原澤議員是工會出身，對古墳出土物和古物根本就一竅不通，所以一定有專家在背後出主意，唆使議員向東京美術館追究此事。」

「您說他背後的專家，指的是反東京美術館派嗎？」

「可以這麼想，但這也是傳言，不可盡信，但那派人馬起初是跟某家報社交涉。但報社無法單獨處理，才策動在野黨議員。一旦在參議院文教委員會引發話題，就成了新聞，報紙自然會報導。」

「目的是要讓東京美術館失去威信是嗎？」

「據說不是，是要把佐田先生拉下臺。」

「拉佐田先生下臺？」

「因爲他樹敵眾多。應該是他平日犀利的言行惹禍吧。你也知道他爲人毒舌，愛損人。」

「可是佐田先生是特別研究委員，地位等同考古美術課課長。應該不是這次問題的直接負責人吧？」

「不過，實際的鑑定工作主要是佐田先生負責。因爲他有這方面的實力。連三浦課長也對佐田先生禮讓三分。館長安田先生的專業是在繪畫，不熟悉考古學。其他採購委員對佐田先生強勢的鑑定結果，向來也都被迫接受。儘管覺得有點怪，卻都不敢直說。佐田先生那宛如老狐狸的形象，以及要是惹他反感，不知日後會被他說得多難聽的畏懼心理，都讓人備感壓力。因此採購委員會總是照佐田的指示行事。這正是佐田先生與古董店之間傳出謠言的原因。」

「反佐田派手中握有謠言的眞相嗎？」

「這就不清楚了。大家注意全集中在原澤議員下次要再提出的質詢上。」

「可是……不，如果那眞是贗品，背後應該有一位厲害的僞造者才對。否則就算採購委員會受佐田先生主導，但專家一看就知道是僞造的古物，還是會提出質疑吧？」

「沒錯。所以那位僞造者的實力遠在這些專業老師之上……這也是傳聞啦，不過，那兩項古物好像出自關西。」

坂根腦中無來由地浮現海津信六這個名字……

福原庄三說他接下來要前往京都，然後步出病房，他離去前留下和東京美術館有關的話，始終在坂根腦中盤旋。福原告訴他一件令人懸心的傳聞。他提到在參議院文教委員會中引發爭議的環頭大刀與殘缺的金銅馬鞍金屬配件，若眞是贋品，應該出自關西地區。之前在報上看到一篇報導提到，京都市內某戶人家收藏的古物疑是贋品，而那項古物同樣是環頭大刀。竟會如此湊巧，同一時期有兩把環頭大刀都陷入假造疑雲。

如果是贋品，仿造得也極爲精細，連國立東京美術館的專家也受騙上當，而京都某戶人家肯定也有這方面的專家諮詢，換句話說那位專家也同樣受騙——話說回來，關於某位收藏家珍藏的人物埴輪（註），長期以來的學者和研究家都沒發現這樣東西的頭部是女人，身軀是男人，顯然有時專家也會看走眼。

傳言中出現的「關西的古物仿造家」，坂根隱隱覺得是海津信六，但這種想法相當負面，只是他個人陰沉的想像。

但是，爲何會產生這樣的想像呢？

這位足以瞞過專家眼光的仿造者，肯定具有勝過專家和研究者的知識。不過，仿造者不見得是實際的製作者，他只要能指導製作者就行了。實際製作交由具工匠技術的人來執行。如果是古墳出土物，只要有充分的知識和考證，再交由工匠製作，打造出一件連細部都無可挑剔的贋品即可。尤其鑑定者對於細部的矛盾極爲敏感，要是打造得不夠精細，想必無法安心，對物品產生「氣勢不足」、「力道感不足」，或「粗糙」的感覺，雖然最初只是主觀印

註—埴輪是日本古墳頂部和墳丘四周排列的素陶器的總稱。

象，但若再進一步細部考究便會發現不足。若能作出補足這項缺點的贗品，便可說是完美無缺。指導者的學識與製作者的手藝互相結合，便可瞞過專家和研究者的眼睛。

據說海津信六專攻古代史。他雖是歷史學者，但從專攻的領域來看，與考古學也算相通。如果他全心投入研究，應該足以成爲一位考古學者。考量到海津信六傳說中的能力，坂根便無來由浮現他以「關西仿造者」的身分，在和泉隱遁二十年的形象。海津信六斷送學界之路，隱遁人世，個性變得扭曲也很自然，他在鄉下當一名保險業務員、長期忍受貧困生活，讓他在年近半百重新審視挫敗的人生時，心境產生變化——這會不會太胡思亂想？

翌晨，住院患者十點前都很忙碌。主治醫師四處巡診，展開檢查。坂根吃早餐。助手上村於早上八點便從旅館來病房「報到」。他沒再發燒，但始終沒食欲。坂根心想，自己全身倦怠，是高燒剛退的緣故，也可能是工作過度的身軀因得到充分休息而放鬆，轉成倦怠感。

醫生說，支氣管沒發炎現象了，但希望能再住院觀察五、六天，順便拍張X光照，做個精密的病理檢查，這不代表坂根身體出狀況，只是爲了健康起見而建議他趁難得的機會做詳細檢查。他如今從接受治療轉成健康檢查。護士於十一點左右，送來一位想探望他的客人名片，上村接過後，緩緩來到病床邊。

「來了一位保險員。」

「保險員？」坂根完全摸不著頭緒。

「大阪的壽險業務員。老師，重症患者痊癒後，投保壽險的機率好像很高呢？」

上村如此說道，坂根差點叫出聲。

「對方叫什麼？」

「豐明壽險。」

「我不是問這個……給我看。」

坂根從上村手中取來名片細看，名片上寫著「海津信六」四字。其他字坂根完全視而不見。他馬上明白是護士笠原報的信。明明一再制止她，但她基於好意還是告知海津信六，捐血給他的男人此時住在醫院。她很熱心地提供海津一個「回報」的機會。坂根闔上眼，鼓起肥幫子，重重吁口氣。

「帶他進來吧。」

上村來到走廊，在他領客人走進病房前的這段時間，坂根接連做兩次深呼吸。面對緊張場面前，他往往像這樣深呼吸。心跳愈來愈急。這段時間一直聽說海津信六的名字。但事實上，他是在今年三月初第一次聽聞，期間只經短短五個月。但像是好幾年前便已聽說此事，畢竟海津信六的事不斷在他腦中縈繞。也許是海津二十年前發生的「事件」一直持續至今重疊在他的意識中，令他產生錯覺，彷彿老早便久仰大名。

如今再過幾秒便將一睹廬山眞面目。坂根再度深吸一口氣。房門發出一陣低沉的聲音地開啓。上村說了一句「裡面請」。站在上村身後的男子映入眼中時，坂根感覺彷彿目睹一道暗影從對方站的地方往內擴散。他看起來像一道暗影。僅僅是短暫一瞥，但他的心跳得好急。上村走到坂根旁低語幾聲，將一個用玻璃紙包好的嘉德麗亞蘭盆栽湊向他，告訴他，這是海津先生送的。坂根點頭表示謝意，接著上村急忙把花擺向牆邊，爲客人將椅子移至床邊。上村向遠處的客人說聲「請坐」。

穿夏季黑西裝的這名男子靜靜走向坂根身旁，低頭行禮。

「敝姓海津。」

坂根從枕頭上抬起頭，以手肘撐起上半身。上村繞到背後幫他。

「請您不用請身，躺著就行了。」

海津信六像要用手按住他似地勸坂根平躺。

「您有沒有覺得好一點？」海津出言慰問。

「謝謝您的關心。聽說差點就變成急性肺炎了，不過現在燒退了，如您所見，一切安好。」坂根又行一禮。

「那就好。剛才我聽護士小姐說，您逐漸康復中，放心不少。我得知您住院時非常擔心。」

「是護士笠原小姐告訴您的吧？」

「昨天笠原小姐打電話給我。」

果然沒錯。

「還勞您跑這麼一趟。」

「哪兒的話，今年春天我住進這家醫院時，蒙您熱心爲我捐血，我心存感激，但始終沒機會當面道謝。」

海津再次弓身行禮。

「哪裡哪裡，收到您那麼客氣的感謝函，我覺得很不好意思。」

「如同信中所寫，我本打算親自前往東京道謝，但瑣事纏身，很是抱歉。請您見諒。」

「哪兒的話，不過是舉手之勞。」

在寒暄下，海津信六的樣貌逐漸清楚呈現在坂根面前。

海津走進病房時，身影猶如躲在暗處，但此刻近在面前，籠罩在玻璃窗照進的陽光之中。濃眉底下的雙眼皮理應和善，卻沒想像中的親切，造成這種差異的理由並非是眉間深邃的縱紋，而是他的眼白宛如瓷器般散發硬質的冷光。

海津信六身材高大，身穿老舊黑色西裝，肩膀到衣領一帶的塵埃看起來像蒙上一層薄霜，令人聯想到他每天在大熱天下奔波拉保險的生活。乾澀無油的頭髮在陽光的照耀下像鐵絲般閃著白光。他顴骨略凸，兩頰凹陷，眼窩內凹，形成濃濃暗影。眼睛下方的眼袋鬆弛，皮膚暗沉如黑斑，眼睛一帶有明顯的黑眼圈。直挺的鼻梁肉薄，雙唇緊閉，好像用刀刻出一道深邃皺紋。

這容貌與坂根想像中的海津信六有些細微差異，但相去不遠。在夢中的雪洞與增田亮子迎面而坐的海津信六臉部昏暗，分不清五官，但就是這個氣質。如今這個男人眞的坐在他前方。坂根詢問海津信六的身體狀況。海津回答，託您的福，如今恢復得和受傷前差不多了。他的聲音沒活力，沙啞不清。海津信六回答完後，眼神略微游移，最後停在邊桌上。

「坂根先生，您看這種書啊？」他略帶顧忌地問，眼前是《伊朗・藝術遺跡》的書背文字。

「只是看看上面的照片和圖片，打發打發時間。」坂根應道，他早料到海津接下來要說什麼。

「高須通子小姐還沒從伊朗回來嗎？」

海津果然提出這個問題。

「還沒。沒聽說她回來了。」

海津見他和高須通子一起捐血，似乎以爲他們關係匪淺。海津凹陷的雙眼皮低垂下來。

「夏天到伊朗，想必很不好受。」他將話題繞到書本上。

「就是說啊。那邊可能每天都超過四十度。不過，高須小姐只從亞茲德寄來一次明信片。」

坂根說，海津頷首。

「我在十天前收到一張簡單的明信片，明信片是從設拉子寄出的。」

坂根不清楚設拉子在伊朗的哪裡，但他確定是在亞茲德之後的行程。

「她眞有心。」

海津指的是高須通子。她眞有心——海津形容高須通子的話，聽起來似乎很清楚她這趟伊朗行的目的，只是不知道到底知道多少。坂根不曾聽通子提過詳情。但從她在雜誌《史脈》上的文章來看，應該是要前往古波斯尋找飛鳥石造物遺跡的源流。她在伊朗的沙漠和高原展開旅程，追查根源。

「海津先生，聽說您見過高須小姐是吧？其實我當時在回程的新幹線上偶遇從名古屋返回的高須小姐呢。」坂根說道，而海津苦澀的嘴角微泛笑意。「抵達東京前，我們聊了許多事，高須小姐說您在古代史上有深厚的學識。」

這既非奉承，也非客套話，只是如實陳述。他也想看海津的反應。如此一來，或許能夠若無其事地打探他的過去。

「我哪有什麼學識可言。我只是在一旁聆聽高須小姐發表高見。」

海津抿起嘴角，雙眼皮再度蒙上暗影。

「不過高須小姐說，您對古代史好像頗有研究……」

「不，」海津突然打斷他，「沒這回事，就算稍有涉獵，也是很久以前，現在早忘光了。」

言下之意，他早放棄學問。這透露出他被逐出學界一事與增田亮子的關係。一道短暫的黑暗恍如碎雲般閃過他的神情。不過，看在坂根眼中，他陰鬱的理由不僅僅如此。國立東京美術館的環頭大刀、金銅馬鞍金屬配件、京都某戶人家收藏的環頭大刀，以及和上面疑雲都有關聯的「關西仿造者」傳聞，都和他想像中的海津信六形象重疊。還有大仙洞遇見的女孩——坂根急忙斷絕負面聯想，將話題鎖定在高須通子身上。

「高須小姐的學識多高，我們這種外行人根本不懂，海津先生怎麼看？」

海津鬆口氣，馬上回答，「她很了不起。思考相當進步，遠非我年輕時所能比，高須小姐的構想也非常多樣。」

坂根接著問，「高須小姐從伊朗返國後，要是發表提到日本古代與波斯有交流的論文，您認爲學界會有何反應？」

「學界表面上應該會漠視，但可能背地裡會大受衝擊。」他不假思索地回答。

坂根不意外地聽完海津信六的斷言，他早料到幾分。的確，高須通子要是寫出這種論文，學界的反應和海津說得一樣，但該問的問題還是得問。

「因爲和學界主流通論有出入，是嗎？」

「應該是。」海津信六簡短應道，補上一句。「那些有先見之明的學說，不都是這樣嗎？學院中特別會這樣。」

「這我明白，但如果是眞理，學院派的人就應該捨棄不必要的面子，但這或許是我這種外行人的想法。」

「這不是外行人的想法，是正確的觀念，但現狀還沒到這種水準。儘管有內心贊同的學者，還是不敢說出自己的意見，更欠缺寫成文章的勇氣。學者在寫論文或類似論文的文章時，眼前都會浮現老師、前輩、同事、晚輩等自家陣營的臉孔，以及敵對陣營的臉孔。在這種情況下，要贊成與眾不同的論點，需要相當膽識。現今這個時代，應該沒哪個年輕學者敢冒這個險。」

海津信六的口吻隱隱讓人可以描繪出他二十年前擔任T大歷史系助教時的模樣。

「這麼說來，高須小姐就算發表全新論點，也不會受學界重視嗎？」

「應該連受批評的機會都沒有。只要批評，就等同認同論文的意見。因此，可能表面上視若無睹，背地裡猛烈炮轟吧。論文寫得愈好，愈有這種情形。」

「高須小姐畢竟還年輕，又是助教。海津先生，您若是在高須小姐發表論文前聽聽她的想法，給予適切的建議，這樣內容不就能更充實嗎？」

海津笑著搖搖頭，「我才沒這種能力。我也說過，我早忘光這些事了。而且比起年輕的我，她的學問更深厚。我早落伍了。高須小姐就算一個人從事研究也不會有問題。」

「但這樣高須小姐實在太可憐了。好不容易找到自己的學說和論點，竟然就這樣被葬送掉。」

「有先見之明的學說往往都揹負這種命運。我這不是拿高須小姐做比較，不過，像喜田貞吉先生、鳥居龍藏先生這類的偉大學者，當時提出的說法也都不受人重視，一直到現在才受眾人重新評價……」

聽到海津信六提起喜田貞吉和鳥居龍藏這兩個名字，坂根猛然想起，如今在學界內相互爭論的「騎馬民族說」是從喜田的論點發展而來，而鳥居龍藏在東亞考古、人類學的功績，讓人重新評價他的先見之明。這是坂根從認識的學者那裡聽來的資訊，某位東洋考古學者感嘆，自己立志研究的目標，鳥居先生幾乎都研究過了。

日本考古學的森本六爾也是一樣。他是很典型的、被逐出學院的在野學者，他受盡冷嘲熱諷，但他對彌生式陶器的觀察目前成了學界定論。

「像這種學者，往往具有先知的觀點，但理論和實證比較粗糙一些。」海津信六說明，「這是開拓者的共通點。後人只要整理前人的路、重新鋪上柏油就行了。近來的學者則習於縮小、深化自己的研究範圍。其實細分和深化算是好事，但缺乏大格局的視野，沉溺在用公分、毫米爲單位測量的計測主義考古學及歷史學中，到底有什麼意義？這會讓人喪失思考長遠事物的能力。但換一個方向想，微觀研究不容易遭受批評，確實輕鬆許多。」

海津的口吻平鋪直敘，沒有激烈的言詞，始終很平靜，但坂根深受吸引。

「學院派的學者只懂得明哲保身，是吧？如您所說，站在微觀的立場研究，確實比較安全，這是害怕受對手批評嗎？還是沒人敢站在宏觀的立場研究呢？」

聽到坂根的問題，海津笑而不答，但他的表情給了肯定的答案。兩人聊到一半，海津信六的表情突然起微妙變化。他的視線突然停在坂根邊桌底下的報紙標題。那是昨天福原庄三留下的報紙，他對折後，上方剛好出現「東京美術館採購古美術品疑雲」幾個大字。

海津爲自己不自覺聊這麼久而道歉，離去後，坂根仍無法忘記他當時變化。與其說是之前的話題突然冷卻下來，不如說是海津看了報紙後陡然轉移注意，宛如看到一隻蟄伏的爬蟲類，霎時露出戰慄的眼神，臉色蒼白。

打從進病房的一刻起，他就是被暗影包圍的男人，離去時，他的身影也瀰漫幽暗。

14 CHAPTER 第十四章

海邊、論文、死亡

積雨雲飄往玄界灘的外海。

底下出現大大小小的島嶼，眼前是一座大島，港邊人家的屋頂閃著光芒，左邊是從和白延伸而出的海之中道，挺出長長海岬。陽光和水色都呈現柔和的秋意。這是間在博多東方約十七公里處、名爲古賀的療養所，蓋在白色沙丘上，四周是低矮松林，這座療養所從戰前就存在。

板根要助遷往這處的病房大樓已經兩個多月，每天都在眺望大海中度過。爲了謹愼起見，在奈良醫院拍的X光拍出肺部的小空洞，他在完全沒症狀下發現病情。醫生宣布他須療養。如果是在東京，得住進清瀨療癢所，但他母親從鄉下趕來奈良，建議他住進離鐘崎不遠的國立古賀療養所，母親才方便來照顧他。鐘崎到古賀的路是一條沙灘松林道路。

在療養所的沙灘看落日，實在美不勝收，晚霞餘暉照著大海映出由藍轉紅的色彩。漁船引擎發出單調聲響駛過晚霞，拖著長長水波。海面因夕陽的強光射出刺眼光線，沙灘上尚有些許遊客前來戲水。這時，坂根收到通子的信。

這是她回國後的首次來信，信中也詢問坂根病情。

「我結束約一個月的伊朗之旅，回國後第三天打電話到府上時，是上村先生接聽電話，我聽到他說您住院療養，大爲震驚，畢竟您看起來身強體健。我思索著背後理由，想必您平時工作太累所致。接到我電話後，上村先生馬上以快遞寄來您實地前往益田岩船勘查的報告書。聽說這是您從奈良回九州老家時，在醫院親筆撰寫，您身體違和還這般費心，眞教我過意不去。

耳成山或藤原京遺址，位在穿過岩船上方、兩個方形孔洞中間的南北軸延長線上，這完全符合我在亞茲德的突發奇想，我非常高興。我從伊朗提出請求，您就這麼迅速爲我處理，讓您這麼勞心費神，眞不知該怎樣感謝您。於情於理，我都得親自登門慰問道謝，但我才回國，百忙纏身，得馬上著手接下來的工作，對您很是抱歉。請原諒我的任性，還望您多多保重身體。期望入秋後，能夠在東京看到您健康的英姿。我另外寄了一幅在伊朗稱作『Mina』的細密畫給您，應該很適合放在病房窗邊。」

高須通子完全沒提到伊朗之旅的過程和結果。無從推測她是否達成目的。不過，坂根猜得出來信中所說的「接下來的工作」，高須通子準備要將伊朗行寫成論文。在《史脈》上刊登的論文，不知有何發展。但她的文章肯定會遭學界漠視，這是海津信六的推測，而且學界不僅表面上視若無睹，背地裡還會猛烈炮轟。坂根可以想見，當高須通子得知結果，內心有多麼空虛。

坂根建議海津信六給高須通子建言，但遭婉拒。海津的理由是，這些事他早忘光了，而通子的想法比現在的學界要進步許多。言下之意是，現在多數學者習慣將研究主題細分，喪失長遠展望的眼力，說自己「全部都忘光了」的海津信六，站在暗處觀察現今的學界。

坂根腦中浮現身爲保險業務員的海津在工作之餘，站在書店翻閱專業期刊或專業書籍的身影。坂根猜想，海津拒絕對高須通子的論文提出建言，其實另有原因。海津該不會隱隱從近期種種事件中察覺出危險吧？因此，海津信六無法用多餘的心力協助通子深化論點。他灰暗的身影，以及無意間瞄到報導東京美術館館藏文物為贗品的新聞時，銳利又暗藏畏懼與嫌棄的目光，坂根至今難以忘懷。

高須通子寄來的「Mina」就擺在病床旁的小桌上。

那是直徑約三分分的圓形容器，猶如七寶燒。似乎是銅製品，蓋子上塗以白色琺瑯漆，染上色彩鮮豔的細密畫。上頭畫的是商隊在綠洲休息的圖畫，令人聯想到一千零一夜的世界。畫中的男女人像連五官都描繪得很清晰，衣服皺折、小河流水、駱駝四肢動作、岸邊樹木的茂密枝葉、遠方人家的圓頂窗戶，全以精細畫筆描繪，各種顏色鮮明漂亮。

從夏末到中秋，人在病房的坂根，收到三張高須通子寄來的明信片。

「近來情況如何？

上次收到您的來信，提到您復原狀況良好，不勝欣喜。現在我人來到奈良，再次參觀飛鳥石造遺物。我站在益田岩船上，確認方向確實如同您所說。非常謝謝，請多多保重。」

高須通子前往奈良是當然的事。從伊朗返回後，她用不同的眼光看益田岩船、酒船石、二面石、猿石，以及須彌山石和道祖神像，不知她會有什麼新發現。坂根想，這些發現一定會出現在她的論文中。

接著是兩週後的一張明信片。

「您後來過得如何？我猜一定繼續往康復之路邁進。

您上次在信中提到，您的療養所面向玄界灘，有白沙和青松等美景，想必每天呼吸不少負氧離子。我今天參觀兵庫縣的『石之寶殿』，這是七世紀的石造物。在姬路市東方約十二公里處，還有名為『寶殿』的山陽線站名。我人都到這了，還是無法探望您，非常抱歉。請多保重。」

姬路城的明信片正反面都寫滿字。兩個禮拜後，又收到一張郵局明信片。

「我在海邊收到您的信。得知您逐漸康復，非常開心。您的故鄉鐘崎，是安曇海人（註）的發祥地，本想前往探望，順便參觀宗像神社的沖島出土物、宮地嶽神社的金銅製出土物，但我目前準備執筆論文，看來又要對不起您了，心中甚是遺憾。這麼說似乎有些任性，但想必不久就可以在東京見到您健康的模樣。請多多保重。」

高須通子前往奈良和姬路，或許還繞往其他地方，最後一封信也提到她要「執筆論文」，字裡行間還帶一股幹勁，從中可以感到高須通子從伊朗返回的氣勢，想必正是這股氣勢讓她忘了歸國疲憊，四處奔波，接著馬上寫論文。

不過，海津在奈良醫院告訴自己「可能表面上視若無睹，背地裡猛烈炮轟吧。」這句話在坂根腦中揮之不去。坂根也隱隱這樣預感，高須通子只是T大助教，這樣尚未成氣候的學者，沒人會重視她的言論。但如果其他學者注意到她的論文，想必會出言讚賞、鼓勵年輕後進，他期待事情這樣發展，也希望這種言論可以來自學界的有力人士。

註—古代日本的氏族安曇氏，奉海神綿津見命為始祖。

可是，海津信六的話和坂根的負面預測不謀而合，這樣的現實令他受到衝擊，但還是抱持一絲期望，希望通子的論文獲得熱烈回響。否則她的處境實在令人同情。

桌上擺著高須通子寄來的伊朗七寶燒「Mina」，這是描繪一千零一夜的細密畫，整體光彩奪目。高須通子三次來信中，完全沒提海津信六，不知她是否去見海津。坂根心想，海津到奈良醫院探望過我，通子要是和他見面，應該會談到我的事才對。不，高須通子一定會拜訪海津信六位於和泉市的家中。她在《史脈》上發表論文後也曾拜訪海津，因此從伊朗回國後勢必會見海津一面。

但為什麼在信中隻字未提呢？海津信六是否發生什麼事，但因為「不太吉利」，因此高須通子避免在信中提及，也刻意不提海津的名字，是這樣嗎？坂根這樣猜想。

自從在益田岩船山上發現三張「大仙洞」的竹筷包裝紙，至今將滿兩個月。根據山麓住宅地興建工地的工人的陳述，他推測三人是增田亮子、那個女孩，以及大仙洞老闆村岡。

那女孩一定是亮子和海津信六的孩子。海津前來病榻探望坂根，就近細看他的相貌後，發現海津的雙眼皮和他在大仙洞遇見的那位女輕女孩很相似。不過，一位滿臉皺紋，灰暗陰沉，一位膚光勝雪，明亮動人，但確實有相似之處。當初差點撞上女孩時，她驚訝地睜大眼，雙眼皮呈現出的風情與海津信六如出一轍。細微的小動作也可看出父女的習慣。

增田卯一郎大概知道女孩身世，並將她留在身邊，當作「親生女兒」養育。大仙洞老闆村岡還擔任海津信六與亮子的聯絡人，不時帶亮子和女孩外出。海津信六應該就是趁這機會在村岡的安排下現身，父女倆暗中相聚——坂根猜測。

距離當時過了兩個月，這種危險的關係隨時可能露出破綻。在這段期間，海津信六似乎出了什麼事。另一件事，是國立東京美術館贗品採購問題的後續發展。

根據福原寄來療養所的剪報，在八月二十五日重新召開的參議院文教委員會中，在野黨的原澤委員再次向當局追問國立東京美術館收藏的環頭大刀和金銅馬鞍金屬配件的贗品疑雲，內容如下：

委員會中除了上次出席的東京美術館館長安田、考古美術課課長三浦，這次特別研究委員佐田（待遇等同考古美術課課長）一同列席備詢，但佐田堅稱「我相信它是眞品」，答辯難免讓人模糊不清。原澤委員在質詢中說「聽說採購委員將你納入委員名單中，主要負責鑑定古墳出土物，而你會主導其他委員的決定」，佐田回答「我沒主導，但古墳出土物算是我的專業，其他非專業的委員自然會尊重我的意見。」

原澤委員質問「這兩項文物是從文京區的古董店H堂收購得來，但文物進入H堂之前來路不明，這不是啓人疑竇嗎？」，對此佐田辯稱「這兩項文物是H堂的上代店主所購得，而就古董商的特性來說，來路不明是常有的事。只要東西好，來路爲何不重要。舉例來說，視爲安閑天皇陵出土物的重要文化財白琉璃碗，在江户時代下落不明，但到昭和近代又出現持有者。這中間的輾轉經過一概不明，可是沒人因此而懷疑和正倉院收藏的白琉璃碗是不是同一件文物。」

原澤委員繼續提出質詢，這兩件文物是東京美術館於三年前的二月購買。二月剛好是年度末預算期，而各公家機關都有陋習，爲了在年度內消化剩餘預算，會倉促消費。這兩件爭議文物就於二月時採購，當中是不是另有隱情？若眞有隱情，以龐大公費購買這兩件可疑文物的東京美術館，須爲此負責。

面對原澤委員的追究，安田館長提出令人矚目的答辯，他說「我們不是爲了消化年度末的預算才收購這兩件文物。不過，今後在收購昂貴文物時，我們會審愼行事。上述兩件文物，在明確評定眞假前，我們暫時不會陳列館內。」

聽起來像館方主動承認是贗品，令人印象深刻。在福原寄來的九月下旬新聞剪報中，佐田久男由國立東京美術館轉調館外的其他閒差。誰都看得出來，這是他因爲環頭大刀和金銅馬鞍金屬配件採購案一事被追究負任。

坂根想，倘若東京美術館於三年前採購的環頭大刀和金銅馬鞍金屬配件如傳聞所言是「關西製造」的贗品，又與海津信六有關，再這樣繼續下去，參議院文教委員會引燃的文物爭議之火將會燒到海津身上，如今可以想見危險正一步步逼近海津信六，也許正因如此，高須通子回國後，海津與她斷絕聯絡或謝絕拜訪。

但是，仿造古物的動機是什麼呢？

他首先想到金錢利益，但不會只有這樣，當贗品的製作者基於對技術的自負而刻意製造出原創作品時，不只是爲了金錢利益，也出於一種虛榮心，過去倒也不缺這樣的例子；接著他想到虛榮心，這並非單純是自我滿足，也可能對某種事物帶著復仇心態，但這種情形很少見；他接下來想到單純的興趣或惡作劇，但不太可能，因爲環頭大刀和金銅馬鞍金屬配件仿造得愈是精巧，愈是花錢。

如果海津信六眞的從事僞造的工作，或從旁指導，他的動機應該是其中一項。坂根隱約猜得出來，但與其說是推理而得出的答案，不如說是自己的想像。

——之後又過兩個月。

海憑添幾縷寒意，浮雲帶寒凍之色。冬天的北九州位於山陰處，冷風強勁。坂根幾乎康復，返回鐘崎老家，在家靜養。鐘崎是一座漁村，面海背山。松原從古賀一路綿延至漁村西側。起風的日子，松林響起陣陣松濤，大浪翻越防坡堤。海上地島橫亙眼前。順著山腳與岸邊而行，離東邊的波津漁村有八公里之遙。

十二月三十日當天，坂根趁平日散步時前往織幡神社。神社在沙丘上，不論是神社境內、附近住戶用地，還是道路，全一片雪白。鳥居處架起新年參拜用的注連繩。靠岸漁船的船頭擺上小型松飾。

返家後一看，寄來一份郵件，裡頭有個褐色大型信封，印《史脈》兩字，背面印發行所的名稱，但坂根視而不見。他凝視寫著寄件者「高須通子」的這行字良久。他取出期刊，這是《史脈》一月號期刊。坂根緊張地翻開目次，開頭寫著〈飛鳥文化的伊朗要素——關於以齊明紀爲中心之古代史考察與石造遺物　高須通子〉。

「前言——筆者先前在本雜誌中寫過一篇文章，名爲〈飛鳥石造遺物〉（〈第十一期第六號〉）。該文針對現今飛鳥地區的酒船石、益田岩船、二面石、龜石，及出土於飛鳥川畔，如今放在於東京博物館境內的須彌山石、道祖神像等石造物進行考察，同時陳述筆者想法，筆者認爲這些遺物與《日本書紀》〈齊明天皇篇〉的「兩槻宮」記載有關。

當時筆者觀察不足，思考架構亦未確立，僅止提出議題，成爲備忘。筆者後來終於理出脈絡，寫下這篇文章，這只是研究初階的試論，料想諸多缺失，還望惠予批評指教。

在前次文章中，筆者於上述的石造遺物中提到酒船石，質疑指稱這項石造物用來製酒、製菜籽油、製朱砂等用途的説法。不過，筆者當時的推測停在它與製造某種液體有關。

關於龜石，現今可看到的石矢刻痕，是岩石切割的痕跡，雖然形狀與烏龜相似，但原型應更巨大，而且呈現其他動物的樣貌。因此，原本有人説它是中國與朝鮮墳墓前常見的碑石龜趺型臺座，這項説法不能成立。

關於二面石（橘寺）、道祖神像（東京博物館）、猿石（吉備姬墓及高取城遺址），在中國和朝鮮也沒出現這種例子，部分説法認爲這出自歸化日本的石匠之手，爲戲謔之作，但這樣的想法過於草率，至少應該視爲其他雕刻的體系。

筆者推測以上的石造遺物出自《日本書紀》中、齊明二年是歲之項目中提到的「復於嶺上兩槻樹邊起觀，號爲兩槻宮，亦曰天宮」，也就是説，這是兩槻宮的裝飾品（二面石、道祖神像、猿石等爲人物像，龜石爲獻祭的動物）。〈齊明紀〉後段提到「作石山丘，隨作自破」，筆者認爲這意指兩槻宮的建造過程，兩槻宮最後因某個原因未能完工，上述的附帶石造物也未能完成，擱置在飛鳥附近。

關於益田岩船，它的位置與西邊的飛鳥小墾田宮（齊明帝的皇居）都在北緯四十三度二十八分線上，這點特別引人注意。此外，在前篇文章中，筆者提到〈齊明紀〉中關於齊明（皇極）天皇的描述，文章用語與描述其他天皇時不同。

像雄略帝和武烈帝，正如他們在《日本書紀》中被評爲「惡天皇」，文中有對其殘暴個性的描述，但〈齊明紀〉的描述卻相當異常，推測這是因爲齊明帝具有異教特性。關於齊明帝信仰的宗教，在《日本書紀》中的描述十分神祕，就算看成是屬於古神道一支的北方巫術，也和其內涵不同，更不同於當時引進的佛教。

齊明帝的「宗教」與當時宮庭人士及民眾格格不入。筆者認爲，《日本書紀》的作者假民眾的聲音，稱齊明帝從石上到香久山西邊開鑿運河這項工程爲「狂心渠」，打從建造「石山丘」起就譏諷它「隨作自破」。

上次的稿件僅到此處，並未深入探討齊明帝的「異教」性質和詳情內容。另外，雖然推測神祕的飛鳥石造遺物是「兩槻宮」附帶裝飾品，卻未具體提及用途。這是因爲撰寫先前文章時，筆者並未準備繼續深入，因此寫出蜻蜓點水的文章，這令此時的我更加深感自己的不才。現在，筆者根據自己得到的嶄新想法承接先前的內容，並且歸納整理。雖稱不上充分，但還是希望在此提出假設學說。」

行文至此，是上次在《史脈》刊登的論文概略，爲此次的前言。

坂根人在一間座南朝北，約六張榻榻米大的房間。起初他被安排在一間朝南的房間，但前方被山阻擋，光線昏暗，改換成可以望見大海的房間。海風吹得玻璃窗頻頻作響。捲起白浪的汪洋之上不見半艘漁船。坂根面向書桌，房間中央的煤油爐烘烤著他的背。

「小要，吃飯嘍。你要不要來吃？」繼承家業的大嫂，打開拉門叫坂根用餐。

「我現在不餓，待會再去。」

母親接著走進房內，「就算不餓，也要勉強自己多吃點，身體才有營養。多少吃一點吧？」

「不，待會再吃。」

比起午飯，他現在更想看高須通子的論文。高須通子的文章正要步入正題。

「雖然筆者推測飛鳥的石造遺物是〈齊明紀〉「兩槻宮」的附帶物，但須先細究「兩槻宮」的特性，藉此推測石造遺物的用途和目的。齊明二年是歲處記載，後飛鳥岡本宮與兩槻宮在同年建造：

『是歲，於飛鳥岡本，更定宮地。時，高麗、百濟、新羅，並遣使進調。爲張紺幕於此宮地，而饗焉。遂起宮室。天皇乃遷。號曰後飛鳥岡本宮。』

記載後旋即提到「於田身嶺，冠以周垣」等關於「兩槻宮」的事。關於齊明帝的後飛鳥岡本宮位在何處，目前較有力的說法是現今明日香村或其東北深山處。齊明元年冬天，飛鳥板蓋宮失火，遷往飛鳥川原宮（可能是行宮），齊明二年，岡本宮落成。

說到田身嶺的兩槻宮，它並非宮室，而是觀的名稱，或稱「天宮」。關於「觀」，一說指稱山上望樓。由於當時與新羅的關係日益緊張，有人將它解釋成軍事用的瞭望台，與天智四年的大野城和高安城等堡壘有同樣功能。但齊明二年（六五六年）與天智四年（六六五年）的局勢大不相同。在國內築城充當堡壘，是天智二年（六六三年）於白村江落敗後的事。齊明二年時，尚未有日後的壓迫感和危機感。

而且，若以「觀」作軍事望樓，田身嶺（被視爲現今的多武峰）的位置並不恰當。從這個位置，北方和西方的平原皆可盡收眼底，但無法觀看易遭敵軍入侵大和盆地的南部通道，因爲位置過於偏東。要建造望樓，二上山附近較合適。

有一說將「觀」解釋爲道觀，即道教的寺院。這是已故的黑板勝美博士的看法，博士推測，道觀不只有田身嶺才有，金剛、葛城山系的丘陵上也有。但關於其矛盾之處，筆者在之前論文中已經述及，道教寺院不會冠上「兩槻宮」或「天宮」這類像宮殿的名稱。

不過，若將田身嶺的「觀」解釋成新建的後飛鳥岡本宮附屬建築，加上「宮」字便自然許多。〈齊明紀〉中，將「觀」名爲「兩槻宮」，是因爲它建在嶺上兩株槻樹旁。槻樹在古代被視爲聖樹，此事散見《古事記》、《日本書紀》。

中大兄皇子與中臣鎌子打球締結盟約，是在法興寺的槻樹下（〈皇極紀〉）；孝德天皇命群臣訂立盟約，也是在槻樹下，這在先前論文已述及。在《古事記》〈雄略天皇篇〉中記載「天皇坐長谷之百枝槻下」，采女之歌中也說「槻枝葉繁茂，上枝覆天際，中枝覆東國」；此外，《萬葉集》卷十一裡提到「天飛也，輕乃社之齋槻」，這些都可明白槻樹視爲聖樹。而在《古事記》和《日本書紀》中提到「兩」，大多指陰陽，但這裡的「兩槻樹」是否該解釋爲陰陽聖樹呢？

接著來看「兩槻宮」的另一個別名「天宮」。

《日本書紀》的漢文中，是讀作「てんきゅう（TENKYUU）」，若作訓讀，是「あまつみや（AMATSUMIYA）」，印象截然不同。

《日本書紀》的原文爲漢文，另加上雅文體（註）的訓讀，這對奈良朝末期到平安朝時期貴族間的讀寫學習產生不小影響。《日本書紀》到現在都採訓讀，而且書籍內容原用漢文寫成，是漢文的訓讀文。

七世紀末，已有《懷風藻》這部由日本人寫的出色漢詩集，當時沒人用訓讀的方式吟詠《懷風藻》。但平安朝的貴族之間因爲日文盛行，採用雅麗的訓讀音譯，連《日本書紀》都硬套上訓讀。因此，《日本書紀》原本簡明清楚的文體，因爲皇室的愛好而用過多敬語，變成拐彎抹角、拖長的雅文體。《日本書紀》的訓讀，如今差不多該脫去平安朝的格式，恢復原本的漢文語調才對。

接著，我們以諸橋轍次博士的《大漢和辭典》看「天宮」的解釋。

○天宮テンキュウ　(1)天帝的宮殿，轉而意指天空。

《水經》的〈渭水注〉寫：「秦始皇作離宮于渭水南北，以象天宮。」意思是秦始皇於渭水南北建離宮，離宮象徵天皇。

岑參的〈與高適薛據同登慈恩寺浮圖〉詩寫：「孤高聳天宮。」這是慈恩寺（長安南方）的浮圖（也寫作浮屠，意爲寺塔），唐朝詩人與詩友一同登上寺內的大雁塔，寫下「孤高聳天宮」的詩句。

對本稿來說，這兩項典籍出處可供參考。

諸橋的大漢和辭典除了上述的解釋，還以佛教用語的觀點提到梵語「泥縛補羅（Devapura）」，將天宮解釋爲「天人宮殿」。這也成爲本稿的參考依據。從中可以得知，「天宮」是從地面聳立朝天的高大建築，又稱爲觀。秦始皇在渭水南北建造天宮的傳說，應該也是觀。由於高與天接，用來意指天子祭天之所，便是日後的「天郊」或「天壇」。

慈恩寺是唐高宗爲母親建造的佛寺（六四八年，貞觀二十二年），剛從印度歸國的玄奘也居住在此。寺內的大雁塔是方形的七層磚塔——這是聽取玄奘的意見，模仿印度樣式所建造，這座塔（浮圖、浮屠）聳立入空，後人因此創作「天宮」之詩。塔與觀的外形相似，佛教稱爲塔，道教則稱道觀。天子祭天之所則稱天郊（天壇），這些同樣都是高臺。

在田身嶺建造出來的觀，是具同樣意涵的「天宮」，人稱「兩槻宮」。但「天宮」和中國一樣，是齊明天皇祭天用的觀，還是佛寺的浮圖（塔）呢？

註—假名式文體。

若是前者，將這樣的建築建造在田身嶺（多武峰）上，就地形來說極不自然，完全沒必要建造在這麼陡峻的山上，而且中國的天郊往往造於帝都南方。多武峰位於後飛鳥岡本宮（現今的奥山附近）的東南方；至於浮圖，當然不列入考慮。

眾所皆知，如今的多武峰並無任何兩槻宮的建造痕跡。谷川士清的《書紀通證》提到多武峰西北有一處名爲根槻的地名，爲兩槻宮遺址，不過證據薄弱。因此，建造兩槻宮的地點或許不是多武峰，而關於田身嶺是不是多武峰，筆者基於先前提到的地形考量，對這項推測深感懷疑。

《日本書紀》註解「田身山名。此云大務」，タム（大務，TAMU）可能是「壇」的意思。「壇」的漢音爲「タン（TAN）」，漢音「ン（N）」在日本字音化後，改爲「ム（MU）」——這論點並非由筆者率先提出。

藪田嘉一郎在《益田岩船考》提到「大務、多武，全都念作タム，是壇字日語化的結果。壇是作爲祭祀用的地面隆起之處。齊明帝的樓觀、天宮是壇，靈臺也算是壇。田身、多武的地名，應該是因爲齊明帝建造聖壇而得名」，筆者深有同感。然而，藪田氏接下來的意見，與筆者見解分歧。

藪田氏將田身嶺的兩槻宮「天宮」當作齊明帝用來舉行拜天祭祀的靈臺，最後未能完工，推測她的兒子天武天皇以天文觀測爲目的在另一處重新興建靈臺，即爲益田岩船，這項論點是根據天武紀「始興占星台」的描述，以及關於天武帝「能天文遁甲」的記載《益田岩船考》。

藪田氏相信齊明帝「擁有特殊的靈能」，不過，他認爲未完成的兩槻宮天宮在現今的多武峰，益田岩船則是天武帝最早興建的占星台，但筆者不贊同。筆者認爲，兩槻宮的天宮（觀）遺址，正是益田岩船。也就是說，齊明帝的天宮並非位於現今的多武峰，而是建造在橿原市南妙法寺町的岩船山上。

〈齊明紀〉提到「作石山丘」。益田岩船是巨大的岩石，確實像「石山丘」，而「於宮東山，累石爲垣」的宮，是天宮。岩船山的東方面向從西邊貝吹山綿延來的丘陵陷沒地區，如今近鐵吉野線通過此處的山谷。在《文選》的西都賦中，描述當時人們在東邊丘陵上造石垣，增添天宮的威儀，但不知是否爲事實。

益田岩船爲「石之天宮」，應該是位於山丘之上、朝天際聳立的石觀。這是筆者的看法。益田岩船的形狀看起來像壇也是理所當然，也就是說，可以將之視爲靈壇。天宮也是靈壇。壇（タン）因此轉化爲田身、大務（タム），把山丘說成了山峰。因此，田身嶺並非現今的多武峰，而是岩船山。田身嶺被誤解爲多武峰，應該始自藤原鎌足的墓地。

鎌足在多武峰造墓地的時間，據說是他的二子中臣定慧（貞慧）從大唐歸來後的事，同時，關於定慧的事蹟也令人存疑。

在〈天智紀〉中提到，鎌足的遺體葬在山科。〈家傳〉（《大織冠傳》）也記載「葬於山階精舍」，而將他改葬於多武峰的是長男定惠。

多武峰這個名稱的由來，是鎌足與中大兄皇子密談討伐蘇我入鹿時，定惠將它命名爲「談峰」。「談峰」的「談」（タン），後來由タム峰轉音爲多武峰。會出現這樣的轉變，和《日本書紀》有密切關係的藤原不比等應該發揮不少影響力。不過，「談」與「壇」應該不同。

筆者認爲〈齊明紀〉的田身嶺並非多武峰，是貝吹山東邊的岩船山一帶，而兩槻宮的「天宮」、「觀」是益田岩船。那益田岩船又有何用途呢？

岩船的臺座上有東西兩個方形孔洞。根據天理大學西谷眞治先生的實際測量，東邊孔洞南北長一六一公分，東西寬一五五公分，深一二六公分。西邊孔洞南北長一六四公分，東西寬一五二公分，深一三〇公分。兩洞的間隔爲一四一公分。光是羅列數字，不易理解，不過光就肉眼來看，兩者差不多大小，底部深度相當，東西連成一線，兩者的間隔比孔洞寬度（東西向的長度）略窄。（註）

關於此種石造遺物，目前在朝鮮和中國都沒類似的例子，可說是日本特有之物。而墳墓說不足採信，因爲就算是末期的遺物，古墳勢必會有封土痕跡，但在這項石造物上遍尋不著。至於占星台說，因爲來源依據〈天武紀〉的記載，頗吸引人，但若是作爲占星台（天文臺）之用，東、南、西三處皆被高山或丘陵地阻擋天空，觀測條件不佳。若要挑選建造天文臺的地點，考慮四周開闊的耳成山或香久山山頂較好。而藪田氏推測臺座上的兩個孔洞原是用來當占星台的天文觀測設施（《益田岩船考》）。

當筆者望著巨石臺座上的兩個方形孔洞，便聯想起遠超過東亞、位在伊朗的羅斯塔姆皇陵和帕薩爾加德的拜火教拜火壇……」

坂根全神貫注地閱讀雜誌，這時背後的拉門開啓，傳來大嫂的叫喚聲。

「小要，你可能在忙，不過飯菜快涼了，你要不要告個段落，先來吃飯？」

坂根看得投入，如果是母親催促，他會一口拒絕，但對大嫂不能這麼沒禮貌。

「好，我這就去。」

在六張榻榻米大的房間裡有張電子暖桌，地上擺著一張跟和室桌一樣低矮的暖桌架，罩著紅色的暖桌被，上方架著木板。老家如今變得很現代化。木板上雜亂的擺放著茶碗、湯碗、盤子、茶杯。母親與大嫂早在位子上等候。大哥前往博多，不在家。

「你在忙什麼啊？」母親停下手中的筷子。

「嗯，有點事……報紙是放在那邊嗎？」

母親拿來早報，坂根攤在盤子旁。一邊吃飯，一邊看報，成了他的習慣。地方報紙提到不少熟悉的附近地名。高須通子登在《史脈》上的論文仍在腦中揮之不去，正好讀一下報紙好讓自己冷靜，上頭寫有：A市的政治糾紛、B町鬧街的火災、各地的主要新年活動……社會版上出現這樣的標題。

「從渡輪上跳海身亡的女學生？北九州市門司區海岸發現一具海上浮屍」

註——請參照益田岩船圖，上集二〇七頁。

「二十九日早上，一艘漁船於北九州市門司區松江海岸外海發現一具年約二十歲的女屍，因而通報轄區派出所。屍體推測是去年二十三日黎明前，搭乘大阪開往別府的渡輪綠丸，於駛入愛媛縣宇和島市外海時失去下落的女子，據船客名冊上的登記，此人爲就讀東京R大學四年級的稻富倶子小姐（二十一歲），派出所正與該大學以及倶子小姐的父親——兵庫縣佐用郡上月町稻富庄一郎先生確認中。倶子小姐自二十一日便離開該大學的學生宿舍，船內的遺物只有一些身邊的物品，沒留下遺書，警方一直在宇和島附近的海域搜查。倶子小姐的友人說，她最近患有嚴重的精神官能症，研判是病情發作，投海自盡。」

來往於大阪與別府間的渡輪似乎又有人投海自盡，坂根大致看過報導，便將報紙折好。一來是母親向他叨念，說味噌湯都快涼了。坂根捧著碗思忖，瀨戸內海的潮流流速在鳴門海峽和豐予海峽附近頗急，跳海的屍體會被沖往外海。一九三〇年在神戸外海從渡輪上跳海的抒情詩人生田春月，他的遺體一直沒能尋獲。後來跳海的人也是如此。松江與四國的西北角隔海相對，這具在宇和島外海發現的屍體應該是在沖往豐予海峽前先飄來到此處。

女大學生正是多愁善感的年紀，加上此人患有精神官能症，研判有感情問題。坂根喝著碗裡的味噌湯，以世俗的觀點來思考這則報導。

「你要走啦？」

母親見兒子又要離開餐桌，不滿地抬頭望他。他想在飯後和兒子多聊幾句，一旁的大嫂爲之莞爾。

「看完書，我會再過來。」

「但吃完飯就馬上坐回桌前，這樣有害健康。你才剛出院，要是不多注意身體，病情會再復發。你大哥也這麼說。」

坂根關上拉門，坐回桌前，重新埋首於高須刊登於《史脈》的論文。

15 CHAPTER 第十五章

拜火教的傳入

「當筆者望著巨石臺座上的兩個方形孔洞，便聯想起遠超過東亞、位在伊朗的羅斯塔姆皇陵和帕薩爾加德的拜火教拜火壇……」

高須通子回頭看自己刊在《史脈》的論文，暫時從文字上移開視線。這間公寓約四坪大小。四張半榻榻米大的房間擺著電子暖桌，雜誌攤在上頭，可以望見窗外細雪紛飛。

通子想起先前就是寫到這裡停滯不前。如同獨自走在泥濘的道路上。唯一的一條路，在荒野中蜿蜒而行，忽隱忽現，自己茫然地望著未知的前方，但通子還是鼓起勇氣接著往下寫。

她依循著文字繼續往下閱讀，窗外浮現白霧。

「帕薩爾加德是阿契美尼王朝的始祖居魯士大王建造的首都遺跡（前六世紀）。土庫曼斯坦平原至今仍有南北長兩公里的大石壇、拜火教的一對拜火壇、方形建築、宮殿、居魯士大王的皇墓等遺跡。

拜火教的兩座拜火壇位於平原西北處，沿丘陵排列，祭壇是由同塊岩石蓋成的立方體，並以其他不同的岩石造出八階石階。不過其中一座目前已沒殘留石階，但推測原本應該具有同樣構造。兩者都由石灰岩打造而成，表面光滑猶如經過加工的大理石。上方平坦，沒有燒火用的方形孔洞設施，因爲相關設施沒有保留下來。這兩個立方體臺石是拜火壇的臺座。人們通常在這種臺座上方架設一座拜火壇，左右一對。此拜火壇一定同於羅斯塔姆皇陵遺留的一對拜火壇。

岩山邊緣沉睡著大流士諸王的磨崖墓，繼續延伸向西邊的馬夫達什特平原處，是建造羅斯塔姆皇陵拜火壇（三、四世紀）之處。一旁則被波斯波利斯與伊斯法罕間的大路貫穿。

這座拜火壇的臺座並不高，僅三階。會比較低，是因爲直接以岩山山腳的岩石打造而成。利用斜坡之故，從底下大路仰望祭壇，這樣的高度正好適當。不過祭壇的樣式像金字形神塔的臺座，造型會如此簡樸是從帕薩爾加德的時代開始。

阿契美尼朝中後期的君王在磨崖建造刻成十字形的雄偉皇墓，他們從那時起便不再是拜火教的信徒——這是奇爾修曼等人的說法。不過，照這樣來看，當時拜火教已成勢力強大的宗教，並非只有掌權者信奉，還普及到一般百姓社會。

羅斯塔姆皇陵的兩座拜火壇，根據柯斯特的實際測量（Flandin Coste: Voyage, Perse Ancienne），正面右方高一・七六公尺，左方高一・五五公尺，方形的寬幅上窄下寬。（拜火壇，參照二五九頁）

拜火壇四角刻成圓柱形，四邊圓柱呈拱形內凹。反過來說，平面略呈正方形，四角的圓柱凸出。圓柱間架起拱形，上方四邊排列著圓形的突起物，形成裝飾壁牆。位於平面中央的孔洞——升火用的凹槽，左側爲方形，右側爲圓形。這樣的印象和一般拜火教不同，因爲在一般成對的拜火壇中，升火用的孔洞左右並沒對稱，而且一個是正方形，一個是圓形。根據柯斯特的實際測量，圓形的孔洞直徑五十公分，深十五公分，方形孔洞邊長四十公分，深十二公分。

關於帕薩爾加德如今不完整的拜火壇，在那兩座高大的臺座上，推測各有一個和羅斯塔姆皇陵相同的拜火壇，但帕薩爾加德的兩座臺座形狀也不盡相同。

羅斯塔姆皇陵的磨崖墓浮雕，刻畫出國王面向拜火壇，坐在椅子上膜拜的形象，而兩邊中央上方的空間，刻有象徵拜火教，坐在有翼圓盤上的阿胡拉．馬茲達神像。阿契美尼王朝諸王並非拜火教的虔誠信徒，但皇墓浮雕卻刻有阿胡拉．馬茲達神與拜火壇，應該是國王意圖向崇拜拜火教的民眾展現如此模樣，顯示國王崇拜火焰，並獲得阿胡拉．馬茲達的祝福，安撫信仰拜火教的民眾——暫且按下此事，出現在磨崖墓浮雕上的拜火壇構造，是在三重方座上立起方柱，再架上三重臺座，並從上面燃起火焰，而這裡的拜火壇只有一座，並非兩座。

在薩珊王朝的貨幣中，同樣用浮雕刻出拜火壇和膜拜的景象。薩珊王朝的歷任君王都是比阿契美尼王朝更虔誠的拜火教信徒。貨幣裡的拜火壇也不是一對，是一座，但形狀和比例就構造原則來說，與磨崖墓浮雕裡的拜火壇截然不同。羅斯塔姆皇陵的拜火壇上立起圓柱，形成拱形，喬治．皮洛特指出這是受美索不達米亞建築的影響。若眞是如此，往後的拜火壇構造變得比當時簡樸許多。

先前提及，筆者從益田岩船聯想到伊朗遺留的兩處（帕薩爾加德與羅斯塔姆皇陵）拜火壇，筆者要在此刻大膽提出假設：

結論是，益田岩船上方平面東西相連的兩處方形孔洞，是供拜火壇升火之用。也就是說，岩船是作爲拜火教拜火壇兼臺座的石造物。

如前所述，伊朗的拜火壇是羅斯塔姆皇陵唯一的遺物，而升火用的孔洞，一個是圓形，另一個是方形——這是喬治．皮洛特說的「古老形態」，研判日後都是成對方形孔洞。古代美索不達米亞繁瑣的裝飾，在薩珊王朝時轉爲簡樸，也廢除圓形的升火用孔洞，統一成方形，這種改變或許適合當時喜歡左右對稱的伊朗人。如果此種形式傳進七世紀時的日本政治中心地，不難想見爲了避免在臺座上另架拜火壇的冗繁技術，直接以臺座充當拜火壇用的協調方式。而且，文化傳播的一般情況乃是從源流逐漸轉爲簡樸。

兩者材質皆爲岩石。伊朗的石造物是當地產量豐富的石灰岩，日本的石造物則是二上山的花崗片麻岩。這種建設，若不是在岩石充足的場所便無法製作，而兩者的岩石同樣磨得像大理石般光滑，作工精細。

羅斯塔姆皇陵拜火壇的方形孔洞，一邊寬四十公分，深十二公分。益田岩船的方形孔洞，如前所述，根據西谷眞治先生的實際測量，東邊的方形孔洞，其南邊長一六一公分，東西寬一五五公分，深一二六公分。單邊平均一五八公分，深將近其百分之八十。西邊的方形孔洞，其兩邊長度與東邊孔洞不同，單邊平均同樣是一五八公分，與東邊孔洞的平均值相同。西邊孔洞深一三〇公分，比率大於百分之八十。（拜火壇細部尺寸請參照二五九頁）實際測量每一細節，東西兩邊的孔洞似乎有差，但容積幾乎相同。換言之，兩個方形孔洞就容積來說剛好成雙。

羅斯塔姆皇陵拜火壇的方形孔，深度是單邊長度的百分之三十，比益田岩船的深度少一半以上。會出現這樣的比例差異，是因爲方形的單邊長度只有益田岩船的四分之一，尺寸算是小型，而且要作爲升火之用，須有適當的深度。

益田岩船的形狀上窄下寬，與羅斯塔姆皇陵的拜火壇及帕薩爾加德的臺座形狀一致。益田岩船如果是拜火壇那兩個方形孔洞勢必有焚燒痕跡。此外，如果它兼充臺座，勢必會有帕薩爾加德拜火壇的八階臺階，或像羅斯塔姆皇陵那樣有三階矮臺階。換句話說，岩船上沒臺階，這會讓人產生質疑，筆者在這邊正面清楚回答這個問題。

花崗片麻岩並不耐火，長期火烤後，表面雲母質會剝落。岩船的方形孔洞沒有被火燒黑變色的痕跡，也沒發現剝落。不過，歷經一千三百年在野外日晒風化，這些痕跡早已消失不存。事實上，岩船風化的情況相當嚴重。此外，孔洞裡會存積雨水或冰雪，扮演了清除變色的角色。而且當初升火的儀式爲期不長。尚不至於在方形孔洞留下焦黑，或造成剝落。

當初應是在孔洞底部鋪上沙子或木炭，燃燒木柴。（兩個孔洞底部高低不一，如果是用來鋪設沙子或木炭，就能理解爲何高低不一）兩個方形孔洞的兩側有刻痕，南側孔洞矮了一截。現代人會坐在這裡往孔洞內窺望，而在七世紀時，拜火壇火焰的看守人會坐在這裡，朝洞內丟入木柴，讓火持續燃燒不滅。北側的刻痕出現在巨石邊緣，與兩個孔洞間形成開闊空間，可能是有人負責搬運木柴，擱置此處。不過，拜火教的「聖火」儀式並未延續，甚至沒在岩石留下焚燒的痕跡。臺座部位當然得另外裝設臺階，畢竟在這種高度下（就算底部的條痕部分埋在土中也一樣），沒設置臺階就無法攀登。

關於岩船東西側面的刻痕，岩船的「墳墓」說提出這裡原有一座石蓋，但筆者認爲不太可能在斜坡處加上石蓋；藪田氏的岩船「占星台」說，視爲嵌入階梯的設施，認爲「東西側有階梯，可藉此登上建造物」（《益田岩船考》）。筆者提出岩船爲拜火臺座的假設時，也援引這項說法。此外，藪田氏在自己的學說中也提出，他無法斷言這是不是其他建造物（此處已屏除墳墓說）。關於這件事，如前所述，帕薩爾加德的拜火臺座單邊設置八階臺階，雖然另一座成對的臺座毀壞，無從得知當時狀況，但肯定設有同樣臺階。

日本的拜火臺座則兩側都設有臺階。益田岩船的臺階以其他岩石打造，後來可能遭到破壞、移往他處。相傳酒船石也是切割後充當附近高取城的石牆，姑且不談高取城，附近許多中世城堡建材可能也來自酒船石。岩船逃過一劫，應該是石塊過於巨大，且基於信仰遺跡（不知道它是拜火壇）的觀念，沒被挪作他用。

益田岩船與拜火教有無直接關連尚無法確切肯定，但關於古墳的家形石棺，筆者想向古代波斯尋求其源流。

眾所皆知前期古墳石棺採箱式，而世界各地都有箱式石棺，但日本中後期橫穴式石室擺放的家形石棺，在中國或朝鮮的同時期中，都沒發現類似古物，蘇聯南部有類似例子，但是十二世紀才出現，過去南俄羅斯也無先例。有人認爲家形石棺與長方形石棺是由箱式石棺演進而來，但由木棺演變成家形石棺的推論，目前可信度不高；還有一說指稱，長方形石棺是模仿中國的木棺形狀，但就算在岩石產量豐富的山西省等高原地帶，也看不到這類石棺。何況家形石棺是日本特有產物，從六世紀後的後期古墳起才驟增。

位於帕薩爾加德（古代名意爲「波斯人的宿營地」）的居魯士二世墳墓，座落在呈階梯狀疊成六階、高低不均的基石上，這是由五片巨大平石組成的人字形屋頂。奇爾休曼說「這讓人聯想到北方的住家，和錫亞克墓地B的屋頂也很相似」（《古代伊朗的美術》）。錫亞克是伊朗史前時代的遺跡，而眾人稱墓地B的岩石形狀爲「驢背形墓地」，坡度甚陡，確實和屋頂幾分神似。

日本的家形石棺並非人字形屋頂，大多採廡殿頂。一般來說，外觀不會出現類似結繩的突起物，因爲中國和朝鮮都沒出現這種形式的建築，這項構想或許來自遠方的波斯，而且並非日本人在六世紀時，聽聞波斯文化所得到的構想，而是當時波斯人到日本所帶來的古代墳墓形式。

家形石棺是否爲模仿當時的住家樣式，令人懷疑。家屋文鏡和家屋埴輪這類屋頂是人字形屋頂或擬歇山式屋頂的高床式，兩者都是屋頂的橫樑兩端向上敞開，撐起鰹木（註一）。不過，像家形石棺這樣在後期寺院建築才看得到的廡殿頂建築，數量不多。家形石棺的起源，可說是工人打造居魯士二世墳墓時的構想。

此外，日本的橫穴古墳群也是日本的特色。橫穴古墳如果位在山崖或斜坡底下，那就不稀奇了，因爲世界各地都有，但像日本這種層層疊疊的橫穴群，可說是絕無僅有。埼玉縣的吉見百穴在斜坡處出現許多宛如蜂巢的横穴。大阪府的玉手山横穴古墳群、奈良縣的柳本古墳群等，這些横穴都在斜坡處分成好幾層，看起來像公寓的窗户。此種横穴古墳群分散於全國各地。

中國的横穴古墳，如山西省的古墳，是在斜坡下排成一列，上方沒任何東西。這種横穴也是仿照民房入口，設有屋柱和拱門以及裝飾。日本的古墳則在入口處（羨門）設有長方形的雙重刻痕，嵌入封閉羨門的石板。

從羅斯塔姆皇陵的拜火壇北行兩公里，可看見磨崖王墓岩山丘陵所延伸出來的深谷，這座深谷的石崖高處座落著由上到下、入口周邊設有刻痕的長方形横穴，如同窗户，與日本的横穴古墳如出一轍。

這種磨崖横穴始於磨崖王墓出現的西元前五世紀左右。横穴不深，也許並非用來作鳥葬後收納遺骨之用，而是和皇家關係深厚的貴族墳墓，但絕非平民之墓。同樣的磨崖墓群也出現在伊朗西部羅爾斯坦地區的沙卡班德，據説早在西元前十五世紀就在了。

倘若朝鮮與中國都沒類似的例子，日本的横穴古墳（前提是它並非自行發生）爲何不能向古代波斯的磨崖横穴尋求起源呢？就如同筆者認爲居魯士二世的家屋形墓與日本家形石棺的出現有關，這可推測是到日本的波斯人傳授的內容。

居魯士二世的墳墓造於西元前六世紀，磨崖横穴造於西元前五世紀（或是前十五世

註—古建築屋頂裝設的一種裝飾木，形狀像柴魚片，如今只有神社建築才看得到。

紀）。日本的家形石棺出現於五世紀後半到六世紀，橫穴古墳則出現於六、七世紀。兩者時間間隔太遠，這成爲筆者進行上述推測的阻礙。

然而，古代波斯的家屋墓和磨崖橫穴，從現今考古學的見解來看並未影響中亞、中國、朝鮮，因此不可能傳入日本，而從時間或路徑來看雙方都無法交流。不過，倘若在五世紀後半，波斯人渡海到日本，將本國流傳的古代家屋墓或磨崖橫穴傳入日本，就能解決時間間隔的問題。但接下來會產生一個疑問，當時波斯人是否已來到日本的政治核心地——大和。談這個問題前，筆者想先談談最近在新澤千塚的出土物。

益田岩船所在的岩船山西南方二公里處，有一座人稱越智岡丘陵，標高六十到八十公尺的低矮丘陵地帶。這裡有八百到一千座大大小小的古墳，山麓村名有常門千塚、川西千塚、鳥屋千塚等，新澤千塚也是其中之一。

由末永雅雄博士所指導的橿原考古學研究所，以前便對這個地區展開挖掘，一九六三年在挖掘一二六號墳時，從割竹形木棺内外發掘出含波斯文物的陪葬品。一二六號墳像將方墳拉長一般呈長方形，如果當成方墳又有點奇怪。出土的文物還有金製耳飾、金銀製的戒指和手鐲、龍文唐草透雕方形金板、銅斗、漆盤等，還有雕花玻璃壺和玻璃盤。

目前一二六號墳的挖掘調查報告書尚未提出，但關於出土的玻璃壺和玻璃盤，可來聽聽增田精一先生怎麼說：

『壺多少有點風化，現在呈乳白色，但原本應該是無色透明的玻璃。玻璃上不少氣泡，而且壺口歪斜，開口的方式也略嫌粗糙，但厚一至二毫米的薄器壁上，有七道圓形的玻璃環繞，從中可看出精細技術。盤子也有不少氣泡，但卻呈藏青色的巧妙作品，與前者一樣，和西方的中東相比，很難想像是玻璃容器製作技術較爲落後的遠東作品。盤內的紋樣更精緻，中央配置了一隻小鳥，啄著綁有緞帶的王環，周圍是獻上王環、牽著裝飾馬的人，還有腦後戴著頭巾狀垂飾的人物（王像）坐像，以及樹木、心葉形花瓣紋樣等。這是薩珊王朝盛行的圖紋，這不是地中海沿岸和南俄羅斯的產物，也不是遠東的產物，是在薩珊王朝版圖內打造的文物。』（《國立博物館新聞》第二一六期）

對這只藏青色玻璃盤紋樣所做的素描（出自橿原考古學研究所）如三二二頁所繪。此外，若與德黑蘭考古博物館館藏的銀盆（薩珊王朝）紋樣相比，源流便一目了然。

銀盆的主要部位分成四區，各區內都有一名手持樂器的樂師站在葡萄樹下。樂師腦後垂著兩條緞帶。四區的分界是從底部往上方邊緣相連的十二個心形圖案，從上而下圖案愈來愈大。底部的圓形處有一隻長尾鳥，鳥頭綁著緞帶，一端外露。長谷寺的千佛寺多寶塔和胎藏界曼荼羅諸佛頭上都纏著頭巾，腦後領巾翻飛，石田幹之助博士認爲這是受波斯的影響（〈我上代文化之伊朗要素一例〉等）。換言之，新澤千塚出土的玻璃盤，盤子上，頭部別著緞帶的鳥、心葉形花瓣紋（心形紋樣）、腦後垂著領巾的人、樹木，全都能向薩珊王朝的銀盆紋樣去尋求根源。

倘若新澤千塚出土的玻璃盤在波斯打造，上頭配置的鳥、人物、心形等圖案，大可像

圖：薩珊王朝銀盆與新澤千塚出土的玻璃盤（右）

在波斯一樣精巧，但技巧很拙劣，令人納悶。特別是頭上戴冠，身上有雙翅的人物，看起來像是日本當地的手筆。一説指稱，玻璃盤和設有圓形玻璃的玻璃碗，在波斯以外的地區都無法製造，技術落後的遠東之地更不可能出現，若是採用這項説法，出現這種「帶日本風味」的拙劣、粗糙紋樣，還眞不可思議，只能靜待日後研究。

如上所述，這座古墳的出土物有金製耳飾、金銀製戒指和手鐲、龍文唐草透雕方形金板、銅斗、漆盤等，這些明顯是中國大陸、朝鮮方面的陪葬品。波斯碗盤則風格迥異。這種波斯體系的文物在中國和朝鮮都未曾出土，無法判斷是經中國大陸和朝鮮半島傳來日本。那麼，中國大陸的文物和波斯體系的文物一起被當作陪葬品，這又是怎麼回事？

筆者只能解釋成，這是入葬者生前經由別的途徑取得中國大陸和波斯的文物。中國大陸的文物就像其他古墳的陪葬品，來自朝鮮，波斯的文物可能是入葬者生前於大和取得，而且不單是引進文物，是從到大和的波斯人手中取得。那麼，在六、七世紀時，波斯人到底有沒有來到大和呢？

筆者認爲有這個可能。不過切入主題前，議題得再次回到益田岩船上。

益田岩船的方向，是由兩個方形孔洞中間軸的南北線決定，這種設計同樣來自帕薩爾加德的兩座拜火臺座及羅斯塔姆皇陵的兩座拜火壇。岩船兩個方形孔洞間的軸線，南邊是丘陵地帶，因此北側平原地帶是正面。若從平原的位置來看，山丘南側是岩船的正面。關於岩船的位置，齋藤國治博士（前東京天文臺台長）從天文方位實際測量，根據其筆記引述要點如下：

(1)岩船體積——三一七m^3。

(2)總重量——八四〇公噸（以花崗岩密度二．六五計）

(3)岩船的斜度——正面中央斜度六度，北邊較高，東西斜度三度，東邊較高。由於岩石偏倚，所以或許準度有誤差。

(4)方向——岩船的正面從正北往東偏十三度，大致面朝藤原京遺址。

如果眞如齋藤的測量筆記所述，益田岩船正面是從正北往東偏十三度，就算說藤原京遺址位於延長線上也不爲過（現行的地圖北方爲磁北，並非正北）。筆者認爲當初設定岩船的方位時，建造者特別考量過意義。根據齋藤的筆記，岩船現在的位置與當初預設的位置有偏差，但根據岩船重量八四〇公頓，以及底部埋在土中的情況來看，偏差極微，換句話說，岩船的製造者刻意將方位面朝耳成山。

在伊朗，不論是帕薩爾加德或羅斯塔姆皇陵，拜火壇附近都有方形疊石建築。究竟要視爲墳墓，還是拜火神殿，眾說紛云，但近期後者說法可信度較高。奇爾休曼寫，「我相信羅斯塔姆皇陵裡的塔（方形建築）是燃燒『永恆之火』的神殿之一。」筆者實際參觀過兩地的方形建築遺跡，深表贊同。

如果益田岩船是拜火壇，勢必和波斯一樣在某處會有方形建築的拜火神殿，這座神殿將持續燃燒著「永恆之火」。筆者認爲，它是耳成山。這是一座小火山（和畝傍山及西邊的二上火山都是阿蘇火山系）。耳成山看起來就像獨自擱置在平原上，這是因爲昔日大和平原仍位於湖底，沉積物一路堆積到山麓處，所以看不見下沉的山麓。據說這座火山活動於第三紀（七千萬年前），但七世紀時的人們從山的形態得知它昔日是火山。

若要仿造一座燃燒「永恆之火」的神殿，耳成山最適合。而且，從岩船山眺望北方平原時，這座矗立於平原上的秀麗孤峰正可作爲「火之神殿」的代表，沒必要大費周章在附近打造一座石造「方形建築」。已經有岩船了，如果還要建造這樣的巨石建築，將耗費莫大人力，而且一旦要建造，得造出像播磨「石之寶殿」的建築。

因爲以上原因，岩船才會面朝耳成山。

當初在建造藤原京時，耳成山被視爲「北門」（《萬葉集》），亦即玄武，是鎮守朝堂院、皇宮內院的獨立靈山。香久山則被左京的外邊（四坊）包圍。倘若推測岩船是在七世紀時，大和地區打造的拜火教石造物，波斯人顯然已渡海日本，畢竟很難想像僅從中國和朝鮮單純傳入工法。

石田幹之助博士以奈良時代的西方文化爲背景，認爲「雖然人數不多，但伊朗人也來到日本」，並舉居住奈良的波斯人李密翳，及鑑眞從大唐赴日時的一行人中有波斯人隨行的事爲例（〈從長谷寺千佛多寶塔銅板中看出的伊朗要素〉）。

關於李密翳，《續日本紀》天平八年八月的章節中記載「入唐副使從五位上中臣朝臣名代等。率唐人三人、波斯人一人拜朝」，同年十一月的章節也提到「波斯人李密翳等授位有差」。關於鑑眞一行人，則在〈天平勝寶六年正月〉章節中提到「唐僧鑑眞。法進等八人隨而歸朝」。還不到八世紀中葉，從七世紀後半起，《日本書紀》中已提到波斯人渡海赴日一事。

孝德天皇白雉五年四月，吐火羅國男二人、女二人、舍衛國女一人，因遇風而飄流至日向，之後齊明三年七月，天皇將飄漂至筑紫的覩貨邏國男二人、女四人（或墮羅人）喚至飛鳥召見，並設宴饗之。齊明五年三月，吐火羅人與妻子舍衛國之女一同前來，齊明六年七月，覩貨）羅人、乾豆波斯達阿欲歸原國，請求遣使曰「願後朝於大國。所以留妻爲表

（註）」，數十人往西海而去。

在前方的記載，吐火羅、悉貨邏、悉眦羅雖然字不同，但發音相同，皆爲Tokara。Tokara是西域的吐火羅，唐初的吐火羅即現今的阿富汗，漢書地理志則寫作罽賓國。不過，關於Tokara，也有人說它是墮羅鉢底（Dvaravati），亦即現今的泰國，但還是以中亞的西突厥斯坦可信度高。由於也寫成墮羅，因此和墮羅鉢底搞混。倘若Tokara是吐火羅（阿富汗），相當於連接波斯與中國的路徑，波斯人會在此居住並移居中國。此外，前面的記載提到「乾豆波斯達阿」，乾豆意指印度人，波斯是波斯人，達阿有一說指稱是印度人名的語尾。若是如此，此人是印度歐語系的波斯人。

不論眞相爲何，〈齊明紀〉提到不少波斯人渡海赴日的例子。推古天皇二十年（六一二年）是歲的章節中，有以下的記載：

自百濟國有化來者。其面身皆斑白（也許是白子）。若有白癩者乎。惡其異於人，欲棄海中島。然其人曰「臣有小才。能構山岳之形。其留臣而用，則爲國有利。何空之棄海島耶」。於是，聽其辭以不棄。仍令構須彌山形及吳橋（中國樣式的石橋）於南庭。時人號其人，曰「路子工」。亦名芝耆摩呂。

這是十分有名的記載。「路子」寫作「みちこ（MICHIKO）」，是依據《日本書紀》的雅文訓讀，不知所指爲何，不過「工」應指工夫，是一位名叫路子的石工。路子的漢音爲lu-zi。lu-zi音同li-si，筆者認爲它原本是「李子」或「李斯」。這名工匠不識漢字（古時的中國，漢字的普及率只限中原爲核心的周邊數省），應該是飛鳥朝官員聽他說出自己的名字後，替他套上「路子」的漢字。雖然記載此人來自百濟國，但令人懷疑，研判是從中國到百濟的波斯人。倘若是百濟國人，當時南朝鮮已有石造的須彌山或中國樣式的石橋。

芝耆摩呂（しきまろ，SHIKIMARO）的「しき」或許來自「しろき（SHIROKI）」（白）的綽號。西域的波斯人和白種人一樣是白皮膚。對當時看不慣這種膚色的日本人來說，想必就像患「白癩病」的病人。從漢代開始，白種人（胡人）從西方前往東方的例子頗多，「紫髯綠眼」就是白皮膚的人。這段期間，波斯人（不是來自本國，是中亞的波斯人種）渡海赴日的例子愈來愈多（說飄流而來令人存疑），而〈齊明紀〉出現頻繁記載。

住在中亞的波斯人擔任中國與本國的交易中繼，爲了進一步牟利，他們經天山南路和北路進入中國，住在涼州和長安等都市。唐初，中央政府讓波斯商人集中住在都市內特定地區，採取自治體制。自治體的首長，官名爲「薩寶」或「薩保」。唐朝政府允許他們冠上中國人的姓氏。他們大多姓「李」或「安」。「李」是唐朝國姓，是給促進中國貿易的外國商人優待。「安」是「安國」，亦即中亞「布哈拉」出身的人。因此，住在奈良的波斯人當中，才有「李密翳」這號人物。

天平寶字五年（七六一年）十二月，唐人李元環賜姓「李忌寸」《續日本紀》。忌寸是

註—大國指大和，亦即日本。全句意爲「願日後能重回大和，所以留妻子在此，以表誠心」。

天武朝八色姓的第四位，大多是畿內的國造（註）才得以賜姓，之後賜予渡海而來的人士。

如前所述，大唐許多波斯商人自稱姓「李」，不過李是唐朝皇帝的國姓。《唐書》〈本紀卷一〉記載「高祖神堯大聖光孝皇帝，姓李氏，諱淵」，其先祖爲隴西狄道（甘肅、陝西）的涼王李暠（五胡時代）。因此，唐代的李姓是最高級的名門，伊朗的胡人自稱姓李，應是獲大唐朝廷的同意。中國很早以前就很重視行經中亞與伊朗的國際貿易，唐朝也對眾多移居涼州和長安的波斯人賜予國姓，討他們歡心。

唐代自稱李姓的人遍布各地，當中幾成是波斯的胡人呢？來自大唐的李元環（李忌寸）或許是其一，而續日本紀中提到的「李小娘」，她可能是在奈良朝宮廷任職的波斯女子。

鑑眞帶來日本的安如寶也是胡人。《唐大和上東征傳》中，隨鑑眞前來日本的二十四名弟子中，有「胡人安如寶、崑崙國人軍法力、瞻波國人善聽」等胡人名。胡人不見得都是波斯人，但唐代胡人以來自西域的波斯人居多。

講到「安」姓，讓人聯想到日後背叛唐玄宗的安祿山。相傳他是安國出身的胡人與突厥人的混血兒，應該是波斯商人與他們利用的游牧民族所生。如前所述，安國即是布哈拉，位於中亞撒馬爾罕以西之地。傳說安祿山的母親是突厥貴族的巫師，與耶穌的誕生有些相似，也有人用景教（基督教）的關係陳述此事。

在這之前，波斯在唐初時遭受阿拉伯民族薩拉森帝國的侵攻，薩珊王朝滅亡。薩拉森帝國逼迫征服地的人民改信伊斯蘭教，薩珊王朝的波斯貴族和富豪逃往東方，輾轉從中亞到中國安居。南北朝時代前來的波斯人和波斯體系的西域胡人在唐初時人數激增。拜火教也爲之興盛。

拜火教影響西元前往在小亞細亞的西臺人，這是猶太教成立的原因之一。如果說安祿山的母親受景教影響，景教教義多少也反映出拜火教的元素。

拜火教的教義是代表善的光明與代表惡的黑暗之間的對立。光明閃耀於天際，黑暗游移於地底（地獄）。佛教、基督教、摩尼教的教義原理都一樣。《古事記》和《日本書紀》，高天原和出雲的神話，同樣樣是二元對立的世界觀。

拜火教於南北朝時透過中亞的波斯商人引進中國，唐初時稱祆教。祆教祭司人稱穆護，是從波斯語「Magi」轉音而來，Magi是掌管天文、曆法、醫藥、法術等學問的聖職者。祆廟、祆祠不僅僅在長安設置多處，連在敦煌、涼州、洛陽及其他波斯體系的胡人居住地都隨處可見。唐朝的武則天據說是祆教或摩尼教的信徒。她登基當皇帝時，自稱「曌」。是以光明的「明」，加上天空的「空」合成，從這點來看，祆教信徒說是有可信度。

我國的玄昉和吉備眞備等人一同以留學僧的身分於七一六年前往大唐，正是祆教在長安盛行的時期。當時武則天駕崩，正值玄宗繼中宗之後登基的初政時代，祆教仍舊興盛。不難想像，年輕的學問僧玄昉，對佛教以外的西域宗教感到新鮮好奇。

在大唐旅居二十年後才歸國的玄昉，究竟有沒有連同法相宗一起將祆教帶回日本，目前

註—大地方官名。

尚無證據。但由西域傳入中國的佛教已含中國拜火教的要素，他們應很容易被佛教源流上端的祆教所吸引。不過，秉持唯識論觀點的玄昉，其法相宗究竟帶多少祆教的要素，筆者對佛教了解不深，無從得知。然而，它與主張眾生皆有佛性的其他宗法不同，教義主張世人先天具有無法親近佛性的黑暗面，這與主張善惡永遠對立的拜火教原理不是正好相通嗎？

這純粹是筆者個人的臆測，不過聖武天皇夫人會不會是在聽聞玄昉描述武則天的豐功偉業後，模仿武則天的「曌」，才自稱是「光明」皇后呢？她是橘三千代的三女，人稱「光明子」，實際名字並未流傳。「光明子」應是後來才寫進祖譜的名字。所謂的「光明」，確實是具祆教色彩的名字。她身為皇后，聽玄昉描述而對武則天的偉大權力感到憧憬，會不會同時也對武后崇信的祆教產生憧憬？

但那是奈良朝發生的事了。筆者推測飛鳥的「神秘石造物」與拜火教有關，勢必得觀察拜火教在七世紀時是否已傳入日本的飛鳥地區。先從結論來說，佛教是在六世紀後半傳入日本，筆者推斷，祆教就算比它晚，至少也在六世紀末之前便傳入日本。在中國，祆教與佛教同時盛行，兩者一定都傳入日本，但不確定傳入的是否為祆教還是枝節，不過可推測傳來深具祆教色彩的宗教。

一般認為祆教繼佛教之後傳入朝鮮，但中國陰陽五行說發展而成的風水說，融合了道教，成為民間信仰，百姓似乎因此遲遲無法接納祆教。不過，早在高麗時代前便有祭祀都邑守護神的習俗，人們會祭拜文廟與三壇（社稷壇、城隍壇、厲壇）。

「壇」與祭祀是何種形式，無從得知，不過「壇」的建造方式值得注意。朝鮮始祖傳說的「檀君」據說降臨在樹下的壇上，一說指稱「檀」君是「壇」君的訛語（李能和《朝鮮神教源流考》）。若將「壇」解釋為金字形的神塔，就充滿拜火教色彩。關於〈齊明紀〉及〈皇極紀〉中，針對天皇的神祕記載，讓人產生齊明帝是否具「異教」色彩的想像，此事在本雜誌中提過，不多贅述。如今筆者推論齊明帝的「異教」色彩可能來自祆教或拜火教。

祆教色彩的宗教經由何種路線從中國傳入日本，此事無記錄可循。雖然也能推測直接從大唐渡海到日本，但究竟採取何種方法，無從得知。波斯體系的胡人出現在奈良朝的記錄中，表示他們很早以前便到飛鳥，也許是他們帶來西域（中亞）的拜火教。在繼體天皇十年九月的章節中，高麗的使者「安定」等人赴日，不過，一見到「安」姓便認定是胡人又過於躁進，因爲年代久遠。然而，儘管無記錄，但很早就有波斯人到日本來。

如上所述，考慮到奈良縣橿原市附近的新澤千塚古墳，從中出土的波斯玻璃碗盤，也透露出這樣的訊息，這兩件文物可能不是海運送來的交易品，而是波斯人親自帶來日本。姑且不談安閑陵出土的說法，關於雕花玻璃碗，可說早在古墳時代末期便在了，因此，筆者不認爲正倉院的所有波斯器物全來自大唐……」

16 CHAPTER — 第十六章

去往何處

高須通子在新幹線的下行列車中，閱讀《史脈》。現在才一月半。車內流通著一股舒服的暖意。窗外隔著大津市內的建築，可望見琵琶湖的蔚藍湖面，從中感到料峭寒意。細雪斜向飄降，比良山的雪白山形爲之模糊。

通子反覆看著自己所寫的文字：

「正倉院珍藏的波斯器物，是聖武天皇駕崩後，光明皇后爲了替天皇祈冥福而捐獻給東大寺。那並非全是聖武天皇時代從大唐收集來的舶來品，也包含代代相傳的古物。目前不清楚可以回溯到哪位天皇的時代，但至少可回溯到皇極（齊明）天皇時代。

正倉院珍藏有三個玻璃杯。一是碧琉璃杯，二是白琉璃碗，三是綠琉璃十二曲長杯。中國目前都沒發現這三種器物。關於碧琉璃杯，中國發現過幾個金屬材質的古杯，但從沒玻璃製的出土物。白琉璃碗曾在西域的庫車（龜茲）附近挖掘出碎片，但中國尚未出現。但在伊朗的吉蘭地區（裏海南岸）常有這類出土物。綠琉璃十二曲長杯有玻璃製和金銅製兩種。日本也有金銅製的唐朝銀製杯，而薩珊王朝的十二曲長杯，在西方的波蘭、南俄羅斯、伊朗本土也都有發現，但沒出現玻璃製品。這些薩珊王朝的玻璃杯和碗，若在中國沒半個出土物，能推測是波斯人直接帶往日本。也許是七世紀待在大唐的中亞波斯胡人或由海上路線來到日本的波斯人。

關於海上路線，齊明三年飄流至筑紫的「覩貨邏國人」記載，爲筆者帶來不少啓發。新澤千塚出土的波斯風雕花玻璃盤顏色是藏青色，與正倉院的碧琉璃杯很相似，但正倉院沒出現這個盤子。不過，先前在敘利亞的沙漠商隊城市巴爾米拉遺跡中出土，現今存放大馬士革考古博物館內的石棺上方雕刻群（二世紀），裡頭兩個人物手裡拿著兩個盤子，與新澤千塚的盤子非常相似。盤子上清楚刻有雕花，是同種類。」

高須通子在下行的新幹線內看著自己的論文。列車穿過山科的隧道，覆滿白雪的京都市街在眼前擴散開來，光線刺眼。

許多乘客紛紛起身準備，車內頓時忙碌起來。

「關於益田岩船，筆者提到兵庫縣高砂市的「石之寶殿」。這名稱很早便出現在《播磨國風土記》。根據書中所述，前半是和息長帶日女命（神功皇后）有關的伊保山地名，後半是石之寶殿。伊保山的西池有岩石，形狀如家屋，深二丈、寬一丈五尺、高寬相當，稱爲大石，書中描述這是聖德太子時代由弓削大連（物部守屋）打造。若《播磨國風土記》的成書爲和銅年間，石之寶殿的建造時間便是八世紀初左右。石之寶殿座落在當地（舊地名爲播磨國印南郡阿彌陀村生石子）生石神社東面的拜殿深處，這塊石英粗面岩的巨石被視爲神體，形狀是直立長方形，正面朝拜殿東側。巨石兩側（北與南）中央有淺淺縱向溝槽，寬度大。背面（西）和東邊側面有溝槽，但有角狀突起物，如同橫向的富士山形。關於石之寶殿，天理大學的西谷眞治副教授當時做出一份實際測量報告。（《天理大學報．人文學會誌》第五九輯「石之寶殿」）容我在此摘錄部分內容：

『石之寶殿的座向與方位不一致。基於方便，岩石正面，即面向神社的那側爲東。岩石正面最寬處六．四五公尺，深五．四公尺，北面最寬處五．七公尺，呈長方體。背面設角狀突起，深度全長約七公尺。正面完全平坦。兩邊側面設寬約一．六公尺的淺溝，達上部。現今岩石上方積滿泥土，長出喬木，無法得知全貌，可能和側面一樣，上方設有溝槽。岩石底部四面刨掘，爲形狀不一的深邃溝槽，裝滿水，岩石看起來宛如浮在池中，當地人習慣稱爲『浮石』。岩石兩側和背面保存完善，看得出精緻的加工技術。但正面保存狀況不佳。多處剝落，特別是兩側邊緣更嚴重。推測是當初舊社殿失火時，高溫造成石面脆弱。』

西谷氏對石之寶殿的測量極詳細，要掌握大致情形，以上概略便夠。石之寶殿的所在處，是由石英粗面岩的岩山構成的獨立丘陵，至今到處設置採石場，不斷切割出石牆或建築石材。石之寶殿便取自這座岩山的岩石，石造物周圍仍保持原貌，北、南、西三邊可看出削掘痕跡的丘陵山崖。人稱石之寶殿的石造物，在何種目的下建造，至今不明。關於背面的角狀突起物，若抬起石造物，讓突起物朝上，它的形狀像屋頂，一說指稱它是大型的家形石棺。但有以下幾個疑點：

我國的古墳時代，並無此種石棺，也沒封土的墳墓。若要當家形石棺，勢必得將橫倒的整座石造物抬起，不過要搬移總重量四九六．五八九公噸（依西谷氏的計算）的巨物，讓突起物朝上，需龐大的人力；一說指稱，與其如此大費周章，何不一開始就在抬起的狀態下，於上方打造人字形屋頂的突起物；另一種說法，指稱這裡是造石的工房，石之寶殿要運往他處，但沒能執行，遺留在現今的位置上。不贊成這項觀點的人說這裡位於山腹，前面是陡坡，無法搬移巨石，因此是爲擺在現今位置才打造。

不管眞相爲何，筆者想到的，是奈良縣橿原市南妙法寺町丘陵上的益田岩船。儘管形狀截然不同，但打造工法卻很雷同。特別是益田岩船上方的溝槽（裡頭兩個方形孔洞），寬約一．六公尺，和石之寶殿側面溝槽完全一致。而且兩者溝槽都往兩端延伸。因此，有人提出不同說法，認爲現在長滿小松這類喬木的石之寶殿上方和益田岩船一樣，有兩個方形孔洞。（西谷氏先前的論文）如此一來，打造益田岩船與石之寶殿的工匠，隸屬同一集團。就算不是同工匠，建造平面圖和工法都可說屬於相同的模式。

因此，相對於東邊的「益田岩船」，西邊的「石之寶殿」雖然間隔遙遠，但筆者認爲兩者是同一性質的石造物。而且建造年代大致相同。此外，播磨這地區從七世紀起便與飛鳥朝廷有密切關係。連聖德太子的傳說也與石之寶殿的建造有關，能佐證此項觀點。」

在京都車站停留的這兩分鐘，車內一陣喧鬧。高須通子身旁坐著像要前往大阪西邊的中年男子。應該是公司課長。

他斜眼朝通子手中的期刊瞄一眼後，取出雜誌，看起情色小說，上頭許多男女赤身裸體交纏的插圖。

「筆者觀看西谷氏的石之寶殿側面實際測量圖後，發現以下幾件事：

以一六一公分寬的溝槽中央爲中心線，中心線到背面（西）切角的外緣，亦即後部長方形的外緣（A．B），與前部的外緣（C．D）很不均衡。溝槽中央線是石造物的中心，因此，試著將前部寬度對照後部，「復原」並畫出虛線（E・F），平面圖也造座。若以現今石造物來看，前部寬只有一〇六公分，和後部的二〇八公分相比，短上一〇二公分。因此，就算從側面來看，岩石還是重心偏後，顯得前部偏輕，平衡感極不穩定。不過，若如虛線所繪，前後便有同樣寬度，左右對稱，形成平衡的形狀。

爲了找尋不平均的原因，筆者仔細詳讀西谷氏的報告，石之寶殿的兩側與背面像被磨平似地經過一番加工，唯獨正面很粗糙，多處凹凸不平。如前所述，西谷氏提到這恐怕是社殿經歷三次火災，在高熱燒烤下，造成石面剝落。

筆者思考右邊的虛線時，認爲正面在過去就因爲某些原因而被刨去約一〇二公分寬。若說兩邊側面和背面經過漂亮加工，正面粗糙，從加工情形來看，實在無法認同。筆者想到它因爲刨去一〇二公分的寬度，使得後部左右對稱失衡，如此才能說明爲何正面粗糙又有許多凹凸不平。

被刨除的痕跡，經過一千三百年的風化，難以辨識。也可能如同西谷氏，歷經三次社殿失火，石面受烈焰燒烤而剝離。倘若此石造物仿照某建築物而建，建造方式便具波斯等古西亞的特徵。關於石之寶殿，筆者想到伊朗帕薩爾加德與羅斯塔姆皇陵的方形建築。先前已述及，它們都是波斯阿契美尼王朝時期的拜火神殿，雖然有人認爲它是墳墓，但前者已成定論。

帕薩爾加德比較古老，居魯士王墳墓附近留下一座拜火壇，它以半毀的狀態遺留至今。

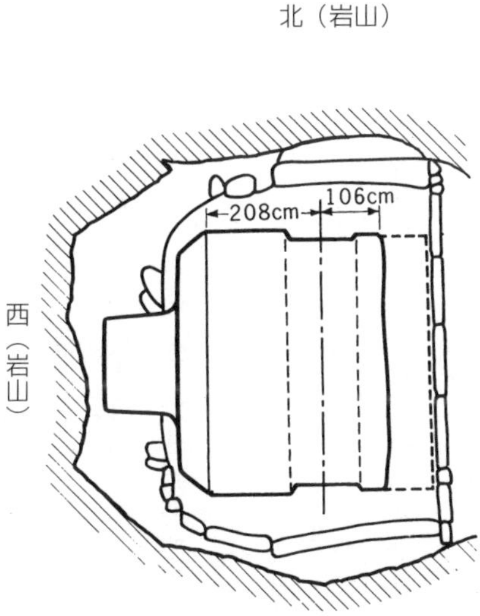

平面圖

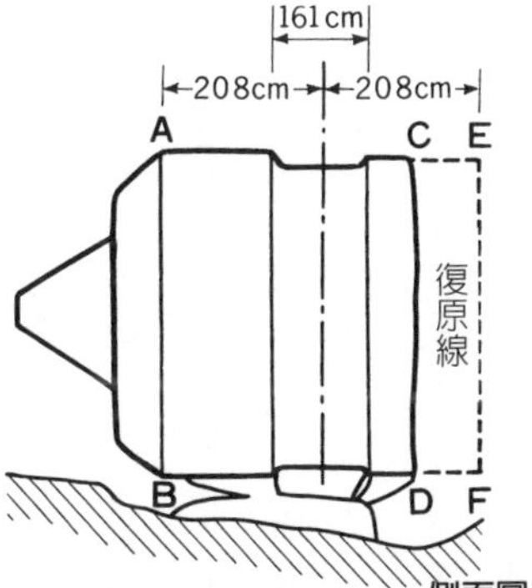

側面圖

出自西谷真治氏「石之寶殿」
（天理大學報）

如前所述，羅斯塔姆皇陵的方形建築保存良好，同樣離兩座拜火壇不遠。根據柯斯特的實際測量，帕薩爾加德的方形建築各邊寬二．六公尺，高一．八七公尺。而羅斯塔姆皇陵的方形建築則各邊寬七．二九公尺，露出地面的高度爲十一．〇五公尺。後者是正方形平面，但四個角落寬一．〇六公尺，呈上下直貫的方柱狀，壁面突出約〇．二公尺。柯斯特的平面圖如附件（參照二五九頁）。

以上內容是根據和田新的《伊朗．藝術遺跡》。

根據西谷氏的實際測量，石之寶殿的正面寬度最大是六四五公分，側面是五四六公分。若將前述推測爲正面遺缺部分的一〇二公分長度也補上，復原後的側面全長是六四八公分，橫寬六四五公分，幾乎是均勻的正方形平面。

石之寶殿兩邊側面中央有寬一六一公分，上下相通的溝槽，用意不明。倘若眞如假設所言，溝槽橫越上方（現在長滿喬木的地方），就像益田岩船一樣，有兩個方形孔洞，雙邊側面溝槽功用似乎沒有必要，但筆者聯想到羅斯塔姆皇陵方形建築（拜火神殿）四邊壁面的凹孔。石之寶殿的所在處，明顯是切石場工房，因此是在移往他處之用的前提下打造。這也是藏在周圍溝槽的臺石，打造成能夠隨時能與上方切割的形狀之故。若要運往山下，只要將陡坡的土墊高，從東側斜坡搬運即可，這和古墳的巨石搬運法相同，出奇簡單。

換句話說，播磨的石之寶殿是未完成品。大和的益田岩船同樣是未完成品。兩者並非偶然沒能完成，而是相同的原因而半途而廢。筆者推測石之寶殿完成時，理應會從播磨的工房運往飛鳥地區，與益田岩船湊成一對。雖是長距離搬運巨石，但過去同樣有從他地搬運巨大天井石和石棺的先例，技術應該沒那麼困難。

根據最近考古學者的報告，石之寶殿所在地的播磨龍山系花崗岩，一度被當成石棺石材運往畿內。根據報告，出現長方形石棺的這段時期，播磨龍山石廣爲開發，並以畿內爲中心出現在首長級的墳墓中，這可視爲人稱龍山石的花崗岩本身開發過程和畿內勢力有很深的關係。（間壁忠彥、間壁葭子《倉敷考古館研究集報》，第九期）

有人也許提出質疑，認爲石棺與石之寶殿的搬運方法無法相提並論。但是，如果播磨地區是運送花崗岩往大和地區的切石場，石之寶殿就可能是爲了放在益田岩船附近才特地打造，當時運送技術相當發達。

石之寶殿如關野貞博士等人所言，是從臺座切下的狀態安置，背面突起物其實面朝上方，它也許是屋頂裝飾。如同兩座波斯拜火壇形成益田岩船，波斯拜火神殿的方形建築源流，可能在東方面對地方化（日本化）。筆者推測，益田岩船和石之寶殿的設計者可能是七世紀住在飛鳥地區的波斯系胡人。」

通子從文字上轉開目光，山崎一帶的丘陵從窗外飛逝，雲色帶著寒意。

「伊朗商人，即西域商人，七世紀初就來到大和，筆者一直提到這個可能性。據《日本書紀》記載，推古十五年（六〇七年）秋七月，「大禮小野臣妹子遣於大唐。以鞍作福利爲通事。」（「大唐」爲「隋」之誤植）。小野妹子隔年四月由隋返國，當時隋的使者裴世清與下客十二人隨妹子入京。下客意指地位低的隨從，但也有技術人員。該年九月，妹子再度派遣赴隋，當時有留學僧高向漢人玄理、南淵漢人請安等漢人系的移民共八人隨行。時煬帝時代。十七年秋，妹子等人歸國，據說當時許多人留在長安，許多中國人從隋前往大和。《隋書倭國傳》中也提到，在煬帝父親文帝時期，倭王曾遣使參見（開皇二十年，即是推古八年）。

煬帝於長安造西苑。周圍兩百里，苑内有海（池），周十餘里。連同島嶼一同建造臺觀殿閣，以長廊和橋相連。海北有龍鱗渠，曲折流來注入海內。這些歸國的留學僧不可能沒提到隋帝宮的情形，蘇我馬子在宅邸裡造大池、築假島，可能是受煬帝西苑的事所影響。

石田茂作博士在甘檮丘東邊的飛鳥川畔發掘「溝」，其遺跡採蜿蜒曲折的設計，也許是模仿龍鱗渠。一說指稱這是仿照唐朝的曲水宴，不過，時間點也許要再往前推一個時代。前面提過，齊明帝的「狂心渠」不是事實，是撰寫者對她的嘲諷，其中靈感或許來自煬帝造運河一事。

煬帝在突厥的啓民可汗前來謁見時，於西苑的積翠池旁，命人表演散樂（奇術）及名爲戴竿戲的表演，該表演由兩人在竿上跳舞。表演者來自中亞，樣貌、表演形式可從日本正倉院收藏的一張唐代御物彈弓漆畫（散樂圖）得知。大業六年（六一〇年）正月，煬帝命人在端門街表演百戲（雜技、散樂）供齊聚洛陽的諸蕃酋長欣賞。接著從洛陽東市召來張掖（甘肅省）的胡商，開設交易市集。胡商當然是中亞的波斯系商人。散樂或戴竿戲這類表演和技藝，與奇術一樣都是中亞波斯人的特技，他們又稱「眩人」。

接下來，筆者要論述飛鳥地區的石造物——二面石、道祖神像、猿石、須彌山石、龜石、酒船石等的使用目的。筆者前次推測，這些是齊明天皇嘗試建造、最後半途而廢的「兩槻宮」附屬物，這項推論至今不變。兩槻宮的「天宮」如果是祆教或中亞拜火教的拜火壇、拜火神殿，附屬石造物應該也是宗教所屬物，但是否如此，筆者將逐一探究。

首先是東京博物館的道祖神，它和二面石、猿石都出自百濟移民工匠之手的遊戲作，理由是石像雕刻目的不明、面相奇特，無其他類似例子，非佛像，雕刻技術也十分拙劣，只在飛鳥地區出土。它的確面相奇特，一說指稱，這是仿照當時百濟移民的容貌和身形打造。

但工匠只是一時心血來潮，基於遊戲而造出這種石像嗎？這事令人存疑。

這地方產有許多軟質的凝灰岩，工匠卻不用，刻意挑選堅硬不易雕刻的花崗岩，想必是考量到長期保存；而且石像體積巨大，如果只是遊戲之作，大可做小一些，也可用便於雕刻的凝灰岩湊和。換句話說，這與法隆寺金堂閣樓裡的水墨戲畫截然不同，筆者認爲工匠遊戲之作的說法無法成立。

筆者推測道祖神乃「胡人」像。此名男子雕像戴的「袋狀之冠」，應是胡帽。「滑稽的面相」也與中國出土的陪葬品胡人像幾分雷同。不論是道祖神還是二面石，特徵皆是大眼。波斯人的大眼，與伊朗的古代人物像共通，尤其是誇張渾圓的雙眼。道祖神和二面石的額頭旁有數道皺紋，莫名蒼老，而中國的胡人像額頭也有皺紋。大眼，加額頭皺紋，這種石像神似猿猴，易受人誤解，因此稱「猿石」，只要看過高取城遺址前的石像便能理解其中奧妙。（猿石照片，參照上集四十頁）至於道祖神，男子像單手持物，但物品半毀，無從分辨，然復原後呈現碗形，一說是酒杯，但最好當玻璃杯看。目前在伊朗已經看不到道祖神和二面石這種雙體合抱的人像雕刻，中亞也沒出現這樣的案例。

左右對稱的圖案是波斯裝飾設計的特色。例如波斯波利斯的柱頭裝飾，馬身兩端各裝馬頭，面朝不同方向。乍看一個身體兩顆頭十分怪，但設置在祭壇柱頭上，一看就明白在描繪兩匹馬背貼背的場景。

西元前九世紀，貝特羅尼亞出土一件名爲「烏拉爾圖青銅鍋附屬裝飾」的青銅器雕刻文物，因爲時間過於久遠，無法清楚找出和後世的連結，但可看作是古代伊朗的藝術特徵，這是兩名戰士臉部背對的雕像。在小型的青銅製雕刻中，常描繪山羊或狗這類動物的身軀出現兩顆面朝不同方向的頭。高昌國出土的〈伏羲、女媧圖〉也是蛇身配雙頭，呈左右對稱排列，可說是波斯式構圖。這種波斯式構圖，或許就深根在打造道祖神和二面石的工匠腦中。

關於前述男子像單手持杯一事，在蘇聯烏茲別克共和國的帕拉路克·泰佩遺址中發現的壁畫人物群像，也可供作參考。這地區位於古代東西十字路上的粟特。誕生在五世紀到七世紀的這塊壁畫上，男女各自持酒身在饗宴。不過，他們手中的杯子不像「玉碗」，是玻璃製的高腳杯，與正倉院珍藏的碧琉璃杯很像，如果是銀製，則酷似大唐傳來的花鳥獸文杯。

接下來談到猿石的面相。

猿石在吉備姬的墓地發現三尊，高取城遺址有一尊，合計共四尊。當時製作的量肯定不少，它和須彌山石、道祖神、二面石是同時期打造，但後來遭到破壞、移往他處，或被銷毀。關於猿石，無論是諸位前輩的論文還是研究者的觀察，都沒有相關報告，研判可能是被視爲工匠的遊戲之作，因而沒將之視爲研究對象。筆者看猿石的面相，聯想到模仿胡人面貌的伎樂面。高取城遺址的猿石面相，與正倉院珍藏的「崑崙面」七九號、九八號十分相似。兩者特徵相通，包括額頭上的皺紋、渾圓的大眼，耳鼻也很雷同，嘴角看起來帶笑。

吉備姬墓地內的一尊猿石，戴著像胡帽的裝飾，這和正倉院的「醉胡從面」一二二號很相似。眉頭上挑的表情與微笑皆如出一轍。道祖神石像的男子像，面相也和正倉院「太孤父面」的臉很像，女子像的額頭皺紋也帶共通性。

橘寺的二面石，一個面相表現「善心」，另一個面相表現「惡心」，這種通說也與伎樂面的微笑相、忿怒相等表情多樣性頗類似。在談論日本的伎樂面是從中國傳來的研究中提到，欽明天皇時，吳國主照淵的孫子智聰隨同倭國使者，帶內外典、藥書、明堂圖等一百六十四卷，及佛像一尊、伎樂樂器一具，入朝晉見。推古二十年，在吳國學伎樂的百濟人味摩之歸化，並於櫻井教授伎樂。在聖德太子傳曆中，橘寺、四天王寺、太秦寺、川原寺等地設有樂户（伎樂的藝人團體）。奈良時代後，伎樂盛極一時，毋需贅述。伎樂又稱吳樂，相傳興起華南吳國，一說指稱來自希臘。若眞是如此，應是經中亞傳入中國。

道祖神和猿石都是雙手或單手彎曲，往前探出，手指微張；道祖神的女子像，右手抵向男子像的手臂；一尊猿石則是雙手抵向腹部，另一尊則抵向胸口。高取城遺址的猿石也雙手探前，右手抵向頭部下方；二面石的狀況未明，但從缺損的痕跡可推測原先也是手微彎的姿勢。

此種姿勢和西亞古代的人物雕像相似，波斯和美索不達米亞的人像雕刻也彎曲手肘，雙手手指在前方交纏，或單手抵胸。這種姿勢同樣可見於南俄羅斯七河州地區的「石人」（五世紀）。現今放在吉備姬墓柵欄內的三尊猿石，下腹部埋在土裡，不過原本都露出陰部，而波斯的青銅人物雕像大多也會露出陰部。夫魯賓出土的「戰士像」、洛雷斯坦出土的「拜禮者」、「圓盤之瓶」也是如此，這些特色都可藉由照片得知。

須彌山石與道祖神內設有噴水設備，相當奇特，中國和朝鮮的相關文物都不曾出現這樣的構造。中國和朝鮮會在庭園池畔放置石造物，但不曾見過以石造物當噴水設施。噴水池極具伊朗色彩，在四周被沙漠包圍的綠洲，人們對水充滿感謝和喜悅，噴水池是水的饗宴之一。現今的伊朗沒留下有噴水設施的古代石造物。伊斯法罕的王宮庭園有座摟著獅子頭的石造女神像，獅子口中會噴水，此乃唯一例子，但很遺憾這是十七世紀的產物。不過，這個石造物並非原本就在王宮內，而從他處搬移。照這樣來看，具噴水功能的石造物原形可能出現在伊朗古代，儘管目前沒有可以佐證的古物流傳，但不可忽略這種可能性。

噴水池的歷史可追溯到古代希臘羅馬時代。雖然是臆測，但或許是亞歷山大大帝征服波斯（阿契美尼王朝），對這個國家進行殖民時，將波斯的噴水池傳入自己的領土，並在歐洲普及。

此外，並非只有須彌山石和道祖神有噴水設施，應當還有其他類似的石造物，由於這些石造物和齊明天皇的「天宮」一同遭到廢除，因此日本的噴水設施技術就此被人們遺忘，波斯人的水藝術也隨日本的拜火教一起滅絕。」

刊登這篇論文的《史脈》發行至今已過一個月。雖已寄給相關人士，但還沒得到任何回響。

通子從新大阪車站搭地鐵。在新幹線列車上發現許多熟面孔，但都是無緣相識的外人。在列車內，閱讀情色雜誌的那名中年男子擺在扶手上的手肘常不經意抵上通子的手臂，不過他後來也從月台上消失蹤影。

每個人皆是短暫的過客。

這本雜誌的論文從每人眼中晃眼即過。通子寄送的對象都是認識的學者和研究家，大多是在學校或學術期刊上看見的人名，而郵件上的收件者名稱是通子親筆所寫。

「謝謝您的雜誌。您執筆的論文，日後會仔細拜讀。」

這些「人們」當中，只寄來三封這樣的明信片。不過，這也稱不上是回響，只是單純打聲招呼，不會再有下文。

至於久保教授，通子帶了三本放在他辦公室的書桌上，她還特地選擇教授不在的時候帶來。她明白教授很不喜歡她在這種業餘雜誌上發表文章，這也不是教授欣賞的論文。就連雜誌也是一家小出版社在自知沒賺頭的情況下同意發行。

不過，儘管教授不喜歡，但若不告知一聲，這就如同無視老師的存在，這是禮儀之舉。此時的教授還在其他大學兼課，事務繁忙。通子打算下次見面時，仔細向他問候一聲，就算知道教授不會給她好臉色看。

後來，通子在走廊上偶然和板垣副教授相遇時，恭敬地將一本雜誌交到他手上。「哦，這樣啊。」副教授隔著眼鏡，神經質地看了一眼封面，接著馬上將雜誌捲成圓筒塞進長褲口袋，快步離去。

至於村田講師，通子直接寄到他家中，因爲平時鮮少與他交談。雖然在「大房間」裡見過面，但村田當時刻意別過臉去，板起臉孔。

論文在同伴間風評不錯，但畢竟是自己人，通子想聽聽外面的人眞實的聲音，想知道會有什麼樣的風評。《史脈》這本雜誌，在無緣的外人之間飄流，就此消失。但在這當中，有一個令通子期待的對象。比起其他數十人，她更想早點聽到這人的意見。通子第一個在信封上寫下的收件者姓名，也是此人。

然而，新的一年到來，一個月過去，還是遲遲沒有回音。通子再也按捺不住，提筆寫信。但信連同一張郵局附的便條紙退回來，上頭寫著「遷移地址不明」。通子收到退信後，搭車到大阪。

她在天王寺站走出地下鐵，在阪和線月台等電車，同時翻開雜誌。

「要將伎樂的源流和希臘的悲喜劇相互連結，尚缺論證。西一說向南海尋求起源，指稱它是傳向日本的林邑樂，但這比希臘源流說更模糊不明。西藏源流說也一樣。筆者對面具或技樂面毫無所悉，無法深入細究，不過可能是中亞波斯系胡人將伎樂傳入中國。如果同意我這項臆測，那麼，古代波斯戲劇會不會是因亞歷山大東征而帶回希臘羅馬，成爲希臘的古代面具，而波斯的伎樂也傳向印度的雅利安人，影響遠及林邑（占城，即現今的南越地區。隋代當作中國領土時的名稱）呢？

現今在伊朗和中亞沒有讓人聯想到伎樂源流的文物，不過唐代盛極一時的伎樂，在中國也沒留下任何面具。筆者想，仿照胡人面相的唐代伎樂面，正倉院裡保存一百一十多張，祖神、二面石、猿石等人像或許仿照更早到飛鳥朝的中亞伊朗系胡人的面相打造。

欽明帝時代，據說中國移民帶來伎樂，但這項傳聞來自《新撰姓氏錄》，時間古早，無從考察眞實性，不過筆者認爲，吳人（不確定是否爲吳國人）帶來藥書一事，在思考石人像爲何遺留在飛鳥地區時，可作爲提示。關於《漢書》西域傳裡的「烏孫國」，唐朝的顏師古註解「烏孫於西域諸戎其形最異。今之胡人青眼、赤須（鬚），狀類彌猴者，本其種也。」。「彌猴」即獮猴，指猿猴。烏孫爲漢代時天山山脈之北的胡人國度，唐代時，長安有青眼赤鬚，貌似猿猴的胡人。

倘若飛鳥的猿石仿照胡人相貌而造，這也能當參考。」

電車進站速度不快，到和泉府中約莫四十分鐘，在這樣的慢車上看書正合適。通子雖就座，但無法馬上靜下心。接下來她將前往信封上印著「遷移地址不明」、海津信六原本所住的一條院農家。

海津為什麼搬離那裡？

通子從伊朗返國後寄出第一封信，構思論文時也三度寄出信，海津都有一一回信，也都逐一仔細回答通子的問題。如今原因不明，毫無聲息地從那間屋子消失。

海津信六到底去了哪裡？

「酒船石在明日香村中名為岡的地方，東南邊是岡寺，西南邊是橘寺、川原寺，西北邊是遠眺飛鳥寺的高地。酒船石似乎從一開始就位於此處，底下是叫做夯土的建材，石頭前端基石也一樣，而且學界找不到從別處搬運這塊沉重岩石到這座山丘的理由。這些花崗岩應該和其他石棺材質一樣，都來自石之寶殿的播磨龍山。

酒船石東西向的長軸微微往西傾斜，不過傾斜程度尚未經正式測量，只能觀察巨石的平面圖。這次，筆者請專家實際測量，過程稱不上精密，或許有誤差，但差異不會太大。根據測量結果，巨石表面的傾斜度往西偏約五・五度，滴在上頭的液體會極其緩慢地流動。不過，如以巨石中央橢圓形凹處為中心，東邊半圓形凹處的溝槽（長六十三公分），及西邊長方形凹處（有一半已缺損）的溝槽（長約一四〇公分）傾斜度不同，前者約三・六度，後者約四・三度。這表示當液體流經溝槽時，半圓形凹處到橢圓形凹處的流速慢，但從橢圓流到西邊長方形溝槽的流速較快。

此外，現今留在巨石南北位置的四個圓形凹處傾斜度尚未測量，倒入液體時，不知會從中央線的半圓形凹處、橢圓形凹處流往兩側的圓形凹處，還是反向逆流。

根據這次的實際測量，筆者得知一個現象，如同圖中的傾斜度（參見三五二頁），東邊半圓形凹處內的液體會緩緩流經各溝槽的通道，進入圓形及橢圓形凹處，而橢圓形凹處雖然承接液體，但也會透過溝槽流向與自己相連的北側圓形凹處及西邊的長方形凹處。除此之外，連接各凹處的短小通道，雖然也些許傾斜度，但傾斜度各自不同，換言之，各個通道的坡度相異。筆者確知，流入西邊圓形凹處（缺損）的液體，會由南邊較矮岩石上（上下落差，西邊約二〇．五公分）的胡瓜形凹處承接。

以往人們推測是以石管（如同京都宅邸）連接西端的溝槽前端，讓液體順著石管排往他處。不過，如果筆者的測量無誤，酒船石表面的液體會順著中央通道的溝槽流入前端圓形凹處，積存在底下的胡瓜形凹處。從前端的圓形凹陷處可看出水流往胡瓜形凹處的侵蝕痕跡。

此外，胡瓜形凹處積存液體的位置深約十七公分，東邊深度只有一半，約八公分。液體會從此處上方流入並積存，當水量增加，便會往淺處擴散。不過，胡瓜形凹處的位置在落水口正面偏南處，這裡可能是用來累積滿出的液體，換句話說，落水口可能另有用來承接液體的設施，或擺放像壺之類的器皿。

筆者還發現，酒船石並非在他處打造再運來此處，而是原來就安置在這裡，然後才雕刻孔洞和溝槽。這件事的靈感來自插進巨石西側底部的基石。

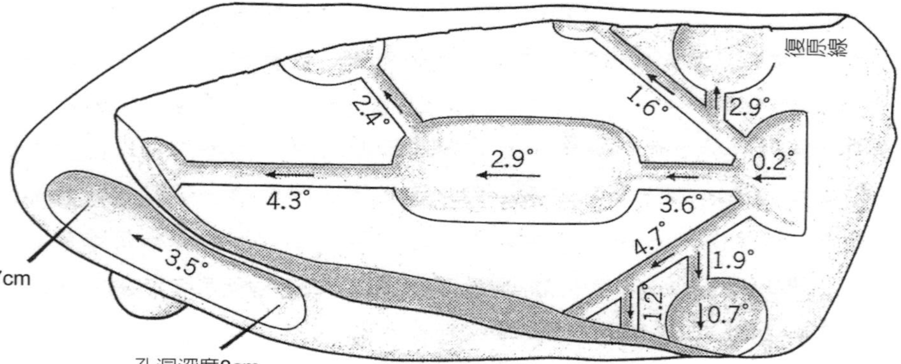

酒船石溝槽的傾斜度

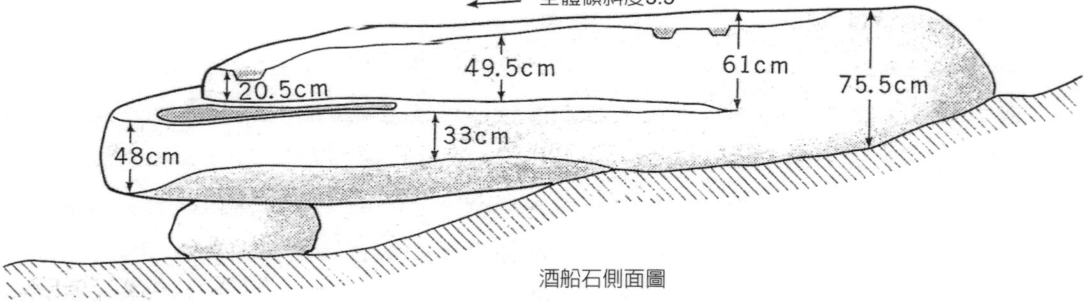

酒船石側面圖

這塊基石直徑約七十九公分，長約一五〇公分，是略顯渾圓的花崗岩，但誕生時代和材質與酒船石相同。基石位置固定，酒船石傾斜五．五度，各溝槽的傾斜度分別是三．六度、四．三度、一．六度、一．九度、二．四度。若是先在他處雕刻好巨石表面的凹處與溝槽再運來此地，插入基石，各部位要呈現出如此微妙的傾斜度實在相當困難，因此應該是工匠在裝設基石的現今位置著手雕刻。

根據上述情形，過去認爲酒船石以石管連接的說法，筆者實在難以苟同。而從酒船石凹處順著溝槽（通道）流下的液體，由其他設施或器承接，滿出的部分則落入底下的胡瓜形凹處積存。

以往胡瓜形凹處幾乎不受人重視，甚至沒畫進平面圖。筆者推測，可能是胡瓜形凹處不像其他凹處一樣設溝槽，因此不被視爲酒船石的功能而遭忽略。二來也是始終沒出現精密的酒船石剖面圖和側面圖。那麼，酒船石的用途究竟爲何？釀酒用、製造燈油用、製造辰砂用等，以往的學說各有理由，頗具道理，而筆者的推測是製藥。

根據古代中國的製藥、調藥法，調配某種藥材時，會以臼搗成粉末，再混以不同分量，如果是藥丸則會摻進白蜜（蜂蜜）。話說回來，日本相傳月亮上住著一隻會搗餅的月兔，中國則說牠在搗藥；李百的詩句中寫「白兔搗藥秋復春」；中宮寺的天壽國繡帳上也繪有兔子、藥草、藥壺。

江戶時代的中醫熟讀後漢的醫書《傷寒論》，記載以下的製藥法：

○**烏梅丸**。

烏梅（三百個）、細辛（八克）、乾薑（十三克）、黃蓮（二十一克）、當歸（五克）、附子（八克烘焙後去皮）、蜀椒（五克）、桂枝（八克）、人參（八克）、黃（八克）。

上述的十味藥材中，除了烏梅，其他九味分別搗碎過篩，充分混合。烏梅以醋浸泡一夜後去核，和米一同炊煮，煮好飯後取出搗成泥狀，混合其他藥材，放入臼中和蜜一同搗上兩千次，揉成像梧桐（青桐）子一般大小的藥丸。一天三次，於飯前服用十粒，逐漸增量至二十粒。

○**牡蠣澤瀉散**。

牡蠣、澤瀉、蜀漆、葶藶子、商陸根、海藻、括樓根。

上述七味藥材分別搗碎過篩，製成粉末，再放入臼中混合，混入米湯中，一次一匙，一天服用三次。

○**大陷胸丸**

大黃、葶藶子、芒消、杏仁。（分量省略）

右四味，搗前二味過篩，放入杏仁、芒硝，研磨如脂，和上粉末，取如彈丸一枚。另搗甘遂末一錢七，白蜜二合，水二升，煮取一升，溫燉服之。

——以臼搗藥的描述也出現在《家居必用》中，宋代也一樣，例如對中風有療效的烏犀丹這帖藥，由五十八種藥物調配而成，首先將藥材搗成粉末，加進蜂蜜，再摻入酥搗碎，製成藥丸，配薄荷湯或茶服用。「酥」是牛奶或羊奶提煉成的乳酪。按照這些處方搗藥，必然需要許多石臼。筆者猜想，酒船石的數個圓形凹處或許就是搗藥用的石臼。」

通子的論文終於來到最後。

仁德陵森林出現在電車車窗上。

「酒船石的特徵是有許多凹處及枝狀溝槽。

兩側的小圓形凹處（並非正圓，南側圓的東西直徑四十三公分，南北四十公分，北側圓的東西四十八公分，南北三十五公分）深十公分至十一公分，長軸線上的東邊半圓形凹處與中央大橢圓形凹處，只有五公分和六公分長。從平面圖來看，正中央的兩個大型凹洞較深，但事實上，兩個凹洞的深度只有圓形凹處的一半。

倒入淺淺半圓形凹處的液體，流往三個方向，其中兩股通往兩側的圓形凹處，一股通往中央的橢圓凹處，而在中央凹處的液體會順著溝槽的設計流向通道，從西邊滴落。

雖然酒船石表面兩側毀損，不過，考量到半圓形凹處向左右散開的溝槽、南側殘留的部分溝槽，以及應當存在的北側溝槽，整座巨石復原後應該會有六個圓形凹處。換言之，有六個石臼。

從《傷寒論》和《家居必用》等書可明白，藥草分別放入不同的石臼，因其性質搗碎，有的甚至得搗上兩千次。畢竟將藥材搗成粉末或黏稠狀需相當精力。在過程中，會加上各種藥材。雖然書籍上寫五味或七味原料，但中醫處方看來會更多。

然而，解釋起來眞正困難的，是看起來像枝錢鑄模的溝槽，這道溝槽明顯用來流通液體，並讓藥從東邊的半圓形凹處流出。

若將藥材搗成粉末，就成散藥。搗成黏稠狀，則是爲了製作藥丸，大小與青桐子相當。要製作藥丸，須在黏稠物中加入白蜜。但後漢的製藥法，液體似乎非必要，而從酒船石的溝槽來推斷，應該是很大量的液體，這液體到底是什麼？

就筆者的觀察，在各個石臼搗碎的藥草會與某種特殊液體混合，流經通道，通往巨石西側並繼續往下流——但這並非朝鮮醫學（中醫）的製藥，是截然不同的外國製藥體系。

七世紀時，化名李玹的波斯人歸化隋，他是一名道士，也是通曉鍊金術和含砒劑處方的本草學者，在他的著作《海草本草》中，提到波斯的藥物。

八世紀一本名爲《胡本草》的醫書，清楚記錄波斯醫學的藥物。但很遺憾，《胡本草》及更早問世的《海草本草》都沒完整流傳（李約瑟，《中國的科學與文明》）。倘若今日能夠拜讀這兩本記載胡人藥物處方的醫書，或許可以得到更多線索，明白酒船石的六個石臼及像樹枝的溝槽究竟有何用途。

拜火教的祭司在波斯語中稱作Maggi，在中國祆教的音譯中是穆護或牧護，他們具天文、曆法、醫法的知識，並在中國施展鍊金術，表演眩術，看在中國人眼中，他們都會魔術。他們將波斯的醫學、藥學帶入中國一事毋庸置疑。歸化中國的波斯醫生華陀，甚至使用像印度大麻的麻醉劑動手術。

七世紀的日本政治中心在飛鳥地區，牧護可能隨波斯商人來到此處，也可能身兼商人和牧護，帶來經本土化的波斯製藥法。

酒船石上交錯組合的圓形凹處石臼，是用來搗、揉調配好的藥草，微微帶斜度的各個溝槽，具備讓人在製造過程中用來混入特殊液體（例如酥）的功能。經中央橢圓形凹處流向巨石西邊的液體，會由特殊器皿採集，滿出的液體則由底下的胡瓜形凹處承接，不使其遺漏，此乃筆者的推測。

凹處大小、深淺差異，及各通道的斜度，都是製藥工程的考量，傾斜度〇・二度到四・七度的和緩斜度，在製藥過程中扮演「流通作業」的功能。當然，從酒船石取得的藥物相當大量（例如一個圓形凹處大約可容納約十三公升到十五公升的液體。長軸線上的半圓形凹處約可容納十四公升，橢圓形凹處則是約二十七・五公升）。牧護藥劑師應該是爲避免繁瑣的工作，不想爲單一個人服務，受益的團體應是飛鳥周邊的宮廷人士或貴族集團。

此種波斯藥物，即胡本草，在一般平民眼中應該很怪，畢竟由宮廷人士和貴族專所用，隔絕在這項特權外的人們應該會感到排斥。

如果這項推測正確，可以想見胡本草中含有印度大麻一類的植物。

呼瑪是拜火教Magi舉行儀式時不可或缺之物。中國祆教的牧護擁有眩術，背後其實是因爲呼瑪酒中的麻藥成分，讓人產生幻覺，當事者會看見奇蹟，或沉溺在桃花源一般的快樂中。因此，很難聯想到這個字的語源來自Assassin（暗殺）。

總之，到日本的波斯商人或牧護應會將阿胡拉．馬茲達也大力贊揚的呼瑪加入胡本草的處方。呼瑪的材料，可能就在他們帶來的物品中，他們在調配時也發現，日本的卷草（加入酒中的藥草）雖不及本國的呼瑪強，但功效足夠，而在《實革酒譜》中，「天竺國謂酒爲酥」，酥是中亞或印度的酒。

筆者猜測，最愛用胡本草的人或許就屬女帝齊明天皇。

〈齊明紀〉中關於天皇的玄奇記載，和呼瑪脫不了關係。女帝在Magi的影響下，將皇宮移往耳成山南麓（後飛鳥岡本宮），還打算於南郊造一座拜火壇，即是兩槻宮，同時也是觀、天宮（益田岩船），並打算從播磨的龍山運來石造拜火神殿（石之寶殿）。

仿照胡人模樣雕刻的人像，即日後的道祖神、二面石、猿石，當成拜火壇和拜火神殿的裝飾物。下半部缺損的龜石，可能是要供獻給神域的怪獸雕刻，但尚未完成。

酒船石的功用是製藥，也是牧護們（推測是商人兼扮演牧護）用來製造呼瑪酒、貢獻給胡天神（阿胡拉．馬茲達）的器具。酒船石上的凹處與溝槽正好符合功用，位在遠離人煙的山丘上也不無道理。

然而，人民極爲排斥齊明帝及追隨者崇信的異教，而且大力批評，最後，作爲拜火壇、拜火神殿的兩槻宮工程只能半途而廢，此後，擁有兩個焚火孔的拜火壇——益田岩船，在山丘上風化；理應當作神殿運往大和的石之寶殿，最終連底部都沒切斷，留在播磨的切石場中，莫名其妙被後人當成神道教的神體；體積遠比巨石小的小型人像石造物則散往四方，如今剩下六座石像。

筆者推測，在波斯人八世紀住在奈良的記錄出現前，他們早在七世紀時就已經住在飛鳥地區。」

17 CHAPTER — 第十七章

埋沒

通子在一條院前的公車站下車。

設有武者窗，看起來像村長家的屋子，及轉過寺院邊角，位於右側第四、五間房，還有設有格子門的雙層樓房，都和通子去年六月來這裡時的情景一模一樣。不過，當時耀眼的強光，如今轉為冰冷昏暗的光線，蕭瑟冷清。

巷弄深處積雪頗深。

「濱井吉雄」的門牌如故，但掛在一旁的壽險代理店招牌不復見。去年拜訪時，就以招牌當搜尋目標，現在它被拆下，拆牌的痕跡尤為明顯，告知她海津信六搬遷的事實。

「哎呀。」略顯富態的婦人還記得通子。「請進來坐坐吧。」

當通子詢問對方是否知道海津搬往何處時，婦人浮現複雜的表情，沒回答問題，倒先請她入內。

上次從這戶人家的通道往裡走，前往隔著一座小庭園的別房，這次登上左手邊的客廳外廊，婦人拿出坐墊請她坐。婦人將客廳裡的陶瓷火盆拉至通子前，泡茶款待。

屋內飄散一股幽暗之氣。

婦人似乎認為不該站著和通子交談，因為她是從東京遠道而來的訪客，而且天寒地凍，彼此無法在戶外久站。不過，看通子的神情，像在宣告這將不會是簡短幾句便能結束的對談。

「海津先生今年一月十五日結束保險的工作，搬到廣島了。至於在哪兒落腳，他連寫封明信片來告知一聲都沒有。雖然收到您的來信，但在這種情況下，也不知道什麼時候才會知道海津先生的住處，我心想，如果這是需要馬上回信的急件，可絲毫耽誤不得，所以才請郵差把信退回給您。」

這樣便明白寫有「遷移地址不明」的那張便條紙的原因了。

「海津先生爲什麼突然搬往廣島？」

「坦白說，我們也不清楚。打從他向我們租屋起，這項保險工作一做就是二十幾年。明明有不錯的顧客，但他全轉讓給保險公司的人。他說自己一大把年紀了，負荷不了這種在外奔波的工作，請人在廣島的朋友替他找新工作。說到家具，因爲他是獨居，轉賣二手店後剩下一些東西，全寄放在貨運公司的倉庫。」

「海津先生的外甥女俱子小姐，應該知道海津先生的去處吧？」

通子提到俱子的名字時，婦人的表情變得扭曲，她抬眼注視通子。

「難道東京的報紙沒提到這件事嗎？」婦人突然壓低聲音。

「您這話是什麼意思？」

「去年十二月三十日左右，東京的新聞應該有提到俱子小姐的事。我一直以爲您也看過了。因爲俱子小姐是東京的女子大學生。」

「我從去年二十日起便回長野老家，都沒看東京的報紙……阿姨，俱子小姐登上新聞版面，到底出了什麼事？」

通子逼問般緊盯婦人黝黑的臉龐，對方還沒開口，她感到冷風流進背脊。

「您眞的不知道嗎？那您聽了一定會嚇一大跳……俱子小姐她從開往別府的船上投海身亡。」

婦人壓低音量。

「咦！」通子不禁發出一聲驚呼。昏暗的房內登時一片白茫。

「她的遺體二十九日飄向關門海峽的某處。海津先生從住在上月的稻富先生那裡得知消息時，發狂似地趕往現場。」

先前在一條院公車站遇見俱子，她開朗的笑靨滿滿重現於通子眼中。寬帽緣的綠色夏帽，連眉毛上的暗影也帶著綠影，而站在一旁的海津信六，強忍心中的歡喜，露出一副拿她沒轍的表情。耳畔同時傳來央求要去巴黎留學的俱子那興奮的聲音。

通子明知俱子自殺不會有誤，一時之間還是難以置信。這是爲什麼？發生什麼事？首先浮現腦海的，是感情問題。因爲她正値豆蔻年華。

「可惜了這樣一個好女孩。每次學校放假，她都會來找海津先生玩。兩人感情好得像父女一樣……眞搞不懂，那麼開朗的俱子小姐，爲什麼會自殺呢？看海津先生的神情，眞教人替他難過，偏偏這種事又不好開口。俱子小姐在事情發生一個星期前便離開大學宿舍，下落不明，當時海津先生趕往東京，整個人眼神都變了。也不知道俱子小姐是否有寫遺書給海津先生。」

「阿姨，您剛才提到，住上月的稻富先生將發現倶子小姐遺體的事告訴海津先生，請問這個人是誰？」

「稻富先生是倶子小姐的父親。聽說父母都住在兵庫縣的上月町。」

倶子的父母住在兵庫縣上月町，姓稻富，聽婦人這麼說，通子才想起這件事。她在前往伊朗前，糸原替她調查過此事。

當地警察聯絡大學附近的警局，通報發現倶子遺體的消息，大學馬上通知她住在上月町的父母，她父母再通報海津。通子這才明白這段經過。

「不過，有件事我不知道該不該告訴您……」婦人望著通子震撼的神情，語帶躊躇。

「那是兩人感情太好的關係吧？」

「不，就算感情再好，甥舅終究是甥舅，他們的關係到底是甥舅，還是父女，我們這種旁觀者一看便知。」

「雖說倶子小姐是海津先生妹妹的孩子，但我覺得他們不是甥舅的關係，是眞正的父女。」

「……」

「您看，倶子小姐一直把海津先生當舅舅。倶子小姐很仰慕他，海津先生也對她流露父愛。一位沒有孩子的舅舅，就算再怎麼努力，還是展現不出對親生孩子的父愛。我自己有四個孩子，懂這種人情世故。」

海津信六從年輕時就一直是單身。通子聽過此事。難道海津結過婚？

「俱子小姐自殺的事，海津先生可說是方寸大亂。從他的模樣來看，我更深信海津先生就是俱子小姐的父親。」婦人持續低聲說道。「……這麼一來，問題就在俱子小姐的母親是誰。我認爲她母親沒死，而是偷偷藏身某處。」

「咦？」

「這純粹是我個人的推測。海津先生時常外出，一個月當中五、六天在外過夜。因爲海津先生從事的是拉保險的工作，有時也可能是爲了拉保險，配合客戶的情況在外過夜。他好像會跑到很遠的地方拉保險，因爲他工作認眞。不過，如果說是假工作的名義找女人也不無可能。」

婦人眼中浮現先前沒見過的眼神。

「……海津先生常外出前往各地，教俳句也可能是藉口。」

「我聽說海津先生是俳句老師。他是不是有什麼俳句同好會之類的社團？」通子問。

「社團？那是什麼啊？」婦人的圓臉露出驚訝之色。

「俳句同好組成的聚會。眾人聚在一起，舉行俳句創作會，或是出版同好雜誌這類的聚會。一般來說，都會給社團取名字。」

「這我沒聽說過，也沒人會聚在海津先生的住處創作俳句。如果有，我家和海津先生的住處那麼近，馬上就知道。沒聽說過什麼社團名稱，更不知道他出版這種雜誌。」

「可是，常有海津先生的俳句弟子到他住處找他吧？」

通子想到在京都經營普茶料理店的大仙洞老闆村岡，就是在奈良醫院見過的矮個子中年男子。

「是有人來找他。不過都是各自前來。當中有位在京都經營大仙洞普茶料理的人，姓村岡，看起來算是裡頭比較正經的人……」婦人說到一半，突然一副想改變話題的神情，接著她改變主意，繼續剛才的話題。「看起來比較像正經人的，只有村岡先生。每次他一來，就會在海津先生的房間和他關起門來聊個沒完。不知道是不是在談俳句的事。其他還有像渡邊、吉田、杉村這幾個人，三教九流的人都會在海津先生的住處進出。海津先生說他們是保險公司的人。」

「不是他的俳句弟子嗎？」

「不是。如果是他的俳句弟子，那些不知道從事什麼工作的人都會用這種說詞來找他了，這怎麼行。不過，來的那些人，看了實在讓人懷疑，他們眞有創作俳句這種高尚嗜好嗎？」

「……」

「對了，去年六月左右，您到海津先生的住處找他時，聊到一半不是有人把海津先生叫出去嗎？」

通子記得此事。有人前來通報某個不幸消息，言談洩露出守靈的事。

「那人也是其中之一。姓山田，原本在河內某個地方務農。還有個人姓堀川，聽說是河內的農夫。山田那天跑來通報海津先生，說常到海津先生住處找他的人突然猝死。海津先生的住處常因保險或俳句而有不少看起來背景很複雜的人前來。」

租別房供海津信六住的婦人似乎對海津的生活環境頗疑惑，甚至包括財務狀況。據婦人說，海津有不少積蓄。

「海津先生好像在三家銀行都有存款。我不清楚詳細金額，不過，好像多達五千萬日圓以上。」

不知道是不是這名斜眼望著通子的婦人妄自揣測，信口胡謅。不過，中年婦人對租屋人的「財產」似乎向來都會發揮敏銳的直覺。

「拉保險可以賺那麼多錢嗎？」婦人的雙眼在黑暗中閃著精光。

「我也不太清楚。」

「應該是抽成吧。只要投保金額提高，保險業務員就會有一大筆手續費。聽說第一個月繳的保費，幾乎完全歸保險業務員所有。這是我聽別人說的。海津先生又是單身，才存下那麼多錢。」婦人也沒問通子，自己便有答案。「話說回來，存下五千萬日圓也未免太多了。究竟是五千萬還是六千萬，我也不是很清楚。不過，就算沒猜中，應該差不了多遠。」

「……」

「跟您說這件事，不知是否恰當，不過，您聽聽就算了，可別傳出去哦。」婦人又壓低聲音。「我覺得海津先生似乎不光做保險，還有額外收入，而且比保險好賺。」

「是什麼樣的工作？」通子語帶顧忌。

「到底是什麼樣的工作，我也不太清楚……」

婦人突然望向天花板。她心裡有底。那是明明猜出幾分，但不方便透露的神情。聽婦人的口吻，似乎想暗中說出秘密，她緊急刹車，只因爲猶豫這是不是個人想像。

「不過話說回來……」婦人一改原先的話題和表情。「存了那麼多錢的海津先生，平時過得相當節省，但對俱子小姐倒很捨得花錢。不光是俱子小姐的學費和東京生活費，甚至是今年起要到巴黎留學的費用，全由他一手包辦。我認爲海津先生這麼努力存錢，是爲了俱子小姐以後結婚嫁人做準備。」

海津存款的事帶給通子全新衝擊，可是當事人俱子卻自殺身亡。

「不，不光是張羅結婚費用。」婦人雙脣豐厚，嘴角積著白沫，「我猜，他應該想留一筆錢給俱子小姐婚後用。如果婚後順利，自然最好，如果不是，就會離婚。女人離婚後沒經濟能力可就辛苦了，再怎麼討厭的工作也得做。海津先生這樣對我說過。他常爲保險四處奔波，看了不少世間辛酸事。我認爲海津先生努力存錢，是爲了防範日後俱子小姐遇到這種事時，好有不時之需。他可眞是會操心，連這種事都想好了。」

「海津先生完全沒考慮自己的老後生活嗎？」

「他不太想那種事，一切只爲俱子小姐著想。他常對我說，他不想太長壽。明明沒多大年紀，卻說這種話。我想，日後俱子小姐要是嫁人，海津先生一定會悵然若失，意志消沉，現在俱子小姐非但沒嫁人，還自殺身亡，難怪海津先生發瘋似的。」

昏暗的角落湧出一股寒氣，流向通子肩頭。婦人也伸手攪動火盆裡的炭火。

「俱子小姐的母親應該還在世上吧？」通子垂眼望向鮮紅的炭火。

「我也這麼認爲。我也說過，海津先生假借出外辦事，在外頭過夜，我猜可能是和對方見面。海津先生不是會勾搭女人的情場老手。他與俱子小姐的母親之間一定有什麼苦衷。」

「俱子小姐和她母親見過面嗎？」

「這我就不知道了。不過從俱子小姐的態度看來，似乎沒見過。搞不好俱子小姐還不知道自己的親生母親是誰呢。」

「京都大仙洞的老闆村岡先生知道內幕嗎？」

婦人突然抬眼緊盯通子。

「大仙洞老闆應該知道內幕……不過他不久前過世了。死狀相當淒慘。」

「咦？」

聽聞大仙洞老闆村岡亥一郎過世，通子大吃一驚。她萬萬沒想到這件事。婦人還用了「死狀相當淒慘」的措詞。她馬上與俱子自殺的事產生聯想，心頭一震。

「村岡先生突然病故嗎？」通子靜靜回望婦人。

「他不是病故。是意外事故。」

「意外事故？」

「是啊，不過教人有點難以啓齒……老實說，他是到奈良縣柳本的山中，在那裡遭遇土崩，慘遭活埋。」

「您說的土崩是什麼意思……?」

「他遭遇土崩的地點，可不是普通的地方。那座山很多名爲橫穴古墳的古墓。聽說大仙洞老闆被活埋在橫穴古墳的土堆下。」

通子倒抽一口冷氣。

「更離奇的是，當地人早上十點左右到山上巡視時，發現一座剛崩塌的橫穴地上遺留一根鐵棒，他們覺得古怪而報案。當警方挖掘被土掩埋的洞穴時，發現村岡先生埋在底下的屍體。警方說，村岡先生可能是前晚從橫穴上方以鐵棒撬開洞穴，走進洞內，在裡頭四處摸索時，天花板的土石突然掉落，把他活活壓死。」

——一輛白色的救護車停在通子面前。她看完河內玉手山安福寺前的橫穴古墳，從山上往下走時，看見當時現場聚滿圍觀群眾。

玉手山東側有一大群橫穴古墳。據說救護車前來接收因橫穴崩塌而被埋在土石下的盜墓者屍體。人們竊竊私語，說那人破壞古墳，遭到天譴。那人就是自稱爲海津的俳句弟子，不時在他家進出的「堀川」，原本是河內一名農夫。

「聽說大仙洞老闆被挖出時，身邊帶了圓鍬、園藝用的小鏟子、草蓆作成的畚箕、手電筒等道具。身上穿著破舊的衣服，腳下套著長筒靴。他換下來的西裝和皮鞋藏在竹林中。警方說他是嫻熟此道的盜墓者，不過我作夢也沒想到那位大仙洞老闆竟做這種事。」

通子不敢相信大仙洞老闆村岡是名盜墓者。不過這和俱子自殺的事一樣，都是無從否認的事實。這名婦人不可能說謊。

「大仙洞老闆什麼時候過世的？」通子嘆口氣。

「今年一月十三日。當天早上發現屍體，他應該是十二日晚上進入橫穴遇難。」

婦人也蹙起眉頭。

「大仙洞老闆一個人嗎？」

「是的。只有他一人。盜墓這種工作，很少邀同伴一起行動。因爲同伴拆夥的後果很可怕，要嘛不是自己動手，要嘛就是盡可能召集最少量的同伴共同行動。以大仙洞老闆的情況來說，警方看不出同伴同行的跡象。不過，像大仙洞老闆這樣的人，爲什麼要幹盜墓這種勾當？他家裡經營正派的普茶料理店，應該不缺錢啊。」

通子無言以對。

「警方說，不管再怎麼有錢，只要牽扯到古墓尋寶就另當別論，裡頭滿是有錢也買不到的古董，喜歡古董的人不惜犯法也要盜墓。」

「這是您聽誰說的呢？」

「是警察說的嗎？對了，是海津先生說的。海津先生去了一趟奈良的警察局。剛好是他上個月外出時的事，他在大仙洞老闆屍體被人發現的那天晚上回來。聽聞這個消息時，他嚇了一跳，馬上趕往奈良警局。」

「海津先生上個月外出是嗎？」

「是的，因爲十二日正好是俱子小姐的三七忌日。他在前天十一日便前往上月的稻富家。」

橫穴古墳的地盤風化嚴重，容易崩塌。通子對柳本的橫穴古墳並不熟悉，但她認爲只要有人走進其中，現場就容易崩塌。她忽然想起伊朗的事——烈日像發出火矢般朝通子頭頂傾注。全身罩著黑袍的女人們，及打著赤膊的男人快步朝岩山奔去。那是伊朗的亞格達鎭。位於沙漠中的小綠洲。西敏・漢薩維在通子身旁說道：

「那處山腳的坎兒井崩塌，有姆卡尼遭到活埋。」

回到東京，通子看到公寓信箱有一封海津信六的來信，一見到失去下落的海津回信，通子驚訝莫名。寄件者名稱旁寫著「兵庫縣佐用郡上月町　稻富」。

稻富庄一郎的妻子是海津的妹妹。這對夫婦是俱子的父母，但和泉市一條院的房東太太卻說這只是戶籍上的名義，俱子的親生父親是海津。

就信封地址來看，海津信六似乎是投靠妹妹位於上月的夫婿家。他並未前往廣島。郵戳也是兵庫縣上月郵局。日期是通子前往大阪的前一天。她湊巧與這封信擦身而過。

這封信有點重量，通子坐向書桌前，迫不及待以剪刀剪開厚厚的信封。

「一直未向您問候，請原諒在下的無禮。感謝您惠贈雜誌《史脈》。

在下在和泉一條院的陋室拜讀完畢。因爲您是親身走訪炎熱的伊朗，可從您論述彼方和我國文化交流的文字中讀出眞實感。這篇長篇論文讓在下受益良多，而且論旨明確，不勝感佩。不過，這種論文在實證範圍内終究有極限，只要日後沒發現考古遺物和文獻，就無法驗證，因此重點在推論是否具説服力。

眼下日本古代史呈現出百花繚亂的模樣，毫無論證的恣意臆測及無意義的強辯另當別論，但大部分學者只要沒有「實證」便不敢暢所欲言。「怯懦」的古代史學者害怕遭學界敵人抨擊，保護自我。然而，「實證」宛如青鳥，永遠都追求不到，在下由衷的感想是，這種「實證」其實是愚不可及的「實證」。

採用歸納法的學者，透過文物證據（考古遺物或文件）找出難以撼動的實證，這種愚昧作法讓缺乏資料的古代史學難以進展。要有進步，須導入敏鋭犀利的演繹法，如果推論過程沒有致命問題，散亂的史料便會像受到磁力吸引，納入演繹理論的秩序下。儘管目前這種學者爲數不多，但天才型的前輩提出了論證……」

海津信六打從一開始就沒對自己的處境提到隻字片語，而通子像忘記這些現實一般深深被信中文句吸引。

「在下這麼寫，希望不會造成您的誤會，您刊登在《史脈》的論文，就以上含意來説並非十全十美。在下不是會基於禮貌、給予無意義讚美的人。盲目追隨您的論點，反而失禮。

您的論文在目前「實證」至上的學界會受到何種看待，在下實在爲您不安，但還是希望能給您一些激勵。」

信中寫滿海津信六的文字。

「拜讀完您的論文，在下想略微陳述愚見。不過在下想聲明，自己離開求學問的世界長達二十年，並未詳讀最近諸項學說，而且原本就沒深入研究，就算說是愚見也是錯誤百出。關於這方面，望您看過即忘，不必客氣。」

這正是通子的期待。

眾人對《史脈》的論文連正眼也不瞧一眼，這是第一次有人停下來正面回應。爲了尋求回答，通子甚至去了和泉的一條院。

「日本東洋歷史學家都寫過，三國到南北朝時代，波斯的拜火教藉由中亞的伊朗商人進入中國成爲祆教，可是卻沒任何一位學者清楚指出拜火教或祆教傳入日本。如同您在文中引用的內容，石田幹之助博士從長谷寺千佛多寶塔銅板的佛像領巾中看出伊朗要素，橘夫人念持佛廚子的門繪、正倉院收藏的麻布菩薩像等人像領巾，及寶冠的半月形都具備伊朗色彩。學者用同樣論點論證日本的毘沙天門是中亞的胡天神（伊朗系），四天王則從外地傳入。這些論文對日本古代史的進步有正面影響，但都從佛教角度切入，給人隔靴搔癢之感。

南北朝到初唐、盛唐的這段期間，中國盛極一時的祆教，不可能不隨佛教一同傳進日本，然而當今學界卻沒認眞討論，很可能是因爲儘管發現佛教和祆教相混，但尚未找到有效辨別兩者的方式，因此導致漠視。您在論文中，依據奈良朝時波斯人在京城定居的記錄，提出飛鳥時期也有波斯人居住，考慮到飛鳥時期和奈良朝的延續性，這是合理推論。特別是您將焦點放在《日本書紀》對齊明帝的奇特敘述，更是令人佩服。

齊明天皇在《日本書紀》中成爲玄奇神祕的女皇，常見的解釋是齊明帝的領導人特質。在下認爲兼具齊明帝領導人特質和天智天皇政治手腕的人，是持統天皇。古代女帝都具巫女特質，影響後代深遠。

不過齊明帝的巫女特性，並非是巫術。如您所說，她給人一種異國色彩。您將「異國色彩」和祆教或者中亞的拜火教結合，在「正統學派」眼裡，恐怕斥爲異端，但您用飛鳥時代神祕的石造物佐證，極具說服力。

不論是宗教、思想，還是生活文化，都不可能天馬行空發展，尤其當時並非書籍載運發達的時代，文化交流必然來自人類的行爲。觀察古代外來文化，不思考把文化帶來的「人」，反而將之視爲理所當然，這是過去學說的謬誤。關於這點，您把時間回溯七世紀前，推測當時除了李密翳這樣的波斯醫生，安如寶這樣的中國僧侶，還有許多伊朗體系的人渡海到日本，這是自然且易接受的推論。

伊朗胡人善於經商，他們爲了逐利，不惜前往未知的國度，帶來國家出產的金銀珠寶或琉璃製珍品，並以醫藥博取信任。一般來說，異教傳教會利用醫療等現世利益推展，古代佛教及中世基督教便是如此。李密翳是波斯醫生，可能也是追求現世利益的商人。此外，關於中國古代西域諸姓，姚薇元著的《北朝胡姓考》（一九六二年，中華書局）可供您參考。除了李氏、安氏，還提到白氏、支氏、康氏、車氏等十三姓氏。

伊朗商人六世紀末渡海來到日本一事，您的證明來自奈良縣新澤千塚第一二六號墳出土的波斯雕花玻璃壺及藏青色玻璃盤。玻璃盤底部的圖案中，中心是頭部別緞帶的鳥，還有放射線狀的心葉形花瓣紋（心形紋樣）、人物、植物，這些深具波斯風格；至於安閑陵出土的雕花玻璃碗，同於正倉院珍藏的文物，雖然文物是不是眞品尚有疑問，但確實是古墳出土物。這麼一來，古墳時代末期就有波斯體系的胡人到日本。

話說回來，這件事和播磨的花崗岩是大和石棺的建材，兩者都是近期考古資訊，您能夠流暢當成自己的論點依據，讓遠離學界許久、身爲落伍者的在下嘆爲觀止。接下來，稍微說在下從您論文中發現的事。

南北朝時代，拜火教從中亞經塔里木盆地進入中國西方，成爲祆教——這恐怕過於片面。

《魏書卷》十三卷中，靈太后登嵩高山，廢諸淫祀，但「胡天神（阿胡拉·馬茲達）不在其列」。中國早在魏前就在祭祀胡天神。北魏是拓跋族，爲中國塞北鮮卑族的其中一支。鮮卑族起初隸屬匈奴，而匈奴尊奉祆教，鮮卑族承繼匈奴風俗，祭祀胡天。北齊後主及北周都拜胡天（《隋書》）並繼承這項傳統，沿襲舊有習慣，安撫東來的僑民。

另外，您推測長沙漢墓軑侯夫人帛畫中的蛇輪，是拜火教的有翼陽盤，輪中的女神像

（女媧）是拜火教的阿胡拉．馬茲達神像中國化而成，讓在下興味盎然，記憶猶新，雖然您在文中並未提及，但再加上漢墓中朱地彩繪棺上的繪馬圖案會更好。

根據照片，這是一幅兩頭奔跑中的馬面朝中央山形揚起前腳的畫，頗具波斯風味，這幅帛畫也採左右對稱的波斯式構圖。換句話說，拜火教文化早在西元前二世紀便傳入中國。況且，拜火教在西元前六世紀成立，兩者並無抵觸。

岑仲勉在《隋唐史》的〈西方宗教之輸入中國〉中，依據西元前四世紀希臘學者的說法，說明拜火教在西元前兩千年前便開始。

他說，中古的波斯學者搞混《波斯古經》的Vistaspa與大流士王的父親，視蘇魯支（瑣羅亞斯德）為創教人，當他是西元前六世紀的人物。岑仲勉認為拜火教在西元前十五、六世紀成立。不過這是在下年輕時看的書，記不太清楚細節。倘若他的論點正確，您在文中表示《波斯古經》部分內容和《楚辭》的〈招魂篇〉些許相似，而《楚辭》可能受到《波斯古經》影響，這項推論並無不妥。照這樣來看，西亞與中國南邊的交流，早在漢代南海貿易前的戰國時代便開始。

您從伊朗歸國後的來信，提及拜火教祭司頭戴白帽，臉蒙白布，只露出眼睛，讓在下聯想到日本神官在貢奉神饌時配戴的白面罩。中世藝能表演者中，某個流派會在臉上蒙白布，纏白頭巾。安曇磯良（註）也用這種姿態出現在《八幡愚童訓》中。

另外，關於伊朗的「沉默之塔」，李暠傳在《新唐書》裡提到「太原俗為浮屠法者，死不葬，以尸（屍）棄郊飼鳥獸，號其地曰『黃阬』。有狗數百頭，習食觜（腐肉），頗爲人患」，唐代稱沉默之塔爲「黃阬」；岑仲勉在他的《隋唐史》中，提到黃阬是西洋人的無言臺，而且來自祆教的習俗。他描述「黃阬」的章節令在下印象深刻，至今可憑記憶寫下。

您認爲益田岩船是拜火教的拜火壇，播磨生石（石之寶殿）是對應的拜火神殿，這項觀點相當有趣。不過，考古遺物中尚未出現關鍵證明，在實證學者眼裡恐怕是無稽之談。但如前述，您絕不能沮喪。在當今排斥夢想、聲勢衰微的學界中，這是必然的境遇。在下餽贈您一句東洋史學者說的話：「我希望愈來愈多人和我一樣擁有這樣的夢想，世界史不就是在這樣的累積下成立的嗎？」

在下已經仔細看過酒船石的水平實際測量圖，老實說，自己以前也做過測量，凹處和溝槽的水平度數大致沒問題。東邊半圓形凹處積存的液體，全會通過兩側像樹枝般的溝槽，流入兩側圓形凹處。此外，巨石中軸線上的溝槽，會將液體從半圓形凹處送往中央隋圓形凹處，再流往西邊缺損的凹處。

根據您這項觀點，兩側六個圓形凹處是搗藥草（鬯草）用的石臼，藥師在此將樹皮、果實、種子、根碾碎；東邊半圓形凹槽的酥（像酸乳般的乳酸性物質）、白蜜，或酒會流入兩側石臼，浸泡在搗碎的藥草中，混合發酵。此外，中央橢圓形凹處容量頗大，需求量大的鬯草酒就在此製造，您說它像呼瑪酒，很有意思。

註—神道教裡的神明。被視爲海神，以及安曇氏的祖神。

《說文》形容鬯草酒「芬芳攸服以降神也」，具幻覺作用，但無法確切得知它是不是呼碼酒的同類。《楚辭》〈九歌〉的「奠桂酒兮椒漿」亦是。

「桂酒」材料是肉桂，肉桂是刺激物之一，服下用肉桂皮和根泡出來的酒，會在興奮下出現幻覺；「椒漿」則是混合山椒萃取液的酒，山椒的果實和樹皮同樣帶有麻藥性，讓人產生幻覺。在〈九歌〉中，眾人喝下桂酒、椒漿，巫女因神明附身亂舞，正好成爲佐證。出現在《楚辭》的酒，和波斯拜火教祭司以石榴木（此樹液也有麻藥性）製成的呼瑪酒（應該也使用了印度大麻），彼此具有共通性。

這樣看來，酒船石許多當成石臼的圓形凹處，或許是考量到依材料分開使用。此外，日本應該也有野生的鬯草。《魏志倭人傳》提到日本有薑、椒、蘘荷，後漢王充的《論衡》中也出現「周時天下太平，倭人貢鬯草」及「暢草自倭獻」等的描述。

同時，您提到二面石、道祖神、猿石仿照渡海而來的胡人樣貌，在下找不出反對點。須彌山石、道祖神的噴水設施確實具波斯色彩。中亞健馱邏出土的吹笛胡人像，長相酷似吉備姬墓地裡的某尊猿石。

在下的疑問是，七世紀時和佛教一同傳入我國的祆教（拜火教），爲何會消失？在下懷疑是中臣氏一派刻意撲滅這道火焰。但中臣氏的神道信仰雖然以北方巫術爲主體，當中還是摻有中亞拜火教的成分，而北方巫術受祆教影響一事，前述「匈奴—鮮卑—北魏之傳承」的岑仲勉論文可供您參考。

在下推測，中臣氏將混入佛教的祆教視爲雜質，阻止擴散，因此由當時政權要人藤原不比等等人打壓祆教，放逐奈良的波斯商人，禁止波斯人來日本。這也是和《日本書紀》編纂關係密切的不比等譏諷齊明女帝是妖言惑眾的邪教徒之因。中臣氏當時和物部尾輿聯手，排斥蘇我氏接納佛教的行徑，想必您很清楚。這與您論文的看法相同。

不過，八世紀時傳入日本的胡教要素，是拜火教還是摩尼教，無從得知。

建議光明皇后興建東大寺和國分寺的玄昉，在大唐的十八年間，據說曾在長安的大雲光明寺聽講，大雲光明寺是摩尼教的寺院。傳聞中，在長安、洛陽兩大城及諸州建造大雲經寺的武則天是摩尼教的信徒；光明皇后也因玄昉而受摩尼教影響；金光明四天王護國之寺（東大寺、國分寺）的法名，也帶摩尼教色彩。不過，摩尼教是結合拜火教、基督教和佛教的宗教，同樣具拜火教的色彩。這和您的推測並無矛盾，畢竟您認爲玄昉歸國前，波斯體系的胡人在六世紀末渡海到日本，定居大和，將祆教或拜火教傳入日本。

以上，是個人稱不上讀後感的感想，在下一再強調，自己脫離學問研究長達二十年，看法可能有誤，請您一笑置之。

學界可能不會正面肯定您在《史脈》的論文，甚至對您諸多批判，甚至遭到否定和漠視，可是請您千萬別放在心上，繼續走在自己的道路上。就算其他人因爲您將石造物和拜火教、伊朗扯上關係而對您百般苛責、嘲笑，請您當成雜音，聽聽就算，連假設都無法接受，只能證明學界多貧瘠，提出假設後，您接著追求實證即可。就連希羅多德這樣偉大的歷史學家，撰寫完《歷史》之初，也成爲眾人嘲諷咒罵的對象，說他信口胡謅。

在下年輕時夢想當一名歷史學家，但半途而廢。對年過半百的男人來說，這是未竟的夢想，如今在下藉這些話，將夢想託付給年輕的您。對這樣人生挫敗的男人而言，這些話也透露出滿心牢騷和慚愧。唯平凡的人生才能追求學問。不管當事人再怎麼努力，也追不上離自己遠去的學問。

那晚在奈良街頭，在下遭吸毒的青年刺傷，蒙您捐血救命，結下不可思議的緣份，與您展開短期的魚雁往返。沒能幫得上忙好答謝您的恩情，尚請見諒。說來著實不可思議，當時青年吸食的稀釋劑相當於現代的印度大麻或呼瑪酒。

祝您一切順心，請代我向坂根先生問聲好。」

——通子事後寄了一封感謝信到上月町的稻富家。信卻退回來，寫著「遷移地址不明」。

海津信六對他目前所住的環境隻字未提，從頭到尾只提對《史脈》那篇論文的感想。當通子的感謝信被附上一張寫「遷移地址不明」的便條紙，從上月町的稻富家退回時，她還沒猜出實際情況。稻富家似乎也只是告訴郵差遷移地址不明，完全沒寫信跟通子告知一聲。看來不單是出外旅行，也不是從寄居處搬離這麼單純。

通子覺得另有隱情。

海津在信中的最後自嘲是「落伍者」。不過，和他有相似立場的人很可能會這麼寫，就算不會掛在嘴上，寫信時就容易用到這樣的字句。

房東太太說俱子是海津的親生女兒，雖是推測，但通子覺得很有可能。先前在一條院前的公車站牌看到海津對待俱子的態度令她更加肯定。俱子央求「舅舅」海津讓她去巴黎留學，也讓她覺得婦人認爲海津有一大筆積蓄的推測一點都不假。

婦人說，海津似乎有「額外收入」。聽婦人口吻，意指海津另有兼差。他的副業是什麼？如果是當俳句老師的謝禮，婦人應該不會用意有所指的口吻。而且，多話的婦人還突然改變話題。看來她對海津兼差一事有所懷疑，對工作內容也猜出幾分，但不敢隨口說。

俱子自殺與海津的生活驟變有關。但自殺的原因難道不是感情問題，而是知道她的「舅舅」是自己的親生父親，以及她的生母另有其人，對她打擊太大？畢竟以她現在的年紀，神經纖細，容易受傷，又崇尚純潔。

「我拜讀過您的來信。我在北九州的海濱養病，遲遲未能康復，對您很是抱歉。關於海津信六先生的事，著實令人震驚。關於尋獲俱子小姐遺體的事，我們這邊也有報導，只是姓氏不同，我當時萬萬沒想到是俱子小姐。」

坂根要助從鐘崎捎來回信。

「聽說大仙洞老闆因柳本橫穴古墳崩塌而被壓死，我在那裡的橫穴也曾有恐怖的經驗。聽聞大仙洞老闆被活埋，我聞到一股犯罪的氣味。」

18 CHAPTER

第十八章

沉默的風

通子有預感——

她前往大學的研究室時，講師村田二郎正在「大房間」裡與地質學的講師閒聊。

村田不是健談的人，但那天他神情開朗，談笑風生。他心情好應該不是今天的事，只是因爲通子本日到研究室碰巧撞見，事後細想，他可能兩、三天前就眉開眼笑。平常，村田一看到通子就像躲她似地沉著臉離開，但那天他依舊神色自若與地質學講師說話。他神情愉悅，主動提高音調，而且一面說一面以感興趣的眼神偷瞄通子。看他的眼神，不像對眼前的談話感到熱衷，是別有含意的視線。

到底怎麼回事？

通子覺得村田愉快的模樣，似乎與她有關。

通子唯一想到的，就是她刊登在《史脈》上的論文，普遍得到惡評，村田聽聞此事幸災樂禍，要不然實在想不出別的可能性。通子先前也寄了一份《史脈》給他，不過對方什麼話都沒說。

在走廊上親手將《史脈》交給板垣副教授後，過了很長時間，後來兩、三次碰上板垣副教授，他都雙脣緊閉不語。當初他將雜誌捲成圓筒插進口袋，可能當紙屑扔掉了。不過扔掉前，也許會迅速翻閱，挑兩、三行來看。

他是神經質的男人，對任何事都很在意。

這時，通子的助教同事前來，說久保教授有事找她。通子從靠近樓梯的走廊前往目的地。教授研究室前一個房間的門口掛著「副教授板垣智彥」的名牌，房門剛好打開，走出名牌上那人。

「嗨，妳好啊。」

板垣副教授難得以高亢的聲音回答通子的問候。

「近來怎樣？」板垣頭髮留長，留著長長兩鬢，打扮得很年輕。他張嘴大笑，露出白牙，令通子不知如何應對。「對了，上次那本期刊我看過了。很『趣味』。」

他緊接著發出開朗的笑聲。

動手敲教授研究室前，通子在想這句話的意思。坂根刻意將「有趣」說成「趣味」，意思是通子發表了很「奇特的言論」。通子走進研究室站在後方，久保教授似乎正在寫出版社委託的稿件，他忽然將旋轉椅轉向通子，瞇起眼睛，他花白的疏髮纏向光禿前額，臉部油亮光澤。

「如何，最近有做研究嗎？」

教授低沉平靜地詢問她近況。他的口吻展現出對助教的親切，但緊皺的眉頭卻與他的表情迴異。「有做研究嗎」是他個人慣用的問候語。通子想，他還是對擺在桌上的《史脈》視若無睹，可能和板垣副教授一樣，將雜誌丟進垃圾桶。畢竟教授原本就對業餘雜誌嗤之以鼻。

不過，教授這次卻看完了《史脈》。

「妳寫了一篇得意力作呢。」這是他的開場白。「妳什麼時候去伊朗的？」

「我去年夏天去了一個月。」

「如何，有趣嗎？」

接著教授問了一大串問題，例如，伊朗是什麼樣的地方、代表性的名勝在哪、觀光客多不多、飯店氣不氣派、吃得怎樣等等。關於論文的事就此打住，感覺像是教授爲日後的伊朗行聽取參考意見。

不過，教授最後還是對論文發表感想。

「妳知道hyper-Irancentric diffusionist這句話嗎？」

「知道……」

「這樣啊。艾利奧特．史密斯和威廉．佩里過度將歷史現象和埃及起源說扯上關係。他們的名字被用來嘲諷他人……妳要小心，別讓人說妳是hyper-Irancentric diffusionist。」

教授說的「得意力作」和板根副教授說的「趣味」是同樣的意思。雖是得意力作，卻是愚昧的言論。

通子步出教授研究室，回到家後，一直在思索久保教授最後那句話的含意。教授對論文的感想，只有「hyper-Irancentric diffusionist」這句話。不過是區區一名助教寫的小論文，卻不惜用世界知名歷史學家艾利奧特．史密斯和威廉．佩里的綽號「hyper-Irancentric diffusionist」來形容，教授未免也太孩子氣了。

根據考古文物或《日本書紀》的記載，將日本飛鳥時代的文化連結上伊朗胡人來日本一事，會遭受到學界批判，海津信六也在信中提到。通子也有這樣的自覺。不過，第一次發表創見時，學者無可避免要鎖定同一個焦點、深入強調，否則會顯得說服力不足，氣勢不夠。最早提出某些說法的學者，往往都有這種傾向。

通子在《史脈》上寫的，是針對歷史事件提出分析觀點的試論。通子想，既然是她的指導教授，若能稍微切入論文，給予批評指教，不是很好嗎？但教授並沒這麼做，只是嘲笑她是「伊朗起源說的偏激論者」，蓋棺論定，她很難服氣。儘管原本就不期望得到教授的鼓勵，但通子希望他能親切對待自己的心血。

不過，她無法指望教授這麼做。教授不喜歡偏離自己學問觀點的助教，只疼愛對自己一手打造的鑄模從旁修飾的門生。

他喜歡增加仿造品。

板垣副教授對久保教授極爲順從，因爲他想順利繼承教授之位。村田講師對教授和副教授都很忠誠，未經他們許可，絕不敢在「在野」期刊上刊登論文。

聽完教授那番話，通子感覺自己能夠明白板垣副教授的諷刺，以及村田講師喜上眉梢的原因，因爲他們事先聽過教授的感想。

不過，久保教授爲何特地把她叫進研究室？只是爲了對她說那番話嗎？若是如此，那就奇了，教授對助教這篇試論的態度無比認眞，看起來就像在面對學界的敵人。不採正面批評，而採冷嘲熱諷，這也是對付學界敵人的有效攻擊法之一。

不過，此事也在通子的預料中。

一個禮拜後，她的猜想應驗，久保教授實際和她「斷絕關係」。

事情同樣發生在教授研究室，當時教授待通子如客人。他並非忙著寫稿，而是特地等她前來，甚至請人端來紅茶。久保教授問通子，是否打算繼續鑽研學問。

「因爲妳是女性，可能會結婚，所以我才這樣問妳。」

教授面帶微笑，啜飲紅茶。除了不時把臉轉向一旁，他開朗的微笑不顯一絲暗影。

通子回答，她有意繼續研究學問。

教授聞言，突然開始說起通子留在這所大學的未來性。

教授說，國立大學的升遷制度相當嚴苛。女性榮升教授是昭和二〇年代的事，如今這條路幾乎沒人走過。在晉升至副教授或講師前，當事人會受到百般壓迫。妳也知道，就連男性也有很多是萬年助教。女性更爲不利。

「不過，並非所有問題都圍繞在地位或名氣上，這和研究學問完全無關。女性更是如此。不過，我也不忍心看優秀人材一直在我底下當助教。妳看自己指導過的研究生日後成爲講師、副教授，很不是滋味吧？快快不樂的心情一再累積，會消磨一個人的研究心。因爲學問首重熱情。要繼續追求學問，最重要的是正視自己的處境，找出未來的路。我是這麼認爲。」

不過，教授這番話有實際上的矛盾。誰當講師、誰當副教授，全由他決定。他雖然提到被晚輩超越，但這全由教授操控。

久保教授將自己的行政裁量權歸罪到公共組織的問題。

「研究學問首重心無邪念，要有一顆自由、開朗的心。學校排名並非問題所在，那是一般俗人的信仰。求學問和研究比這種事更遠大且純正。因此，研究學問的環境尤爲重要。如果有必要，轉換跑道也是方法，特別是年輕人。」

教授深有所感地繼續說：

「我年輕時也覺得自己應該轉換跑道。當時有機會，但我缺乏勇氣，最後就繼續待在這所學校。我常想，要是當時轉換跑道，就能有更好表現，現在深感後悔。」

教授臉上非但沒半點悔色，甚至還有點自豪。久保教授緊抓著「這所學校」、爬上現在的位置之前，對先前的主任教授展現何等露骨的忠心模樣，幾乎成爲眾人茶餘飯後的話題。

久保教授最後提到，四國某縣政府新設私立女子大學，請我推薦一位適合的歷史系專任講師，我想推薦妳去。

那裡的地方財團經營女子高中多年，這次要新設立一所大學。校長當然是身兼理事長的財團主事者，不過經理是久保教授擔任副教授時的學生。理事長很熟悉高中事務，但對大學事務可就陌生，所以實際是由經理負責經營。由於是女子大學，對方希望盡可能以女性講師爲佳。

「那位經理人不錯。雖然學問上不是那麼專精，但人品絕佳。我的話他都能全力配合，將我奉若神明。把妳送去那裡，我很放心。如果妳想去，那位經理願意聽從妳的任何要求。他說，為了取得文部省的大學認可，會購買大量書籍充當圖書館的藏書，但應該還不夠多，為了妳個人的研究方便，妳可以多買一些書或資料。經營者是地方財團，多得是錢，而且他們是新設立的大學，一開始充滿幹勁，應該會接受妳的要求。這比那些被預算綁住，無法購買像樣書籍和資料的大學好得多……妳一開始先當講師，等時機成熟，應該能夠昇任副教授。其實，當初那位經理請我推薦人選時，我第一個想到的就是妳，早就跟對方提到妳的事。對方也說，如果妳願意過去是再好不過了。」

教授熱心地勸說，他難得如此滔滔不絕。甚至還提到當地環境。那裡緊臨海邊，風光明媚，自古便常出現在《萬葉集》的吟詠和歌中。公害甚少，民風純樸，學生個性敦厚。

「如果妳眞想繼續研究，我建議妳去那裡。或許周遭會有不少雜音說妳是被貶到鄉下，或到鄉下新設的私立女子大學當講師，但妳不必放在心上。一切都是為了研究。離開東京，反而更能全心投入研究。妳就盡情做妳想做的事。為妳未來求學問著想，我認為這是好機會。」

通子回答教授，希望給她一個禮拜考慮。

「當然可以，妳好好想想吧。」

教授從椅子上起身，替她開門。

——被掃地出門的屈辱感，始終揮之不去。

通子的預感成眞了。板垣副教授那諷刺的笑臉、村田講師開朗的神情，謎題全解開了。不過，通子早料到這天終究會來。當通子同意教授的「勸說」後，她興起整理身邊事物的念頭。雖然時間尚早，但她已經有了整理的準備。

此時，她手指很自然伸向抽屜。上鎖的抽屜裡，放有拆封過的坂根要助來信。厚實的信封裡，藏著不少秘密。

「聽聞大仙洞老闆被活埋，我聞到一股犯罪的氣味。」

信中如此寫。通子重看一次接下來的內容。

那是揭露黑暗內幕的內容。

「柳本的橫穴古墳群岩盤嚴重風化，崩塌危險度極高。事實上，不少自然崩塌的橫穴形成凹洞。我聽說，因爲有崩塌的危險，六百座的橫穴古墳中約三分之二都尚未開口，不易展開挖掘調查。

最初，我不清楚此事，去年夏天到益田岩船攝影時，順道去柳本的橫穴古墳群，當時發生一場驚險的遭遇。當天運氣不好，遇上大雷雨，雷電交加，我發現腳下地盤不穩，馬上向後躍開，但跌一跤，相機配件盒遠遠掉在橫穴古墳上，結果天花板旋即坍塌陷落，轟隆作響，土石陷落，我現在依然描繪得出來當時洞穴掩埋的光景。我的硬鋁製相機配件盒連同內部配件重達十五公斤以上，砸向地面時造成衝擊，引發崩塌，橫穴的岩盤就是風化得如此厲害。

根據我的經驗，大仙洞老闆村岡先生應該是爲了「盜墓」而從上方潛入一座橫穴古墳，但遭遇崩塌而被壓死。他在洞內探尋時，引發脆弱岩盤崩塌——看您信中所述，警方也這麼認爲，視爲事故身亡。

不過，會不會還有另一種可能？那就是，有人進入橫穴，有人從外頭引發崩塌。依據我的體驗，光是拋出相機配件盒就足以造成橫穴崩塌，若有人從外頭施壓，岩盤應該會輕易崩塌。而且，大仙洞老闆村岡先生眞的是一個人「盜墓」嗎？我覺得他身邊還有其他「同伴」。

盜墓一般都兩、三人成行，以前有專門盜墓的集團，彼此以「仁義」相待，但因爲現在警方和一般百姓都嚴密監視古蹟，已無這樣的組織。柳本許多橫穴古墳群尚未開口，對盜墓來說是很大的誘惑。您也知道，雖然裡頭沒有豪華陪葬品，但不少鐵製大刀、銜轡、杏葉等，這些文物作爲美術品的價值低，但只要稍微加工，便有充當美術品的價值。

例如在大刀刀身接上他處出土的圭頭或環頭，就成了圭頭大刀或環頭大刀；貼上銅片鍍金，就成金銅製環頭大刀。當然，移花接木不夠，環頭刀柄上得雕刻出動物的紋樣；刀鞘則要加上金銅製透雕裝飾，還要適度加上缺損，添加銅銹等古色。製作者必須巧妙僞造，不讓鑑定家看穿這些文物的眞身，因此製造者的技術和知識得在學者和專家之上。換句話說，僞造時，除了要有本領高強的工匠，還要有考古知識豐富、具備學者水準的人從旁指導。

去年，三件古墳時代的古美術品引發問題。

您應知道其中一件，總部設在茨城縣的「神愛教」所珍藏的眉庇付冑和杏葉。有人懷疑國立東京美術館特別研究委員的佐田先生，不光扮演鑑定的角色，還擔任神愛教和美術館的「仲介」。當時在奈良古董店「寧樂堂」首次遇見佐田先生時，因爲我好惡分明的壞習慣，對他就無好感。

另一件較不爲人知，是京都某户人家珍藏的金銅製環頭大刀，有人懷疑是贋品。此事還登上京都新聞版面，結果不知爲何。

您也許知道最後一件，就是佐田先生服務的國立東京美術館於三年前採購的金銅製環頭大刀與殘缺的金銅馬鞍金屬配件，眞僞受人質疑。

此事在國會的文教委員會引發軒然大波，採購負責人佐田先生被解除職務，改調閒差。聽說是因爲佐田先生居中爲「神愛教」的珍藏品「仲介」。我個人不認爲佐田先生是在知道這些文物是贋品的情況下讓東京美術館收購。佐田先生相信它們是眞品，換句話說，仿造者的實力遠在佐田先生之上。佐田先生犯的錯，是他在採購時從業者收取回扣。

像這種古董贋品，不可能全重新打造，若這麼做，一看就知道是贋品。因此材料盡可能須用當時文物。大和的柳本和河內的玉手山，這類橫穴古墳群可說是「寶庫」，這些入葬者與群集墳一樣都算昔日中產階級，陪葬品鮮少稀世珍寶，大多是鐵製品。不過鐵製大刀和部分馬具很適合充當僞造材料，盜墓者就是看準這點。不過，專業的盜墓者近來都銷聲匿跡。以前，附近農民爲了賺取生活費會從事盜墓，但現在沒人這麼做了。我在大阪有位通曉此事的朋友，他寫信告訴我，去年五月，河內的玉手山横穴古墳發生盜墓者慘遭活埋的事情，我便向友人打聽不少事。

大仙洞老闆村岡先生在柳本的横穴盜墓時，可能因爲少了一位專業盜墓者，被迫親自動手。我認爲村岡先生爲了某人前去尋找材料，製作古墳時代的贗品。當然，村岡也想藉此大撈一筆。

——先打個岔，我原本猜想是村岡先生，負責安排海津信六先生不時與增田卯一郎的夫人亮子女士見面。而海津先生至今單身，是難忘二十年前的舊情，亮子女士也未割捨這段戀情，兩人暗中交往至今。亮子女士和增田卯一郎先生沒有離婚，是因爲卯一郎先生被增田家的家世束縛，不同意離婚。當時和現在不同，不能隨便離婚。不過，卯一郎先生應該還是盡量隨意願行事。

此外，俱子小姐是海津先生與亮子女士的孩子。

俱子小姐今年二十一歲，兩人是在亮子女士成爲增田夫人後才交往。增田卯一郎先生應該知道兩人有孩子，但還是不同意離婚。兩人有了孩子，他應該更怕這項「醜聞」因離婚鬧得人盡皆知。亮子女士也考量到妹妹與驚見大師的婚姻，沒能下定決心。表面上，兩人是眾人眼中的神仙眷侶，卯一郎先生出國旅行，亮子女士相伴而行。但對亮子女士而言，如同身處地獄。同時，海津先生一直守護倶子小姐，藉此和增田先生、亮子女士對抗。
——然而，我誤會了。
我以爲海津先生與亮子女士藕斷絲連，大仙洞老闆村岡先生居中牽線，但實情並非如此，他們兩人是在擁有倶子小姐後才斷絕關係。
我這樣推測，是因爲倶子小姐的自殺。
村岡先生很疼愛倶子小姐，倶子小姐和村岡先生也很親暱。考量到村岡先生與海津先生的「特別關係」（前述的古董仿造關係），海津先生放心讓倶子小姐找村岡先生。我也在大仙洞見過倶子小姐，甚至以爲她是村岡先生的女兒。
我不清楚詳細的來龍去脈，但海津先生把倶子小姐當成「外甥女」，不肯放手，這令亮子女士很痛苦。她與增田先生之間沒有親生孩子，很希望收養倶子小姐。至於卯一郎先生的心情……說來複雜，我也不太清楚，我個人臆測，這也許是海津先生對他們夫妻倆的復仇，因爲他擁有增田先生的妻子與自己所生的孩子。而對卯一郎先生而言，聽從妻子的心願，從海津先生手中搶走倶子小姐，便是對海津先生這位復仇者的反擊——從事這項工作的人，是大仙洞老闆。他與倶子小姐頗有交誼。而且倶子小姐不認爲海津先生是她父親，始終相信他是自己的「舅舅」。
我在益田岩船附近發現村岡先生、亮子女士、倶子小姐前往該處野餐的證據。我起初以爲村岡先生扮演替亮子夫人和海津先生居中牽線的角色，但不然，他是準備讓倶子小姐回到亮子夫人的身邊，不，應該說是讓她成爲增田家的養女。

倶子小姐自殺，是因爲她知道了眞相。

村岡先生認爲，如果只是讓倶子小姐與亮子夫人親近，還是起不了多大作用，於是出言暗示亮子夫人是她的親生母親。當時，他應該暫時隱瞞海津先生是他親生父親的眞相，含糊帶過父親的身分，因爲當務之急是掌握倶子小姐的心。

倶子小姐搭船行經瀨戶內海時，跳海身亡，可能是村岡先生急於立功，倶子小姐從他的暗示中找到「眞相」。

因爲倶子小姐自殺，海津先生察覺了村岡先生的行動。我猜，海津先生邀村岡先生在夜晚前往柳本橫穴古墳時，一定佯裝毫不知情這些事，村岡先生不疑有他，像往常一樣爲了取得贗品材料進入洞穴，這時，海津先生在洞外朝地面施加壓力，只要一個小動作就行了，光在洞穴上跳躍，或用盜墓的鐵棒使勁敲打地面，都可以造成崩塌……」

通子前往教授安排的去處。

眼前的小城堡就像西洋古城般矗立在山丘上，市內任何一處都看得到它。外濠邊是縣政府的縣府街。觀光巴士駛往城堡的山丘，將遊客載往裡頭的溫泉町，每天奔波不停。

通子到四國這個都市已過一個月。她在櫻花散盡後才到位於城下的新女子大學就任，附近有大手町或三番町這類的街名，讓她聯想到東京。從公寓房間就看得到這座可愛的城堡，它像時時被眾人注視著而感到羞怯。天黑後，城堡籠罩在底下燈光中，像一張漂浮在夜空的蒼白面容。

——她收到不少信，包括長野的父母、親戚、大學朋友、O高中的教師糸原二郎。他說，他獨自在吉祥寺的居酒屋裡喝酒，暑假時想到四國來逛逛；坂根要助捎來一封信，說他恢復健康，重返東京。雖然工作纏身，但如果有機會到四國攝影，很希望順道來通子的居住地看看。

不過，眞正令通子大吃一驚的，是她收到茨城縣東邦電機山尾忠夫的來信。他終於和妻子利枝離婚，獨生女歸利枝所有，目前沒再婚的打算。

「離婚這種事不是跟任何人都能說，講出來別人也無法體會，就算說雙方個性不和，外人聽起來也籠統不清，無法理解。老實說，有口難言的我無比鬱悶，像一盤散沙般日漸頹廢。說來可怕，再這樣下去，恐怕連工作也作不了。我想將以前鯁在喉中的話講清楚，這樣的話，充斥在腦袋與胸中、宛如毒素的空氣就能得到宣洩吧？

眼下只有通子妳肯聽我說了，這是我現在唯一的救贖……」

忠夫在信中問，什麼時候可以去找妳？

通子寫了恭敬簡短的回信拒絕。

在伊朗的伊斯法罕時，她很擔心遇見山尾忠夫，那種既期待又害怕，一顆心噗通噗通直跳的感覺，現在完全消失了。忠夫或許有「贖罪」的心，但也顯現男人的自私，通子是個年華逐漸老去的女人，他也許心生憐憫，想引誘她。不過，孤家寡人也無所謂，通子想這樣默默老去，就算沒人青睞、關心她的研究也無所謂。

她一直沒等到海津信六的回音。

一想到坂根要助的推測，通子就覺得自己宛如走在冰冷的隧道。

即使邁入暑假，她也沒回長野和東京。

她不想回去。

她在南四國閒逛。

坂根繼續來信，寫下他的推理：

「我去年夏天差點感染肺炎，碰巧在奈良和海津先生住同家醫院，當時海津先生收到護士的通報，前來探望。這是我首次和他見面。他氣質陰沉，走進昏暗的病房時，窗外的太陽宛如被烏雲遮蔽，而他化作一道暗影。他那灰暗陰沉的模樣，彷彿是上天早早預見海津先生的罪行，特地給我啓示。

我認爲大仙洞老闆是由海津先生親手葬送。我一度在橫穴古墳中遇上恐怖經驗，才敢如此斷言，要是沒有當時的體驗，我不會做出這樣的結論。」

坂根在信中說，海津信六如今杳無音訊，可能是在罪惡感的驅使下選擇逃避。

「海津先生狠心下毒手，一定是因爲俱子小姐的自殺。他這世上唯一鍾愛的女兒投海身亡，海津先生既絕望又憤怒，被怒火吞噬。」

暑假結束了，信中文字還是深深烙印在通子心中，包括後來的字句。

「我很在意人在京都的增田女士現況，於是暗自向友人打聽，聽說夫人還在增田家。雖然無從得知她現在的心情，不過，亮子夫人居然還能留在增田家，這是怎麼回事？」

——九月底，發生了一件事。通子不經意看到報紙社會版角落的報導。

二十八日下午兩點左右，在伊予郡雙海町壺神附近的山林中，登山村民發現一具四分五裂的男性白骨，向警方報案。屍體身首異處，右手也與身體分離，有他殺嫌疑，但經管轄警局調查後發現，男子約在七個月前於山林中自縊身亡，屍體一半化為白骨時，繩索斷裂，掉落地面，遭山犬和野鳥啃食。死者身上沒任何物品，上衣裡寫有「海津」兩字。此人年過五十。命案現場位於予讚本線喜多灘車站南方約一公里半的山地上，相當於壺神山（標高九七一公尺）北邊山腰處的深山。

文字像雲一般擴散開來，占滿報紙頁面，通子眼前逐漸泛黑。

通子用他在市內買來的一份五分萬之一比例尺地圖，搜尋伊予郡雙海町壺神的所在處。報導中提到的予讚本線喜多灘車站是搜尋線索，車站就位在伊予灘的海岸邊。地圖南邊深處寫著「壺神」兩個小字，同時有村落的標示。

走一般道路到不了那裡。等高線全擠在一起，形成皺折，宛如複雜的木紋。村道標記如同一條絲線，歪歪扭扭地穿梭過等高線。

通子前往市內的計程車行，詢問他們能否載她到那個地點。服務人員看一眼地圖，拒絕請求，說市內的司機沒辦法去那種地方，因爲不清楚是否有路讓車子上山。正當通子做好從喜多灘車站徒步上山的心裡準備，服務人員告訴她，如果是長濱町的計程車行，應該比較熟悉當地環境，或許肯載。長濱位於喜多灘西邊六公里處。服務人員親切地打電話向長濱町的計程車行詢問，通子深感慶幸。

通子約好這個星期天前去。就在三天後。

星期天一早，天色灰暗色，雨下下停停。

予讚本線沿著海岸線而行。鉛色的伊予灘平靜沉悶，外海不見任何島嶼或漁船，上空烏雲有一道淡黃色的裂縫。她在途中看到喜多灘車站，位於俯瞰道路和民宅屋頂的高處。駛到這裡，海上才出現一座細長小島。另一邊的車窗上，是一路連綿飛逝的山麓。抬頭仰望，這座山泰半隱沒在滿含水氣的雨雲中，底下山靄瀰漫。從地圖上來看，似乎正從車站行經山谷。

約定好的計程車在伊予長濱車站前等候。司機四十多歲的年紀令通子安心不少。司機問她，是否在壺神有親戚朋友。看來，如果不是有事，沒人去那種地方。

「我不是去拜訪朋友。只是去那裡看山觀海。」

司機見通子手中拿著一束菊花，面露納悶。花束上的緞帶不是紅色，而是銀色。稍頃，計程車回到剛才的喜多灘車站。外海霧氣略微消散，可以看見細長島嶼後方有兩座並排的圓錐形小島。司機說明，細長的島嶼是青島，隸屬長濱町，外海兩座小島則是小水無瀨島和大水無瀨島，都是無人島，屬於山口縣大島郡。

車站後方的狹窄山道坡度甚陡，不斷沿著山谷外緣上行。柏油路面時有時無，道路中央積滿雨水泥濘。繞過山麓的彎處也是陡坡，前輪好像快要衝進斷崖谷底。

這時雨已歇。

司機說，壺神村落標高將近四百公尺，海岸四百公尺，地勢頗高。上方無雲，通子仰望青黑色的山嶺。猛一回神，左右兩側全是橘子田，從谷底沿著著山壁斜坡一路往上，形成一道道條紋。橘子仍舊青綠。途中，他們來到一處有人家聚集的地方。全是歇山式屋頂，房子造型粗獷，不像山上的村落。

司機停好車後告訴通子，這裡叫富來，是伊予蜜柑的發源地。

「上面那處看得到房子的地方，叫松尾。壺神還在更上頭，從這裡看不到。」

松尾人家位在令人目眩的陡坡山頂上，看起來好渺小。窄細的道路就像掛在山谷的斷崖邊，彎彎曲曲。司機察覺出通子的不安，刻意對她說，自己當過載運木材的卡車司機，開這種山路駕輕就熟，不必擔心。

也許是陰雨溼冷的緣故，寒意襲身。好不容易登上松尾的村落，她看到建造於石牆上的屋舍間，停放著轎車。

通子下車望著海。

天空仍飄著小雨。從呈V字形陷落的丘陵間望去，伊予灘無比窄小，但在正中央可以俯瞰到細長的青島，猶如鑲嵌在畫面中。小水無瀨島和大水無瀨島比鄰而居。圓錐島嶼看起來顯得扁平。

通子凝望雲層下灰暗的大海與島嶼，詢問司機渡輪的航線。

「開往別府的渡輪會通過青島和對面的小水無瀨島中間。」

中年司機指向前方，回答通子。

——海津信六登上此處的原因，和原先的推測一樣。

他想望著俱子投海的地點，結束自己的生命。

俱子究竟是在瀨戶內海的哪個海域跳船投海，海津應該不清楚。遺體一路飄向相當於九州門司東側海岸的松江。對海津而言，比起遺體飄到岸邊的地點，他肯定更想親眼看自己女兒結束性命的場所。他推斷這裡的外海是俱子投海的地點。雖然站在海岸邊也看得到海，但海津想站在視野比水平海面更遼闊的高處。

前往高處、前往高處——

從富來前往松尾，從松尾再前往壺神，他一步步往上，眼見伊予灘離自己愈來愈低，然後終於來到清楚眺望俱子投海處的地方。他到愛知縣後，想必從當地人口中得知大阪開往別府的渡輪會通過青島和小水無瀨島的中間。

好幾隻大烏鴉從山谷裡的樹上飛越。

通子見一名婦人走過橘子倉庫的前方，急忙走近婦人。詢問她今年早春時，可否見過一個人走向壺神。婦人回答通子，確實有個男人獨自從山下往上走，並且在這一帶休息，遠望大海，過一會，男子起身，默默朝壺神走去。

那條路繞過橘子倉庫旁的道路繼續往上。

「不久前，壺神的杉樹林裡出現一具白骨，被野狗咬得四分五裂，我聽說就是當時那個男人，嚇一大跳。這麼一提才想到，那個男人看起來很無精打采。」

壺神上方近一百公尺處有一座村落，屋子和松尾一樣排列在斜坡上。這裡有位老先生告訴通子，發現白骨屍體的杉林位在村落後方。

這座崇山峻嶺覆滿原生林，山腹處有一大片植林，眾多樹齡達二十年的年輕杉樹。男人避開這座杉樹林，選在麻櫟、櫸樹、橡樹等雜樹叢生的自然林化爲白骨，如今斷裂的繩索腐朽，還掛在麻櫟上。

現場沒有往上走的小徑，中間有座山谷。

通子清楚看見了海津撥開早春時的草叢，往密林走去的背影。浮雲再度往下飄流，將山脊隱沒，遮蔽原生林的樹梢。整個村落被滿含溼氣的白濁外膜包覆。

通子朝白雲低垂的密林斜面拋出手中花束。

銀色緞帶隨風翻飛，墜向霧氣瀰漫的山谷，消失無蹤。海津信六的屍體被山裡的動物和張著大翅的烏鴉啃食，只剩一堆白骨。

通子想到伊朗的「沉默之塔」。

矗立在高聳的岩山之上，灰暗陰鬱的圓塔。成群烏鴉盤旋的藍天。

神聖的飛鳥

將你的身軀

運往四面八方

運往凌駕在飛鷹之上的群山

運往有星光點綴的群峰

運往白光閃耀的峻嶺（伊藤義教譯）

在記憶之海，《波斯古經》的章句浮現出來，通子嘴脣微動。她面向大海。眼前汪洋盡掩於濃密的霧氣中。然後，她催促司機上車。計程車從橘子田的陡坡及升起白霧的斷崖間緩緩下山，花上不少時間終於來到松尾的村落。

此時，位於峽谷間的伊予灘仍在一片灰色迷濛中。

司機說，現在青島和水無瀨島都看不到了。

看不到也好。

什麼都看不到反而好。

海津信六的山，以及俱子的海，最好全都隱藏起來。希望一切盡掩蓋在不透明的凝結水蒸氣下。包括我自己的未來。又下起了雨。雨刷急促撥去灑向擋風玻璃的雨水。

浮雲朝前方的道路飄降。

（完）

（作者註，內文中的道祖神石、須彌山像石，原本長期擺放在東京博物館內，但在連載時的一九七四年二月，改移往奈良國立文化財研究所飛鳥資料館。）

原著書名／火の路（下）・原出版社／文藝春秋・作者／松本清張・翻譯／高詹燦・編輯總監／劉麗真・責任編輯／詹凱婷・總經理／陳逸瑛・榮譽社長／詹宏志・發行人／涂玉雲・行銷業務部／陳玫潾、陳亭妤・版權部／吳玲緯・出版／獨步文化 城邦文化事業股份有限公司 104台北市中山區民生東路二段141號5樓 電話／(02) 2500-7696 傳眞／(02) 2500-1967・發行／英屬蓋曼群島商家庭傳媒股份有限公司城邦分公司 台北市中山區民生東路二段 141 號 2 樓・讀者服務專線／(02)2500-7718; 2500-7719・服務時間／週一至週五：09：30-12：00、13：30-17：00・24小時傳眞服務／(02)2500-1990; 2500-1991・讀者服務信箱 E-mail／service@readingclub.com.tw・劃撥帳號／19863813 書虫股份有限公司・香港發行所／城邦（香港）出版集團有限公司 香港灣仔軒尼詩道 235 號3樓 電話／(852) 2508-6231 傳眞／(852) 2578-9337 E-mail／hkcite@biznetvigator.com・馬新發行所／城邦（馬新）出版集團 【Cite (M) Sdn Bhd.】 41, Jalan Radin Anum, Bandar Baru Sri Petaling,57000 Kuala Lumpur, Malaysia. 電話／(603) 90578822 傳眞／(603) 90576622 E-mail:cite@cite.com.my・封面設計／張裕民・印刷／中原印刷傳媒股份有限公司・排版／浩瀚電腦排版股份有限公司 2014 年（民103）9月初版・定價／450 元

ISBN 978-986-6043-94-9

Printed in Taiwan

火之路（下）

日本推理大師經典

HI NO MICHI

ISBN 978-986-6043-94-9

國家圖書館出版品預行編目資料

火の路／松本清張著 ； 高詹燦譯. — 初版.
—台北市 ： 獨步文化， 城邦文化出版 ： 家庭傳媒城邦文化分公司發行，民103.09
冊 ； 公分.—（日本推理大師經典；40）

譯自：火の路

ISBN 978-986-6043-94-9（下冊；平裝）

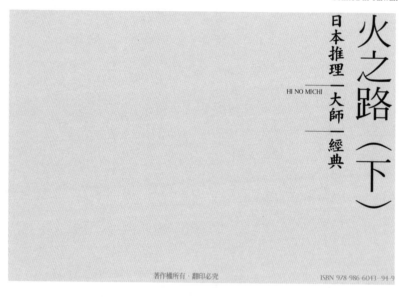

獨步文化
APEX PRESS

廣　告　回　函
北區郵政管理登記證
台北廣字第000791號
郵資已付，免貼郵票

104台北市民生東路二段 141 號 2 樓

英屬蓋曼群島商家庭傳媒股份有限公司

城邦分公司

請沿虛線對摺，謝謝！

獨步文化
APEX PRESS

書號: 1UD040　　**書名**: 火之路（下）　　**編碼**:

請於此處用膠水黏貼

獨步文化 APEX PRESS

讀者回函卡

謝謝您購買我們出版的書籍！

請費心填寫此回函卡，我們將不定期寄上城邦集團最新的出版訊息。

姓名：________________ 性別：□男 □女

生日：西元________年________月________日

地址：________________________________

聯絡電話：________________ 傳真：________________

E-mail：________________________________

學歷：□1.小學 □2.國中 □3.高中 □4.大專 □5.研究所以上

職業：□1.學生 □2.軍公教 □3.服務 □4.金融 □5.製造 □6.資訊

□7.傳播 □8.自由業 □9.農漁牧 □10.家管 □11.退休

□12.其他________________

您從何種方式得知本書消息？

□1.書店 □2.網路 □3.報紙 □4.雜誌 □5.廣播 □6.電視

□7.親友推薦 □8.其他________________

您通常以何種方式購書？

□1.書店 □2.網路 □3.傳真訂購 □4.郵局劃撥 □5.其他

您喜歡閱讀哪些類別的書籍？

□1.財經商業 □2.自然科學 □3.歷史 □4.法律 □5.文學

□6.休閒旅遊 □7.小說 □8.人物傳記 □9.生活、勵志 □10.其他

對我們的建議：________________________________

____

____

為提供訂購、行銷、客戶管理或其他合於營業登記項目或章程所定業務需要之目的，家庭傳媒集團（即英屬蓋曼群島商家庭傳媒股份有限公司城邦分公司、城邦文化事業股份有限公司、書虫股份有限公司、墨刻出版股份有限公司、城邦原創股份有限公司），於本集團之營運期間及地區內，將以mail、傳真、電話、簡訊、郵寄或其他公告方式利用您提供之資料（資料類別：C001、C002、C003、C011等）。利用對象除本集團外，亦可能包括相關服務的協力機構。如您有依個資法第三條或其他需服務之處，得洽詢本公司服務信箱cite_apexpress@cite.com.tw請求協助。相關資料不提供亦不影響您的權益。

□我已詳讀權利義務之相關條款，並同意遵守。

請於此處用膠水黏貼

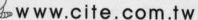

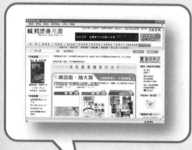

獨步文化
APEX PRESS

廣 告 回 函
北區郵政管理登記證
台北廣字第000791號
郵資已付，免貼郵票

104台北市民生東路二段 141 號 5 樓

英屬蓋曼群島商家庭傳媒股份有限公司

城邦分公司

獨步文化　　收

請沿此虛線剪下，將活動卡對摺、黏貼後寄回即可

黏貼處

獨步文化 APEX PRESS

獨步 2014 集點送！

推理御貓 bubu 的獻身

10 點 bubu 貓環保筷

15 點 bubu 貓馬克杯

20 點 bubu 貓書衣（2014 年新款）

你是個超級日本推理迷嗎？每年總是大手筆購買一脫拉庫的獨步好書嗎？那你就是 bubu 貓要獻身的對象啦！獨步自 2012 年始，新書書末皆附有 bubu 貓點數，集點可兌換 bubu 貓的周邊贈品！

【活動辦法】： 即日起至 2014 年 12 月 31 日期間，獨步出版新書書末附有「推理御貓 bubu 的獻身」活動卡一張，每卡附贈一枚 bubu 貓點數（見右下角），將點數剪下貼於下方黏貼處，即可依點數兌換 bubu 貓周邊禮品哦～

◎ 2012、2013 年度所發送的 bubu 貓點數也可參加今年的集點活動哦！
贈品照片及更詳細活動規則請上獨步部落格：http://apexpress.blog66.fc2.com/

【兌獎期間】： 即日起至 2015 年 1 月 31 日（郵戳為憑）

【點數黏貼處】

請沿此虛線剪下，將活動卡對摺，黏貼後寄回即可

【聯絡資訊】（煩請以正楷填寫以下資料，以免因字跡辨識困難導致贈品寄送過程延誤）

姓名：__________ 年齡：_____ 性別：☐ 男 ☐ 女

電話：__________ E-mail：__________

獎品寄送地址：__________

【個人資料蒐集告知事項】 為提供訂購、行銷、客戶管理或其他合於營業登記項目或章程所定業務需要之目的，家庭傳媒集團（即英屬蓋曼群島商家庭傳媒股份有限公司城邦分公司、城邦文化事業股份有限公司、書虫股份有限公司、墨刻出版股份有限公司、城邦原創股份有限公司），於本集團之營運期間及地區內，將以 mail、傳真、電話、簡訊、郵寄或其他公告方式利用您提供之資料（資料類別：C001、C002、C003、C011 等）。利用對象除本集團外，亦可能包括相關服務的協力機構。如您有依個資法第三條或其他需服務之處，得洽詢本公司服務信箱 cite_apexpress@cite.com.tw 請求協助。

☐ **我已詳讀權利義務之相關條款，並同意遵守。**

黏貼處

【注意事項】 1. 本活動限臺澎金馬地區讀者參與。 2. 參加者請務必留下有效郵寄地址，若贈品無法投遞，又無法聯絡到本人，恕視同棄權。 3. 本活動卡及 bubu 點數影印無效。 4. 欲看贈品實物圖請上獨步部落格：http://apexpress.blog66.fc2.com/ 5. 兌換贈品數量有限，如於活動期間內兌換完畢，將以等值贈品替代，訊息將會於獨步部落格公告。

歡迎加入獨步臉書粉絲團 獲得最快最新的出版資訊！bubu 在臉書等你呦～
獨步粉絲團：https://www.facebook.com/APEXPRESS

◀歡迎剪下我